AF202934

Volker Groh

Der „gebrauchte" Mann

Jenny, Tod und Leben

www.tredition.de

© 2017 Volker Groh

Verlag: tredition GmbH, Hamburg

ISBN
Paperback   978-3-7439-5021-4
Hardcover   978-3-7439-5022-1
e-Book   978-3-7439-5023-8

Printed in Germany

Das Werk, einschließlich seiner Teile, ist urheberrechtlich geschützt. Jede Verwertung ist ohne Zustimmung des Verlages und des Autors unzulässig. Dies gilt insbesondere für die elektronische oder sonstige Vervielfältigung, Übersetzung, Verbreitung und öffentliche Zugänglichmachung.

Eigentlich wollte ich ja endlich zur Ruhe kommen. Doch leider hatten höhere Gewalten etwas dagegen. Die vergangenen Ereignisse erschienen mir wert, zu Papier gebracht zu werden. Der geneigte Leser, der es bis hierher geschafft hat, hat ein Recht darauf zu erfahren, wie es zu Ende ging. Es gab da ja noch eine unerledigte Sache, welche der Aufklärung bedurfte – Jenny!

Wie ihr wisst, war alles soweit im Reinen. Der Trubel der hinter mir liegenden Ereignisse, weckten in mir den starken Wunsch nach Ruhe. Ablah hatte ihr Restaurant voll im Griff und ebenso ihr Personal aus dem Morgenland. Meine Frau Sandy und Gloria kümmerten sich liebevoll um Susanne, welche ja schwanger war. Ilona, die Mutter von Sandy entwickelte sich zur guten Seele meiner Familie. Meine Familie – das war eine Gruppe von Frauen, die sich um einen älteren Mann scharten. Eine Interessengemeinschaft, wenn man so will. Das Wort „Kommune" möchte ich in unserem Falle nicht in den Mund nehmen. Der Begriff hat etwas Anrüchiges an sich.

Eine Jede hatte ihre eigenen Probleme gehabt. Ich hatte ihnen geholfen, sie zu überwinden und die Frauen blieben bei mir. Da war zum einen natürlich meine Frau Sandy. Inzwischen 20 Jahre alt, wurde sie von allen respektiert als meine rechte Hand und neben mir Oberhaupt der Gemeinschaft. Das war alles andere als selbstverständlich! Als ich sie kennenlernte, hütete sie schüchtern und ängstlich die Wohnung und kämpfte mit ihrer LRS. Inzwischen konnte sie mehr oder weniger flüssig Lesen und Schreiben und überwand ihre Ängste, die sie früher so stark quälten. Sie blühte auf und wurde reifer. Ihre kindliche Schönheit wich langsam der einer bildhübschen Frau. Selbstsicher übernahm sie das Zepter im Haus. Sie war mir das Liebste auf der Welt. Nicht von ungefähr heiratete ich sie und keine der anderen, erfahreneren Frauen. Ihrer Treue war ich mir sicher, obwohl uns 30 Jahre trennten. Ihre Schönheit erbte sie von ihrer Mutter. Ilona war älter als ich, aber von einer unglaublichen reifen Schönheit und erotischen Ausstrahlung, welche mich von Anfang an, nicht faszinierte, aber doch stark anzog. Leichte Altersfalten um Augen und Mundwinkel geben ihr erst den nötigen Kick. Die ehemalige Kassiererin genoss den ungehemmten, schnellen Sex mit mir. Nicht oft, aber doch regelmäßig. Ilona koordinierte alle Vorgänge im Haus und sah sich als Mutter aller Mädchen.

Susanne, die schöne und arrogante Blinde wurde, wie bereits erzählt, von Mina sehend gemacht. Nach ihrem Aussetzer in Tunesien, der sie fast das Leben kostete, integrierte sie sich voll in die Familie. Sie würde mir das erste Kind schenken. Susi war nur unwesentlich älter als Sandy, aber ebenso schön wie sie. Ein völlig anderer Typ zwar, aber bildhübsch! Ich hoffte nur, dass ihre Schwangerschaft ihre Figur nicht allzu sehr in Mitleidenschaft zog.

Und letztendlich Gloria! Der gefeierte Schlagerstar stieg aus, um eine neues, ein anderes intensiveres und selbstbestimmteres Leben zu führen. Ohne Allüren reihte sie sich anstandslos ein und wurde endlich glücklich. Anfangs war sie mir eher ein Ärgernis. Doch nach ihrem radikalen Bruch mit der Vergangenheit und ihrem scheinheiligen Leben, wurde sie mir lieb und teuer.

Nein, das waren nicht alle Familienmitglieder! Ablah gehörte einfach zu uns. Die junge, glutäugige Orientalin fühlte sich mehr als wohl bei uns. Inzwischen besaß sie die doppelte Staatsbürgerschaft und feierte große Erfolge mit ihrem Restaurant. Sie machte es zu dem, was es jetzt war und ich schenkte es ihr. Ihre immer neuen Ideen, mit denen sie Kunden anlockte und nicht zuletzt ihre ansprechende orientalische Bedienung, ließen mein altes „Trödeleck", nunmehr „Ablah´s Tajine", zu einem angesagten Lokal in Dresden werden. Unterstützt von meiner alten Freundin Vera, dachte sie schon daran, ein zweites Lokal zu eröffnen. Aber, wie sie selbst sagte, erst nachdem sie ein Kind von mir hätte.

Der anfängliche wilde Sex, der mich zeitweilig überforderte, war Geschichte. Sie liebten sich untereinander und verlangten nur hin und wieder nach meinem Glied. Unlust und auch Verantwortungsbewusstsein nahmen immer mehr Raum in meinen Gedanken und Leben ein.

Das alte Haus von Gloria wurde entrümpelt und zu einem Multifunktionshaus umgerüstet. Die Priorität lag bei der Einrichtung selbstverständlich auf den zu erwarteten Kindern. Susi war schon schwanger, Ablah hatte sich schon „angemeldet" und Sandy würde dem nicht zurückstehen wollen. Selbst Gloria in ihrem vorgerückten Alter, dachte laut über ein solches Balg nach. Möglich wurde alles erst durch die Heilkunst einer Frau in den Bergen Marokkos. Mina brachte zunächst das Wunder fertig, Susanne sehend zu machen. Danach machte sie mich fruchtbar. Mit welchen Mitteln auch immer. Ich besuchte sie regelmäßig und ließ mir eine Hütte bei ihr bauen. Fast immer flog ich allein, da ich die Stunden mit ihr genießen wollte, ohne abgelenkt zu sein. Meine Psyche verlangte einfach manchmal nach Ruhe! Wir hatten ein besonderes Verhältnis, welches sich auch, aber nicht nur auf Sex begründete. Und sie war es auch, die mir eines Tages einen Floh ins Ohr setzte.

Alles begann bei einem Schäferstündchen mit Sandy.

Erschöpft zog ich mein Glied aus der Scheide meiner Frau. Dann legte ich mich neben sie und nahm eine ihrer Alabasterbrüste in die Hand. Sanft liebkoste ich mit den Fingern ihren erregten Nippel. Wie wunderschön sie doch war! Und ich durfte sie meine Frau nennen. Meine kleine Sandy. Sie lag mit geschlossenen Augen neben mir, ihre Lippen halb geöffnet. Gewiss war sie reifer geworden. Aber keinen Deut weniger sinnlich und erregend. Vor allem für einen alten Mann wie mich! Endlich kam sie zu sich und fragte:

„Wann fährst du wieder nach Marokko in unsere Hütte?"

„Bald! Warum?"

„Rolf, ich möchte auch einmal mit. Auch ich möchte diese Mina kennen lernen. Warum machst du so ein Geheimnis daraus? Was ist zwischen euch beiden?"

„Vertraust du mir nicht mehr?"

„Du weißt, wie sehr ich dir vertraue. Trotzdem …"

Ich ließ Brüste Brüste sein und legte mich zurück. Warum machte ich ein Geheimnis draus? Das war die Frage. Lag es an unserer besonderen erotischen Beziehung? Wenn ich mit Mina in unserer Höhle lag, vergaß ich alles, dort durfte ich alles vergessen. Ich wollte und konnte meinen Tagträumen nachgehen, wenn Mina sanft meine Hoden streichelte und meinen Schwanz verwöhnte. Sie wusste was ich brauchte und dachte nicht an schnöden, billigen Sex. Natürlich fickte ich sie auch. Aber es war halt anders. Mein Aufenthalt bei ihr war ein Ausgleich zum Alltag hier. Ich liebte meine Frauen, aber anstrengend war es allemal. Obwohl ich in einer vornehmen Gegend wohnte, schwappte die Hektik der Großstadt mit der Kakophonie an Lärm und Geräuschen natürlich auch über die Mauern meines bescheidenen Anwesens. Wie anders hingegen die Ruhe der Bergwelt Marokkos! Mina galt zwar dort immer noch als Hexe, aber die Einheimischen respektierten sie und ihren reichen Liebhaber inzwischen.

Mina fragte oft nach Sandy. Durch meine Erzählungen sah sie in ihr eine starke und gleichgesinnte Frau. Die Bilder, die ich von Sandy malte, waren sicher sehr idealisierend und sehr subjektiv.

Mina sah in ihr die gestandene Frau, die es geschafft hatte, sich am eigenen Zopf aus dem Sumpf zu ziehen. Und die nun selbstsicher das Oberhaupt der Familie gab. Sie irrte sich gewaltig. Meine Frau war noch immer hilfsbedürftig und jede eigene Entscheidung kostete sie Überwindung. Ich würde sie nicht lieben, wenn es anders wäre!

Sandy erhob sich, nahm ein Taschentuch und klemmte es zwischen ihre Schenkel. Ich beobachtete sie. Gern beobachtete ich sie. Alles an ihr war einfach perfekt! Die Kleine gab mir immer ein gewisses Gefühl der Sicherheit und Geborgenheit. Zu Hause sein bedeutete für mich, bei meiner Frau sein. Weiß der Teufel warum? Sandy war nicht nur meine Frau – ich liebte sie auch wie eine Tochter.

Ihr Körper schob sich halb auf mich.

„Und? Deine Antwort?"

Ich strich ihr eine Strähne aus dem Gesicht.

„Morgen fliegen wir. Zusammen! Ich rufe an, dass sie meinen Jet auftanken sollen."

Da ich ein nun sehr reicher Mann war, leistete ich mir inzwischen einen Privatjet. Preisgünstig kaufte ich ihn einem pleitegegangenen Aktionär ab. Er vereinfachte vieles. Der Jet, nicht der Aktionär!

„Au fein. Ich freue mich so darauf", lachte Sandy.

Am Frühstückstisch gab ich meine Entscheidung bekannt.

„Das ist gemein. Ich möchte auch mit", sagte Gloria enttäuscht.

„Rolf. Ich erwarte in den nächsten Wochen unser Kind. Und ich möchte, dass du dabei bist! Du kannst nicht einfach wegfliegen. Bei der Geburt soll mein geliebter Mann dabei sein. Was soll das?" Susanne weinte fast. Ich hatte eine meiner berüchtigten fixen Ideen:

„Susi, das dauert doch noch eine Weile. Bis dahin bin ich zurück und bringe Mina als Hebamme mit. Einverstanden?"

„Das wäre die einzige von mir akzeptierte Entschuldigung."

„Auch ich möchte wieder einmal meine Eltern besuchen", ließ sich Ablah vernehmen, die sich bereit machte ins Lokal zu gehen. Alle redeten plötzlich durcheinander. Was war auf einmal los? Ich hörte Wörter wie „Egoist" und „Langweile". Selbst die sonst ruhige Ilona beteiligte sich am allgemeinen Tumult. Hilflos blickte ich zu Sandy. Sie verstand! Lautstark bat sie um Ruhe.

„Was ist eigentlich los mit euch Weiber? Spinnt ihr, oder was?"
Gloria blickte sie finster an:

„Seien wir doch ehrlich, Sandy. Rolf sehnte sich nach Ruhe. Die hat er nun. Wir aber sitzen nur noch herum. Wenn Susi nicht schwanger wäre, würde überhaupt nichts mehr passieren. Dein lieber Rolf verschwindet in seine Hütte, wenn ihm danach ist. Und wir? Er fickt uns ja nicht einmal mehr. Ich möchte wieder einmal seinen Schwanz zwischen den Beinen. Und ich möchte etwas erleben. Im Moment müssen wir auf Susi Rücksicht nehmen. Aber danach?"

Alle Frauen nickten. Sie hatten recht! Ehemals hatten wir ein sehr bewegtes Leben. Das war nun Geschichte.

„Wir müssen reden. Das ist wahr. Lasst mich nachdenken und einen Plan schmieden. Ihr seid zu sehr allein. Das mit Sandy ziehe ich zunächst durch. Da lasse ich nicht mit mir handeln. Für Susi bemühe ich mich, Mina zu verpflichten. Bitte Gloria, folge mir auf dein Zimmer."

Gloria, die ahnte was ich vorhatte, lächelte.

Ich zog sie hinter mir her in ihr Zimmer.

„Gloria, du bist immer noch eine atemberaubende Frau. Lass uns Sex haben. Ich begehre deinen Körper."

„Alter Schmeichler und Lügner. Ich bin eine alte Frau, wie du ein alter Mann bist. Aber unsere Zeugungsorgane sind noch ganz brauchbar. Ich finde es nur schade, dass ich dich erst darauf hinweisen musste", hauchte sie und entkleidete sich dabei. Ich ging in die Hocke und zog ihren Slip herab. Ja, dieses schwarze Dreieck war noch ansprechend. Der Schlitz verströmte einen herben Geruch nach Frau. Hatte ich vorher wenig Lust auf einen Fick verspürt, so machte mich dieser Duft nach Frau geil. Sacht zog ich die Lippen auseinander und widmete mich ihrer Kliti, welche sich langsam hervor schob. Gloria stöhnte auf und wurde zunehmend feuchter. Sie entzog sich mir und legte sich verlangend mit weit geöffneten Beinen hin. Sie wollte gefickt werden! Nicht mehr und

nicht weniger. Ich kam über sie und stieß in sie. Langsam
genießend, dann immer schneller, beackerte ich ihr fruchtbares
Feld. Gemeinsam kamen wir zum Höhepunkt und wie erwartet
pepisste sie mich dabei. Ich hatte mich im Laufe der Zeit an ihre
Marotten gewöhnt und es machte mir nichts mehr aus. Manchmal
wollte sie sich einfach nur über mich hocken und mich nur mit
ihrem Urin bespritzen. Schon auf diese Weise brachte sie sich selbst
zum Orgasmus. Anschließen beraubte sie mich immer mit ihren
verschiedenen Körperöffnungen meines Samens.
Schwer atmend lagen wir nebeneinander. Sie offenbarte mir ihre
Sehnsucht nach der Ferne. Alle Frauen würden mich nach wie vor
lieben. Aber es gab vermehrt Streit. Kein Tag würde ohne
Zänkereien vergehen. Sie wären einfach nicht ausgelastet. Von
Ablah einmal abgesehen. Doch auch sie wäre ein junges Mädchen
mit Grundbedürfnissen.
„Und was schlägst du nun vor?", fragte ich sie rundheraus.
Sie lehnte sich zu mir, so dass ihre Titten auf meiner Brust zu
liegen kamen.
„Lass uns alle nach der Niederkunft von Susanne und einer
angemessenen Frist der Erholung in deine Hütte fahren. Deinem
Kind würde es gut tun, Susanne würde sich erholen und selbst
Ilona braucht einen Tapetenwechsel. Für Ablah könnte Vera das
Lokal führen. Machen wir einen gemeinsamen Urlaub."
„Und was ist mit Sandy?"
„Die Kleine brauche ich doch nicht extra zu erwähnen, oder?"
Ich stimmte zu. Warum eigentlich nicht? Zuvor wollte ich aber mit
Sandy allein fahren und versuchen Mina zu überreden, bei der
Geburt zu helfen.

Alles erinnerte mich hier an Jenny. Die ganze verfluchte Halle des Flughafens schrie ihren Namen. Jedes Mal wenn ich diesen Boden betrat, drängten sich die Erinnerungen an diese Frau auf. Ich wollte sie vergessen, diese Episode meines Lebens endlich auslöschen. Jemand hatte etwas dagegen. Jenny hatte mich damals „geweckt". Aus mir den Mann gemacht, der ich heute war. Ohne sie würde Sandy nicht an meiner Seite sein und auch keine andere Frau. Und doch verriet sie unsere Liebe. Nicht nur mich hatte sie enttäuscht. Ebenso Sandy. Diese erriet empathisch meine Gedanken und zischte:

„Vergiss diese Person endlich, Rolf!"

„Ich dachte nicht an sie. Du kannst beruhigt sein", log ich wenig überzeugend.

„Natürlich dachtest du wieder an sie!"

Meine Kleine schien eifersüchtig. Auf eine Frau, die ich eigentlich hassen müsste. Aber Hass gehörte zu den Emotionen die ich nicht zuließ, weil sie zerstörten.

Die Abfertigung war reine Formsache. Man kannte uns und behandelte uns mehr als zuvorkommend. Nicht zuletzt wegen meiner, inzwischen öffentlich bekannt gewordenen Beziehung zu Gloria. Die bunte Presse sorgte vor kurzem für meine Prominenz. Wie zu erwarten, blieb unsere Liebe nicht lange geheim. Der Blätterwald rauschte! Gab Gloria ihre Karriere wegen mir auf? Wer war die Mutter meiner Töchter? Und so weiter. Diese Idioten dachten immer noch, Sandy und Susanne wären meine Kinder. Jedenfalls legte sich der Aufruhr so schnell wie er begann. Ein Sturm im Wasserglas sozusagen.

Eine hübsche Brünette vom Bodenpersonal brachte uns lächelnd zu meinem Jet Marke „Cessna Citation Bravo". Dort erwarteten uns schon an der Gangway meine beiden Pilotinnen und die Stewardesse. Alle von ausgewählter Schönheit. Lange suchte ich nach dem geeigneten Personal und ich war es mir einfach schuldig, weibliches Personal zu haben. Von wegen männlichem Ego und so. Sandy und ich nahmen Platz. Ich betrachtete wohlwollend meine Stewardesse. Carla, so ihr Name, war von schlanker Gestalt und groß. Unendlich lange Beine, die in engen Hosen steckten, gaben ihrem Gang etwas Unbeholfenes. Sandy sah mich von der Seite an, beherrschte sich aber. Carla fragte sofort nach unserem Begehr und ich verlangte nach Sekt.

Nach einer Weile fragte ich aus einer Laune heraus meine Frau: „Hast du es schon einmal in einem Flugzeug getrieben? Ich hätte Lust auf dich."

„Du kannst ja diese Carla vögeln. Ausgezogen hast du sie ja schon", antwortete sie kalt. „Warum mussten es eigentlich Frauen sein? Gab es kein männliches Personal?"

Es gab keinen Zweifel. Meine gutmütige Frau war eifersüchtig! Sie wandelte sich zur Frau. Und es gefiel mir nicht! Bisher liebte ich das Kind in ihr. Doch ihre naive Seite verflüchtigte sich zunehmend. Sie wurde zu der Frau, zu welcher ich sie immer machen wollte. Die alten Zeiten waren endgültig vorbei!

„Sandy! Was soll das? Warum bist du so? Ich liebe dich wie keine Zweite. Du musst nicht eifersüchtig sein. Willst du mir das Leben einfach nur schwer machen oder dich gar von mir trennen?"

Sie erschrak:

„Entschuldige bitte. Ich weiß auch nicht, was mit mir los ist. Mit wird es nur zunehmend unerträglicher, wenn du nach anderen Frauen schaust."

„Zu Hause lebe ich mit drei Frauen zusammen. Die tolerierst du doch auch. Oder etwa nicht?"

„Das ist etwas anderes. Sie sind meine Familie. Bitte Rolf, schlag mich oder schrei mich an wenn ich mich dumm benehme. Ich möchte nicht so sein", sagte sie kleinlaut, wie ich sie kannte. Sie schmiegte sich an mich.

„Meine liebe Sandy. Du bist eine Frau geworden. Mit allen Fehlern und Schwächen. Das kleine Mädchen gibt es nicht mehr. Leider! Es war dein Ziel und du hast es mit Willensstärke und Ausdauer erreicht. Eigentlich brauchst du mich nicht mehr."

Sie blickte mich noch erschrockener als vorher an.

„Ich brauche dich nicht mehr? Aber ich bin doch dein kleines Mädchen! Was sollte ich ohne dich tun? Ich brauche dich wie die Luft zum Atmen."

Ich nahm sie in meine Arme und streichelte über ihr langes, blondes Haar.

„Lass gut sein, Liebes. Ich erzähle dir ein paar Geschichten von Mina. Mina ist eine …"

Eng umschlungen gab ich einige Schwänke zum Besten, während ich tief in mir zu zweifeln begann. Ihre Entwicklung verlief rasant. Und irgendwann würde sie mich erkennen. Den alten Bock, bei welchem sie keine Zukunft hatte. Der schon mit einem Herzinfarkt im Krankenhaus lag. Ich erzählte mehr für mich selbst. Allein die Vorstellung, ein Leben ohne sie zu führen, machte mich unendlich traurig. Und doch wusste ich von Beginn an, dass es einmal so kommen würde. Ihre ständig wachsende Eifersucht war der Anfang vom Ende! Ich alter, eitler Narr ging sehenden Auges eine Beziehung mit einer Kindfrau ein. Alles Rationale in mir wehrte sich dagegen. Die Emotionen siegten schließlich. Mit Vernunft kam man nicht gegen Liebe an. Sandy war nun meine Frau. Und die Angst vor dem Ende unserer Beziehung mein ständiger Begleiter! Wenn sie sich eines Tages von mir abnabelte, hatte ich nicht das Recht und auch keine wirklichen Argumente, sie an mich zu binden.

Nach unserer Landung in Marrakesch gab ich meinem Personal zwei Tage frei und ein großzügiges Trinkgeld. Mehmet holte uns wie immer ab.

Im Riad berichtete ich ihm und seiner Frau Haifa vollkommen arglos und ohne Hintergedanken von ihrer fleißigen Tochter Ablah. Sie hätte sich das Lokal redlich verdient und könne eigentlich auf eigenen Füßen stehen und eine eigene Familie gründen. Sie würde ihrem zukünftigen Mann eine sehr gute Ehefrau sein. Beleidigt sahen mich beide an.

Haifa nahm meine Hand und sah mir mit ihren schwarzen Augen in die Meinen:

„Warum möchtest du sie nicht? Ich dachte, es wäre alles geklärt? Ist dir unsere Tochter nicht mehr gut genug? Sag es uns. Wenn sie dich nicht achtet und dich beleidigt, reden wir mit ihr."
„Ist sie etwa ungehorsam?", fragte auch Mehmet streng.
Ihre Wortwahl störte mich gewaltig. Ablah war ein junges Mädchen und ich hatte nicht das Recht ihr im Wege zu stehen. Genauso wie ihre Eltern kein Recht besaßen, sie einfach einem alten Mann anzubefehlen! Warum nur gönnten sie ihr kein eigenes Leben? Sicher suchten sie anfangs einen Aufpasser für sie. Mehmet faselte schon immer von Ablah als meiner Frau in guten wie in schlechten Zeiten. Und ich beruhigte ihn durch meine Zustimmung. Aber das war doch nicht ernst zu nehmen! Orientalen schwatzten einem auch schon mal die eigene Mutter auf, wenn sie sich damit im Vorteil sahen. Warum nicht auch die eigene Tochter.
„Mehmet, Haifa! Eure Tochter nennt mich auch weiterhin „Herr" und macht, was ich sage. Sie fühlt sich wohl bei mir und ihre Demut ist schon sprichwörtlich. Ich habe sie sehr gern. Ja – ich liebe sie in ihrer zurückhaltenden Art. Aber ich habe für viele Frauen zu sorgen und Ablah ist fast nie zu Hause. Wäre es so verwunderlich, wenn sie einen passenden Mann gefunden hätte, mit dem sie zusammen leben möchte. Ich kann doch von ihr nicht verlangen, dass sie ihr Leben wegwirft. Außerdem bin ich mir ihrer nicht sicher. Eben weil sie kaum da ist. Sie würde im Falle einer Hochzeit mit einem anderen Mann eine großzügige Aussteuer von mir bekommen."
Mehmets Kopf war zornesrot. Ihm schwoll sichtlich der Kamm. Hatte ich etwas Falsches gesagt? Sandy sah mich fragend an.
„Warum tust du das? Warum verschmähst du unsere Tochter?", fragte er und stieß mit seinem Oberkörper nach vorn.
„Ich verschmähe eure Tochter doch nicht!", schrie ich aufgebracht.
„Im Gegenteil! Ich habe sie sehr gern. Aber ich bin alt. Ihr Vater könnte ich sein. Seht ihr das denn nicht ein? Ablah ist jung, hübsch, bescheiden und devot. Sie hat nicht verdient, von euch an mich verschachert zu werden. Wir leben nicht mehr im Mittelalter.

Gerade von dir, Mehmet, der du lange Zeit in Europa lebtest, hätte ich mehr Vernunft erwartet. Ja, sie war von mir in gewisser Weise abhängig und ich lernte sie auch lieben. Doch das ist nun vorbei. Ablah führt eigenständig ein Geschäft und ist dabei sehr erfolgreich. Anfangs unterschätzte ich ihre Fähigkeiten und wollte sie mit meiner Liebe unterstützen. Ablah ist nicht nur schön, sondern auch fleißig und intelligent. Und sicher hat sie schon viele Verehrer. Ich gönne ihr ein eigenes Leben. Auch wenn sie mir sehr fehlen würde."

Mehmet erklärte mir umgehend seine Wut in scharfem Tonfall: „Du beleidigst uns. Jeden anderen hätte ich des Hauses verwiesen. Doch du bist Europäer.

Deshalb erkläre ich dir, warum wir beleidigt sind.

Du hast unsere Tochter als Frau angenommen und sie bekannte sich zu dir. Dafür gibt es genügend Zeugen. Vor Allah gehört ihr zusammen. Sie ist ein Leben lang dein. Sie würde sich nie einen anderen Mann suchen oder sich ihm hingeben. Wenn du sie verstößt oder sie sich abwendet von dir, bringt sie Schande über unsere Familie. Schlag sie, schrei sie an, beachte sie einfach nicht, behandle sie nach deinem Belieben, aber lass sie bei dir. Du bist ihr Mann und Herr. Auch ohne Trauschein. Sie liebt dich über alles, auch wenn sie es sicher nicht so direkt sagt und zeigt. Mehrmals in der Woche telefonieren wir. Ablah betet dich an! Deine Fürsorglichkeit, deine sanfte Art den Frauen gegenüber, rühmt sie. Deine strenge, aber respektvolle und zurückhaltende Führung macht dich für sie zu DEM Herren schlechthin. Aber auch, dass du nicht über den Dingen stehst. Sie liebt auch deine Schwächen und Fehler. Sorgenvoll berichtet sie uns, wenn du einmal psychisch am Ende bist, weil dir alles zu viel wird. Dann wünscht sie sich, dir näher zu sein. Ablah lacht mit dir und weint mit dir. Geht es dir schlecht, so fühlt auch sie sich nicht wohl. Und der schönste Tag in ihrem Leben war, als du ihr ein Kind versprachst. Warum akzeptierst du sie nicht einfach so, wie sie ist? Sie möchte doch nur eine Frau sein. Lass sie bitte nie hören, dass du sie leichten Herzens gehen lassen würdest. Es bräche ihr das Herz. Oder aber du glaubst, wir hätten sie dir wegen deines Geldes gegeben. Dann bitte ich dich, mein Haus sofort zu verlassen."

Eigentlich dachte ich, dass wir uns langsam auseinander lebten. Wir kommunizierten kaum miteinander und Sex mit Ablah war inzwischen so selten wie Weihnachten oder Ostern. Sie war eben da und gern betrachtete ich ihren Körper, wenn sie sich morgens nur in Unterwäsche ins Bad begab. Ich respektierte aber ihre Zurückhaltung. Mehmets Ausführungen gaben mir zu denken. Ablah war die Frau an meiner Seite, die am wenigsten Ansprüche stellte. Still und unauffällig lebte sie bei uns. Und genauso still liebte sie mich also! Automatisch ging mein Blick zu Sandy. Wenn sie nicht mehr wäre, dann …. Wie immer erriet sie meine Gedanken.

„Für mich gilt das gleiche wie für Ablah. Ich bin ein Leben lang dein. Liebe sie. Ich werde nicht eifersüchtig sein. Sie ist eine gute Frau."

„Deine Frau spricht wahr, Rolf", meinte Haifa.

„Ihr beschämt mich. Ich hatte es nicht so gemeint. Natürlich ist Ablah ein gutes Mädchen und mir sicher treu. Aber ich habe sie vernachlässigt, gerade weil sie so unauffällig ist. Ihr habt mir die Augen geöffnet. Ich werde mich stärker um sie kümmern. Versprochen! Ablah vereint alle Tugenden, die ein Mann sich wünschen kann. Sie ist und bleibt meine Frau."

Damit war das Thema erledigt. Ablahs Eltern gaben sich zufrieden und glaubten mir. Ich bat sie, mich zu Ellen zu bringen. Dort wollte ich übernachten, ehe ich am Morgen zu Mina aufbrach. Das Gewirr der Gassen des Souks von Marrakesch machte mir immer noch Angst. Lächelnd brachte mich Mehmet wohlbehalten zum Riad von Ellen. Vorbei an Fleischerständen, aus denen mich die Augen toter Ziegen anstarrten, an Bäckereiständen, deren Kuchen von Insekten bedeckt waren und vorbei an Bettlern, denen man ihre Armut, entgegen denen in Deutschland, auch glaubte. Hier hämmerte ein schweißüberströmter Mann in einer schmutzigen Garage auf ein Stück Blech ein, dort schimpfte eine Frau in einer Burka mit ihren nackten Bälgern. In jeder Ecke roch es anders.

Vorbei am „Mercedesfriedhof" und lärmenden Händlern, bogen wir in eine weitere Seitengasse ein, in der es penetrant nach Eselscheisse roch. Eine Ecke weiter stopfte ein Schlangenbeschwörer seine Kobras in einen Sack. Schweißgebadet und stinkend standen wir endlich an der Tür des Riads. Ich klingelte und ein bärtiger Marokkaner öffnete. Unwillkürlich wich ich zurück. Er fragte in gebrochenem Englisch nach unserem Begehr, mit dem Hinweis auf die Überfüllung des Hotels.
Der Kerl strahlte Unehrlichkeit aus. Aber er war von einer fast unheimlichen Schönheit, soweit ich das als Mann beurteilen konnte. Unter seinem Kaftan wölbte sich ein mächtiger Brustkasten, der viele Muskeln versprach. Irgendwie schüchterte er mich ein. Selbstverständlich war es vernünftig, dass Ellen sich einen „Leibwächter" ins Haus holte. Trotzdem hatte ich es nicht erwartet.
Ich fragte nach Ellen. Sie wäre nicht zu sprechen, antwortete der Typ. Nun mischte sich Mehmet ein. Auf Arabisch erklärte er sicher dem Spinner, dass sie sehr wohl für mich zu sprechen wäre. Ehe die Situation eskalierte, erschien die Gesuchte – und gab dem Kerl freundlich einen Kuss!
Mir fror das Gesicht ein. Mich traf die Erkenntnis, dass Ellen sich endgültig verabschiedete hatte, wie ein Schlag.
„So kommt doch herein", sagte sie lächelnd. „Bitte nehmt es Hassan nicht übel. Er ist wie ein Wachhund und euch kennt er nicht."
Ellen stellte uns kurz vor und umarmte Sandy überschwänglich. Selbige machte ein eher angewidertes Gesicht.
Wir traten ein und die mir bekannte Alia servierte uns umgehend den üblichen Minztee. Ellen hatte mir bisher noch keinen Kuss gegeben. Dieser Fakt bestätigte meine Vermutung.
„Du hast jetzt also einen Freund?", fragte ich dümmlich, während Ellen sich an diesen Hassan schmiegte. Sandy durchbohrte beide mit ihren Blicken.
„Ich lebe mit ihm zusammen. Alia stellte ihn mir eines Tages vor. Es war Liebe auf den ersten Blick."

„Dann möchte ich eurer Liebe nicht länger im Wege stehen. Allah möge euch schützen. Komm Sandy."

Ich erhob mich und zog Sandy mit hoch. Mehmet stand schon an der Tür.

„So bleibt doch noch", rief Ellen hinterher.

„Ellen, es war eine schöne Zeit. Die ist nun endgültig vorbei!"

Hinter mir zog ich die Tür ins Schloss. Kaum waren wir zwei Meter gegangen, als sie sich wieder öffnete.

„Bitte Rolf. Lass dir doch erklären …", rief uns Ellen mit weinerlicher Stimme hinterher. „Du hast doch auch viele Frauen. Nimmst du mir wirklich diesen Mann übel?"

Ich drehte mich nicht einmal mehr um. Sandy hakte sich bei mir ein. Aus ihrem Blick sprach Genugtuung. Meine Kleine gab Ellen immer noch die Schuld für meinen Zusammenbruch, der mich ins Krankenhaus brachte. Dennoch musste ich Ellen im Stillen recht geben. Was für mich inzwischen eine Selbstverständlichkeit war – mehrere Frauen – konnte ich ihr schlecht zum Vorwurf machen. Aber irgendwie beleidigte sie mein Ego. Ich tat ihr im Grunde Unrecht, sie so abzuweisen. Ärgerlich über mich selbst, trat ich nach einem streunenden Hund, der mir ahnungslos über den Weg lief. Das brachte mir vorwurfsvolle Blicke von Sandy ein. Wie ich sie kannte, würde sie wieder Ellen die Schuld an meiner Übellaunigkeit geben. Doch eigentlich hatte Ellen nur mein Selbstbewusstsein erschüttert.

Das Chaos auf dem Weg zurück gab mir keine weitere Zeit zum Nachdenken. Im Riad bot uns Haifa noch ein Abendmahl an, welches ich aber dankend ablehnte. Ich ging mit Sandy auf das Zimmer und duschte mich kalt ab. Nackt legte ich mich schließlich hin. Sandy kam nach der Dusche zu mir. Ich verschränkte meine Arme hinter dem Kopf und dachte nach.

Ellen war für immer verloren. Selbst wenn sie sich von diesem Hassan wieder trennen würde. Es war zu erwarten und doch traf es mich mehr als mir lieb war. Oder fühlte ich mich nur in meiner Eitelkeit verletzt? Eine Frau wandte sich nicht so einfach von mir ab! Von Anfang an wollte Ellen selbstbestimmt leben und ich unterstützte sie dabei nach Kräften. Ein Kind konnte ich ihr damals nicht machen. Also zog sie sich zurück. Immerhin tauschte ich sie gegen Ablah ein. Es war ein guter Tausch! Warum regte ich mich also auf?

Sandy legte sich ohne Worte zu verlieren auf mich. Sie kannte mich und wusste, dass ich keine Worte brauchte, sondern sie. Sanft strich ich über die zarte Haut ihres festen Hinterns. Mein Penis richtete sich zwischen ihren Schenkeln auf und klemmte zwischen ihren Schamlippen. Mit einer Hand strich ich über ihren Rücken, während der Mittelfinge der anderen ihre feuchte Wärme suchte und fand. Ich stupste dagegen und drang vorsichtig, um ihre Scham nicht zu verletzen, ein. Sie stöhnte wollüstig auf und biss mir in den Hals. Mein Glied zuckte an ihrem Bauch. Ich griff nach unten und setzte meine Eichel an. Ihr Widerstand war kurz und schon fühlte ich die Enge ihrer Vagina. Ohne mich zu bewegen, genoss ich die Kontraktionen ihrer Muskeln. Sandy massierte das erste Drittel meines Schwanzes und brachte sich damit selbst auf Touren. Endlich richtete sie sich auf und ich glitt bis zum Anschlag in sie. Langsam begann sie mit geschlossenen Augen zu reiten. Ihre Brüste vor meinem Gesicht schaukelten dabei kaum. Mit beiden Händen knetete ich sie. Sandy wurde schneller. Dann warf sie sich ohne Vorwarnung zurück und stieß spitze, abgehackte Schreie aus. Ich spürte ihr Zucken und ergoss mich unter wohligem Stöhnen in sie.

Kurze Zeit später schlief sie neben mir einfach weg. Wie immer beobachtete ich sie, während sie schlief. Ihr liebliches Gesicht, unter welchem sich die straffen Brüste hoben und senkten, und ihre kleinen Hände, welche so unendlich zärtlich sein konnten. Stolz erfüllte mich, eine solche Frau zu haben. Ich war nicht auf eine Ellen oder eine andere angewiesen.

Am nächsten Morgen fuhr uns Mehmet persönlich zu Mina in die Berge. Im Stillen dankte ich Sandy, dass sie während der Fahrt kein Wort über Ellen verlor. Wie immer genoss ich die Fahrt in das Atlas – Gebirge mit seinen hohen, teilweise schneebedeckten Bergen und die tiefen Täler. Nach zwei Stunden hielten wir endlich neben den Palmen im Tal. Ich freute mich auf Mina. Sandy schaute sich etwas ängstlich um. Wir stiegen den schmalen Pfad nach oben. Schon von weitem sah ich Mina werkeln. Sie trug nun nicht mehr die alten, abgerissenen Klamotten von damals, als ich sie kennen lernte. Mina war eine moderne Frau geworden. Dann erblickte sie uns. Ein Lächeln stahl sich auf ihr Gesicht. Neugierig betrachtete sie meine Frau von oben bis unten.
„Hallo, ihr beiden. Lasst mich raten – du bist die große kleine Sandy, die das Herz von Rolf gestohlen hat und viele Frauen damit unglücklich machte. Endlich lerne ich dich kennen."
Sandy lachte:
„Und du bist die große Mutter Mina, von der alle schwärmen und die versucht, mir meinen Mann abspenstig zu machen."
Sie umarmten sich und begannen, sich zu unterhalten. Zusammen gingen sie wie alte Freundinnen zur Bank am Brunnen. Und ich? Ich stand da! Ich war plötzlich nicht mehr existent! Die beiden hatten sich gesucht und gefunden. Langsam trat ich zu ihnen. Sie kicherten und schwatzten. Oft hörte ich meinen Namen. Gerade wollte ich in meiner Hütte verschwinden, als Mina sagte:
„Was ist Rolf. Setz dich doch zu uns. Ich freue mich so, deine Frau endlich kennenzulernen."
„Und ich freue mich aufrichtig, dass ihr euch meiner erinnert. Es ist ja nicht so, dass ich wichtig wäre. Wenn ihr möchtet, kann ich ja wieder gehen."
„Mina, mein Mann ist beleidigt. Wenn er nicht im Mittelpunkt steht, bekommt er Minderwertigkeitskomplexe."
„Da gebe ich dir recht, Sandy. Wir begingen eine „Majestätsbeleidigung". Was machen wir nun mit ihm?"
Sandy rückte zur Seite und bedeutete mir, mich zwischen sie zu setzen. Als ich saß, lehnten sich beide an mich. Also legte auch ich

meine Arme um sie. Eine Weile schwiegen wir. Schließlich fragte ich:

„Ihr zwei versteht euch also?"

Mina blickte mich an:

„Es ist, als würden wir uns schon ewig kennen. Trotz des Altersunterschiedes kommt deine Frau meiner Vorstellung von einer Freundin am nächsten. Von ihr geht eine starke Kraft aus. Stärker als bei Susanne. Sandy! Trotzdem muss ich dich etwas fragen: Du weißt schon, dass dein Mann und ich Sex hatten? Kannst du das denn tolerieren?"

Ich erschrak. Mina machte aus ihrem Herzen keine Mördergrube. Sie schaffte sofort klare Fronten, ehe eine Freundschaft mit Sandy alles kompliziert machen würde.

Sandy wägte ihre Antwort ab:

„Mein Mann ist sehr viel ruhiger geworden. Wie soll ich sagen? Eigentlich bin ich noch immer ein dummes Ding und deiner Freundschaft nicht würdig. Ach was rede ich? Ja – mit dir darf er Sex haben. Bei anderen werde ich zunehmend eifersüchtig. Aber nicht bei dir."

Sie lachten beide, und ich lachte mit. Worüber auch immer.

„Wenn die Sache geklärt ist und ihr euch so gut versteht, könnten wir doch morgen unsere Höhle besuchen?"

„Au ja", freute sich Sandy. „Rolf erzählte mir manchmal davon."

Mina war erstaunt:

„Du hast gewusst, dass wir miteinander schliefen?"

„Natürlich! Mein Mann ist ehrlich zu mir", antwortete sie mit Stolz in der Stimme.

Zuvor jedoch, aßen wir und tauschten Neuigkeiten aus. Natürlich interessierte sich Mina für Susanne. Noch einmal erzählte sie von damals, als ein Wrack von einem Mädchen an ihre Tür klopfte. Wie sie erschrak, als sie Susanne in diesem Zustand sah. Dem Tode nah und bis zur Unkenntlichkeit abgemagert und verdreckt. Susanne bat an jenem Tag ernsthaft, hier sterben zu dürfen. Mina legte sie auf die Couch und sah zu, wie sie ihren Drogenentzug durchzitterte. Susanne weinte ununterbrochen und noch mehr

weinte Mina selbst. Susanne hatte sich aufgegeben. Und ständig
rief sie meinen Namen. Sie rief nach dem Mann, der ihr Vater hätte
sein können und doch ehemals ihr Geliebter gewesen wäre. Und
den sie für immer verloren und enttäuscht hätte. Aber auch nach
ihrer Freundin Sandy hätte sie gerufen und sie um Vergebung
gebeten. Susanne aß nichts und trank wenig in dieser Zeit. Mina
hätte Tag und Nacht mit ihr gelitten. Aber eines Tages stand ein
Mann in der Tür. Und mit diesem Mann kam das Glück zurück.
Mina flossen bei diesen Erinnerungen wieder die Tränen und auch
Sandy wischte sich öfters über ihre Augen. Ohne Worte lehnten
sich beide an mich, als ob sie meines Schutzes bedurften. Lange
saßen wir einfach nur so da. Und ich dachte zurück an jenen Tag,
als ich das Häufchen Elend in der Hütte liegen sah. Susanne war
geläutert und mir lieber als je zuvor.
Bis weit in die Nacht erzählten wir und lachten miteinander. Eine
geradezu unheimliche Ruhe legte sich über das Tal. In einzelnen
Hütten brannte noch Licht. Die hohen Berge erhoben sich dunkel
vor dem klaren Sternenhimmel.
Dann aber übermannte uns der Schlaf.

Auf dem Weg durch die Berge zur Höhle, blieb Sandy oft stehen und bewunderte die Natur. Die Höhle selbst verbarg sich hinter einem Busch am Fels. Sandy zögerte vor dem dunklen Eingang. Dann jedoch überwand sie sich und betrat mit uns unser „Liebesnest". Die Stalagtiten tropften vor sich hin und im diffusen Licht des Einganges öffnete sich eine andere Welt. Die Erinnerungen an die Liebesstunden mit Mina an diesem Ort machten meine Hose eng. In stummer Übereinkunft mit Mina zog ich Sandy schweigend den Pulli über den Kopf, während Mina sie ihrer Shorts beraubte. Sandy ließ es geschehen und gab sich unseren Berührungen hin. Während unserer früheren Aufenthalte hatten wir einen bestimmten Felsen entdeckt. Abgerundet und geformt wie ein steinerner Thron, bot er die perfekte Position für eine Frau. Dorthin zogen wir Sandy. Sie nahm Platz und Mina öffnete ihre Schenkel. Sie kniete sich vor sie und zog ihre Zunge durch den saftigen Schlitz. Ab und zu gönnte sie sich eine Pause und nahm meine harten Schwanz in ihrer Mundhöhle auf. Durch den ungewöhnlichen Platz und die eigenartigen, fremden Geräusche der Höhle ging Sandy ab wie Nachbars Lumpi. Mina brachte sie schnell kurz vor den Höhepunkt. Dann ließ sie von ihr ab und machte für mich Platz. Sandy Unterleib zuckte schon, als ich in sie stieß. Langsam glitt ich tiefer und mit kräftigen ausholenden Stößen brachte ich meine Kleine an den Rand der Besinnungslosigkeit. Ihre Lustschreie echoten mehrfach von den Wänden wieder. Wie ein eingespieltes Theaterteam ging nun Mina zu Sandy und küsste sie. Dabei nahm sie gewollt eine Stellung ein, bei der ich Zugang zu ihrem Innersten hatte. Von hinten bockte ich Mina auf und rammte ihr kräftig meinen Harten hinein. Dann kam auch sie mit einem tiefen Stöhnen. Ich zog ihn heraus und in hohem Bogen spritzend, verteilte ich meinen Samen über beide Frauen.

Erschöpft labten wir uns an einer Art Trog mit frischem Quellwasser.

„Es war so anders, so anders schön. Ich verstehe nun meinen Mann", meinte Sandy.

„Ja, hier kann man die Welt mit ihren Sorgen vergessen" stimmte ich zu.

Wieder an der Hütte setzten wir uns zu Ziegenkäse, Milch und Fladenbrot.

„Ich möchte dich um einen Gefallen bitten, Mina. Susanne kommt bald nieder und …"

„Du möchtest, dass ich ihr bei der Geburt helfe?"

„Susanne wünscht es sich so. Schließlich hast du es erst ermöglicht, dass sie überhaupt ein Kind austragen kann."

Mina überlegte.

„Aber nur zur Geburt. Ich möchte unverzüglich wieder zurück. Und im Gegenzug versprichst du mir etwas."

„Alles was du möchtest", erwiderte ich überschwänglich.

„Rolf! Innerlich bewegt dich etwas. Eine unerledigte Sache. Sie steht im Raum und treibt dich um. Ich spüre deutlich deine Unruhe. Schaffe die Sache endlich aus der Welt. Sonst findest du nie Ruhe. Und auch deine Frauen nicht."

Ich wusste natürlich sofort was sie meinte. Jenny! Und sie analysierte mich vollkommen richtig. Ich würde nicht eher Ruhe finden, bis ich Klarheit über Jenny hatte. Ehrlich gesagt, glaubte ich einfach nicht, dass sie mich einfach über Nacht ad Acta gelegt hatte. Wir liebten uns doch damals!

Sandy sah mich erwartungsvoll an. Natürlich wusste auch sie, was Mina meinte.

„Was, wenn ich sie finde, mit nach Hause bringe und meine Frauen sie nicht akzeptieren? Sie kennen sie nicht. Unsere Beziehungen sind momentan äußerst homogen. Jenny könnte ein Störfaktor werden!"

„Das liegt im Bereich des Möglichen. Auch auf die Gefahr hin, Unfrieden ins Haus zu bringen, musst du sie suchen. Danach entscheide selbst! Die Ungewissheit bringt dich doch um den Verstand."

Unwillkürlich nickte ich.

„Ja Mina. Es wäre für uns alle das Beste. Nach der Geburt meines Kindes bringe ich meine Frauen, mit deinem Einverständnis, hierher und begebe mich auf die Suche nach Jenny."
„Gut so. Ich hätte dir sowieso das Gleiche vorgeschlagen."
„Darf ich dich etwas fragen? Mina, wie tickt eine Frau? Sie wartete lange auf ihren Traummann, dann kamen sie endlich zusammen und nach kurzer Zeit des Glücks, verlässt sie ihn wieder. Anfangs schickte sie ihm noch sporadisch Nachrichten. Dann schwieg sie. Kannst du mir eine vernünftige Erklärung dafür geben?"
Fragend sah ich sie an. Ihr Blick ging in die Ferne. Schön war sie. Fremdländisch erotisch! Die kleinen Fältchen um ihre Augen machten sie sympathisch. Ihr langes schwarzes Haar floss auf ihre leicht hängenden, aber vollen Brüste. In ihren ebenso schwarzen Augen spiegelte sich die untergehende Sonne.
„Rolf! Ich habe keine Ahnung was in dieser Frau vorgegangen ist. Aber es muss einen Grund für ihr Verhalten geben. Diesen herauszufinden ist deine Aufgabe. Sonst findest du nie Ruhe."

Die Morgensonne quetschte sich zwischen zwei kahlen Bergspitzen hervor und sah Sandy und mich vor unserer Hütte sitzen. Ein leichter, kühler Wind wehte um unsere Nasen und uns fröstelte. Ich hatte mir den Luxus einer Kaffeemaschine gegönnt und so kamen wir in den Genuss eines wärmenden koffeinhaltigen Getränks. Morgens war es noch frisch hier oben, ehe im Laufe des Tages die Temperaturen in höhere Grade stiegen. Immerhin befand sich die Hütte in 2000 Metern Höhe!
„Es ist so schön hier. Lass uns bei Mina bleiben. Für den Rest unseres Lebens", durchbrach Sandy die Stille.
Ehe ich antworten konnte, begrüßte uns Mina. Wir sollten uns sputen, um nicht zur Geburt zu spät zu kommen. Ich hatte Mehmet bestellt und eine Stunde später erschien er prompt. Mina nahm eine seltsame Tasche mit. Sicher aus Ziegenleder. Sie trug einen engen Pulli und noch engere Jeans, in der sich ihre reife frauliche Figur mehr als nur erahnen ließ. Mina hatte sich durch mich mehr

gewandelt, als sie je zugeben würde. Sie war eine schöne Frau und endlich bekannte sie sich dazu.

„Mehmet, alter Junge. Entschuldige – Schwiegervater. Bitte bring uns sofort zum Flughafen."

Mehmet lachte:

„Gern, mein Sohn. Aber ich habe noch eine Bitte. Die betrifft eigentlich dich, Mina. Bitte beehre mein Haus mit deiner Anwesenheit. Alle würden mich beneiden, wenn ich erzähle, dass du bei mir warst. Meine Frau möchte dich nur einmal umarmen."

Mina verzog ihr Gesicht.

„Mehmet – ich darf doch Mehmet sagen? Was ist an mir so Besonderes? Bin ich etwa heilig geworden, ohne dass ich es bemerkte? Nein, danke."

„Ich flehe dich an. Du kannst mir diesen Wunsch nicht abschlagen. Alle reden von der Heilerin aus den Bergen, die sich nie in der Öffentlichkeit zeigt. Und alle wissen von deinem letzten Wunder. Du hast eine blinde Frau sehend gemacht."

Der stolze Mehmet demütigte sich vor Mina. Fast wäre er auf die Knie gegangen. Schließlich gab sie aufstöhnend klein bei.

So kam es, dass wir zuerst zum Riad fuhren. Haifa konnte ihre Freunde kaum in Worte fassen. Sie kniete sich schweigend und voller Ehrfurcht vor Mina hin und küsste ihre Füße. Mina zog sie ärgerlich hoch und wollte schon laut werden, ob des Kultes um ihre Person. Ich legte meine Hand auf ihre Schulter und schüttelte meinen Kopf. Versöhnlich bat Mina daraufhin um einen leichten Imbiss. Am Tisch beteuerten Mehmet und Haifa ständig, welche Ehre ihre Anwesenheit für sie und dieses Haus bedeutete.

Am Flughafen warteten meine drei Hübschen vom Personal schon auf uns. Während des Fluges unterhielten sich Mina und Sandy über die unmöglichsten Sachen. Sie ignorierten mich einfach. Letztendlich freute ich mich, dass sie sich auf Anhieb so gut verstanden. Ich nahm meine Stewardesse zur Seite und begann mit ihr ein Gespräch. Nichts Tiefgründiges oder Weltbewegendes. Wir lachten und scherzten zusammen. Ich erfuhr, dass sie in Radebeul wohnte und keinen Freund hatte. Deshalb stünde sie auch auf

Abruf für mich bereit. Zu den Pilotinnen, welche ebenfalls ledig wären, hätte sie eine Freundschaft aufgebaut. Auf meine Frage, wie weit denn ihre Freundschaft ginge, schwieg sie errötet. Rundheraus fragte ich, ob sie Sex hätten? Statt der erwarteten Ohrfeige, lachte sie mich nur schelmisch an.

Sandy blieb mein zunehmend gutes Verhältnis zu Carla natürlich nicht verborgen. Seltsamerweise tolerierte sie es. Ihre Eifersucht ließ sie scheinbar in den Bergen Marokkos zurück. Das machte mir Mut, eine Bitte zu äußern. Carla sagte zögernd zu und ich öffnete meine Hose. Mit sanften Fingern schälte sie mein Glied aus dem Slip. Sie nahm meine Eichel zwischen Daumen und Zeigefinger und schob die Haut vor und zurück. Als er die nötige Härte hatte und meine Vorhaut bei jeder Bewegung schmatzte, beugte sie sich über mich. Mit spitzer Zunge verwöhnte sie den Schlitz und die Kuppe. Ich warf einen sorgenvollen Blick zu Sandy. Die tat, als ob sie den Vorgang nicht bemerkte. Carla stülpte ihre Lippen übermeine Spitze und wichste den Schaft mit der Hand. Ich wollte es nicht unnötig hinaus zögern und konzentrierte mich auf die feuchte Wärme ihre Mundhöhle. Langsam stieg mein Saft hoch und ich stieß immer tiefer in Carlas Mund. Dann entlud ich mich mit einem unterdrückten Stöhnen. Die gute Carla versuchte krampfhaft alles zu schlucken. Dennoch rann mein Samen aus ihren Mundwinkeln. Als ich ausgespritzt hatte, erhob sie sich und wischte sich mit ihrem Handrücken über den Mund. Hatte ich zu viel verlangt? Doch ich sah in ihrem Blick keine Scham, eher Lüsternheit. Ohne Worte ging sie, um sich den Mund auszuspülen. Verlegen blickte ich wieder zu Sandy. Sie hatte mir den Rücken zugewandt. Dafür warf mir Mina einen vorwurfsvollen Blick zu.

„Musste das sein, Rolf. Denk doch an deine Frau!"

Zorn stieg in mir hoch! Was bildete sie sich ein?

„Mina! Du weißt, ich verehre dich. Doch beantworte mir eine Frage: Wo liegt der Unterschied? Ob ich dich ficke und meine Frau betrüge, oder ob mir eine andere freundliche Frau ihren Mund zur Verfügung stellt? Zumal ich ihr Geschlechtsorgan nicht einmal berührte!"

„Rolf hat recht", beschwichtigte meine Frau uns. „Er hatte „Schmerzen in den Hoden", wie Jenny immer sagte."

„Hast du denn deine Jenny immer noch gern?", fragte Mina mütterlich.

Sandy wiederum, setzte ihr kindliches Gesicht auf, welches ich so an ihr liebte, und genauso kindlich antwortete sie:

„Ich weiß nicht, ob ich sie noch gern habe. Sie verließ schließlich nicht nur Rolf, sondern auch mich. Eigentlich müsste ich sie hassen. Sag du es mir. Du weißt doch alles."

„Ich kann es dir nicht sagen. Über deine Gefühle musst du dir selbst im Klaren sein."

Mütterlich strich sie Sandy über ihr Haar. Die schmiegte sich wie ein Kind an Mina.

„Ich habe Angst davor, wenn wir sie finden. Wenn ich ihr gegenüber stehe. Warum ist das so, Mina?"

Mina streichelte sie weiter. Die Szene wirkte ergreifend. Gerade noch scherzten sie wie zwei alte Freundinnen, und nun sprachen sie wie Mutter und Tochter. Oh, wie ich meine Sandy liebte! Genau wegen solcher Momente.

„Es ist so, weil du sie immer noch gern hast. Verdamme sie nicht schon vorher. Es wird Gründe für ihr Verhalten geben. Da bin ich mir sicher. Aus eigenem Unverständnis und Unsicherheit wird Hass. Dieser Hass zerfrisst deine Seele. Hass zwingt dich Dinge zu tun und zu sagen, die du nie wolltest. Meine Mutter brachte solcher Hass aus Unverständnis um. Die Menschen verstanden nicht, dass sie mit ihrem Wissen Gutes tun wollte und sie verstanden ihr Wissen nicht. Deshalb steinigte man sie. Rede nicht schlecht von Jenny, ehe du nicht mit ihr gesprochen hast. Sandy, du hast ein solches sanftes Wesen, dass es dich zerbricht. Ich verrate dir jetzt ein Geheimnis. Aber sage es nicht Rolf weiter. Ich hatte eine Vision am ersten Tag als ich dich kennenlernte. Solche Bilder drängen sich mir oft auf. Ich kann z. B. sehen, wenn ich Besuch bekomme. Das fühle ich. Möchtest du das Geheimnis erfahren?"

Sandy bettete ihren Kopf noch tiefer in Minas Brüste. Jeden Moment erwartete ich, dass sie ihren Daumen in den Mund steckte und lutschte. Sandy wurde Kind. Hier durfte sie es sein. Ohne Zwänge, ohne ihr mühsam erreichtes Ansehen bei den Frauen zu Hause in Gefahr zu bringen.

„Bitte Mina. Sag es mir. Aber nur, wenn es etwas Schönes ist."

„Wenn eintritt was ich sah, wird es dich erfreuen. Also gut! Ich sah ein kleines Mädchen in eurer Hütte bei mir. Es hatte langes blondes Haar und war wunderschön."

Mina unterbrach, küsste Sandy auf die Stirn und wischte sich eine Träne aus ihren Augenwinkeln.

„Und dieses Mädchen gebar ein Kind. Eine mir unbekannte Frau durchtrennte die Nabelschnur und ein Mann nahm seinen Sohn in die Arme. Das Mädchen …"

Weiter kam sie nicht. Mina weinte. Ich reichte ihr ein Taschentuch. Als sie sich gefangen hatte, sprach sie kurz angebunden:

„Das Mädchen warst natürlich du und ich bin sicher, die unbekannte Frau war deine Jenny."

Sandy freute sich tatsächlich.

„Dann wird alles gut. Ich werde meine Jenny finden und meinem Rolf einen Sohn schenken."

Der Name „Jenny" brachte mich wieder auf den Boden und raubte mir meine eigentlich gute Laune.

Ich lehnte mich zurück und spielte alle Möglichkeiten durch, die zu einem Abbruch unserer Liebe geführt haben könnten. Ich kam zu keinem schlüssigen Ergebnis. Ehe ich meine Suche begann, musste ich mit Eva reden. Sie hatte Jenny schließlich dorthin geschickt und musste wissen, wo sie sich aufhielt. Aber vorher musste noch eine Sache geklärt werden. Warum hatte Mina vorhin geweint? Hier und jetzt wollte ich es wissen!

„Mina! Auf ein Wort. Gehen wir in die Ruhekabine. Bitte Sandy, bleib hier."

Im Nebenraum stellte ich Mina zur Rede.

„Warum weintest du vorhin. Doch nicht wegen der Geburt?"

Mina wurde verlegen.

„Bitte Rolf. Dränge mich nicht es zu sagen. Und ich werde es dir auch nicht sagen!"

„Ich verlange es von dir, wenn es mich betrifft!"

„Nein, bitte!"

Ich packte sie fest an ihren Oberarmen und sah sie finster an.

„Sofort! Ich muss es wissen!"

Mina setzte sich auf die Couch. Wieder schossen ihr Tränen in die Augen. Mit erstickter Stimme sagte sie:

„Die Vision... Sandy wird dir einen Sohn schenken - ja. Aber sie wird bei der Geburt sterben!"

Nun traten mir die Tränen in die Augen.

„Du musst dich irren! Sag, dass es nicht wahr ist!", schrie ich verzweifelt.

„Ich sah es klar und deutlich vor mir. Möchtest du Einzelheiten?"

„Du lügst doch! Was habe ich dir getan, dass du mich so verletzten möchtest? Und ich glaubte, du hast mich gern", schrie ich sie weiter an.

Mina antwortete nicht, sondern weinte ungehemmt. Und mir wurde es zur Gewissheit. Alles hätte ich ertragen können. Selbst die Vorhersage meines eigenen Todes. Aber nicht diese Hiobsbotschaft. Nicht den Verlust eines wesentlichen Teils von mir! Mina würde so etwas nicht leichtfertig daher sagen. Sandy wird sterben! Und ich mit ihr! Meine Gedanken gingen wirr. Sterne explodierten in meinem Kopf. Jemand schüttelte mich und ich hörte dunkel meinen Namen.

Dann brach ich zusammen. Wie damals wegen Gloria. Langsam wurde es schwarz. Ich hörte noch einen schrillen Schrei, dann war es vorbei.

Die Sirene nahm ich nur entfernt wahr, als ich zu mir kam. An mir klemmten verschiedene Drähte und man pumpte eine Flüssigkeit in meinen Körper. Dann zog man mich hektisch aus dem Einsatzwagen und fuhr mich weißgetünchte Gänge entlang. Schließlich bemächtigte sich wieder eine wohltuende Besinnungslosigkeit meiner.

Als ich wieder erwachte, blickte ich in ein schmales Gesicht. Es kam mir bekannt vor. „Nicole", stöhnte ich. Apparate summten und ich war mit Drähten behangen. Nicole drückte einen Knopf und umgehend erschien eine weißgewandete Person. Zweifellos ein Arzt.

„Gott sei Dank. Wir haben ihn wieder. Schwester Nicole: Sie beobachten bitte weiterhin die Vitalwerte. Wenn alles gut verläuft, können wir den Mann morgen auf die Station verlegen. Sie sind für ihn verantwortlich. Weiß der Teufel warum man gerade sie anforderte. Aber machen sie ihre Sache gut! Sie bleiben auf jeden Fall bei ihm! Verstanden? Rund um die Uhr."

Der weißgekleidete Popanz mit der Hornbrille verließ eilends mein Gemach. Irgendetwas hatte ihn in Wut versetzt.

„Was ist los, Nicole?" fragte ich.

„Ein schwerer Herzinfarkt im Flugzeug. Ihr wolltet zum Glück gerade landen. Sonst hätte es schlimm ausgehen können."

Ich fühlte mich müde und schloss meine Augen. Dann erinnerte ich mich an Minas Offenbarung. Sandy würde sterben! Noch vor mir!

„Um Himmels Willen, Rolf", schrie Nicole. „Was ist plötzlich?"

Meine Werte gingen wohl hoch. Es war mir scheissegal. Was hatte mein Leben noch für einen Sinn. Wenn sie mich sterben lassen würden, könnte ich Sandy kein Kind mehr machen und sie würde leben.

„Niki, sag mir eins: Warum ist das Leben so grausam?"

Verwundert blickte sie mich an.

„Du bist reich und besitzt die schönsten Frauen, die ich kenne. Gerade du solltest dich nicht beklagen."

„Du hast wohl recht. Wenn es denn so einfach wäre." Wieder kamen mir die Tränen.

„Und wie lange bin ich schon hier?"

„Vier Tage kämpften wir um dich. Deine Frau verlangte vom Krankenhauschef, dass er mich kurzfristig einstellt, damit ich voll und ganz für dich da bin. Du hast so eine gute Frau. Übrigens haben sie eine Überraschung für dich. Aber wenn du weiterhin so sich daliegst, darfst du keinen Besuch empfangen."

„Ich möchte nur meine Frau sehen. Niemand sonst. Kannst du das arrangieren?"

Nicole streichelte mich wie eine Mutter und blickte liebevoll in meine Augen:

„Später, Rolf. Später. Werde erst einmal gesund. Die Aufregung würde dir im Moment nicht gut tun."

Zwei Tage später auf einer anderen Station war es soweit. Es klopfte und herein kam eine Schar Frauen. Sandy stürzte sich sofort weinend auf mich. Alle hatten verheulte, dicke rote Augen. Nacheinander küssten sie mich. Nur Susanne fehlte im Reigen. Gloria legte ein Stoffbündel neben mich. Ich blickte in das kleine Gesichtchen eines Babys. Es schaute mich mit großen Augen an.

„Darf ich vorstellen: Deine Tochter Mina!" Sandy lächelte mich an. Vorsichtig stupste ich mit dem Finger auf das kleine Näschen meiner Tochter. Ein Gefühl des Stolzes und der Freunde durchströmte mich. Endlich hatte ich ein Kind! Ich hätte glücklich sein müssen. Die Kleine umklammerte mit ihrer winzigen Hand meinen Finger und begann zu brabbeln.

„Sie ist so schön", sagte ich leise und bewegt.

Gloria begann zu erzählen. Bei Susanne hätten schon eine Weile die Wehen eingesetzt, als die Nachricht von meinem Zusammenbruch sie erreichte. Die Aufregung beschleunigte den Geburtsvorgang. Mina, die gerade erst angekommen war, sah natürlich sofort die einsetzende Geburt. Routiniert gab sie ihre Anweisungen. Es ging schnell und Mina half dem Kind ohne Probleme auf die Welt. Obwohl Gloria nicht verstehen würde, warum sie so schweigsam und abwesend war. Sie kannte sie als fröhliche Person. Sofort nach der Geburt verlangte sie, nach Hause geflogen zu werden. Sandy leitete es in die Wege und Mina verabschiedete sich von Sandy weinend. Gloria wollte nun wissen, was überhaupt in diesem dämlichen Flugzeug vorgefallen war. Ich blickte sie stumm an und sie verstand. Gloria war die einzige, die ein Recht auf die Wahrheit hatte und sie verkraften konnte, ohne Schaden zu nehmen. Und sie erkannte, dass dieses Geheimnis nicht allen zur Kenntnis kommen durfte.

„Wie geht es Susanne? Sie ist doch wohlauf?", fragte ich Sandy.

„Meine Mutter kümmert sich um sie. Susanne geht es gut, nur etwas schwach ist sie noch. Deshalb konnte sie nicht mitkommen. Aber sie lässt dir die besten Wünsche ausrichten."

„Ich muss hier raus. Ich muss zu Susi", rief ich und wollte mich erheben.

„Oh nein. Du bleibst liegen", sagte Gloria resolut und drückte mich zurück in die Kissen.

Ich beschäftigte mich weiter mit meiner Tochter. So klein und so süß. Ihr Haupt bedeckte ein schwarzer Flaum.

„Mina also! Susanne gab ihr einen Namen ohne mich zu fragen?"

„Sie wählte den Namen als eine Reminiszenz an eine großartige Frau. Welchen Namen hättest du ihr denn gegeben?"

„Ich hätte sie Mina genannt!"

Sie lachten. Gloria wurde plötzlich ernst und bat die Frauen, kurz das Zimmer zu verlassen. Wiederwillig gingen sie. Ich bestand darauf, meine Tochter noch etwas zu halten als Sandy sie mitnehmen wollte.

„Jetzt sagst du mir, was los war mit dir und Mina."

Ich sah Gloria an und die verfluchten Tränen schossen mir wieder in die Augen. Gloria strich mir über den Kopf.

„Du machst mir Angst, Rolf. Nun sag schon!"

„Sandy wird sterben!"

Erschrocken richtete sich Gloria auf.

„Du spinnst doch! Woher willst du das wissen? Ist das wieder so ein schwarzer Spaß von dir? Ich finde das überhaupt nicht lustig!"

„Sie wird ein Kind von mir bekommen und die Geburt nicht überleben. Mina ist sich sicher."

Gloria glaubte von Natur aus nicht an solche Prophezeiungen. Sie sagte es mir auch. Aber es klang wenig überzeugend. Tief im Inneren wusste sie, dass Mina solche Sachen nicht aus der Luft griff. Glorias Tränen waren der Beweis dafür, dass sie an das Schicksal glaubte. Als ob meine Tochter die Besonderheit der Situation spürte, begann das Kind zu weinen.

Sandy stürzte herein, nahm das Kind und wiegte es. Gloria und ich sahen uns an. Sandy wünschte sich ein Kind. Es war unübersehbar. Ich riss mich zusammen und bat alle, mir etwas Ruhe zu gönnen. Ehe sie gingen, kam Ablah an mein Bett:

„Was ist mit dir, Herr? Du bist so anders."

Ich entrang mir ein Lächeln. Ich versicherte ihr, dass es mir wieder gut ging und ich bald nach Hause käme. Nach ihrem Lokal fragte ich und sie erzählte voller Leidenschaft von ihren Mädchen und Vera. Sie tat mir leid. Sandy´s Tod würde auch ich nicht überleben. Dessen war ich mir sicher. Dann wäre sie allein. Aber da waren ja noch Gloria, Susanne und Ilona. Doch - sie würden zusammenhalten.

Die Nächte in einem Krankenhaus sind lang. Vor allem für einen der grübelte. Meine Gedanken drehten sich nur noch um Sandy. Am Ende der Nacht war ich zu dem Schluss gekommen, dass nichts in Stein gemeißelt war. Ich würde mein Vorhaben so durchziehen, wie es geplant war. Aber eben etwas ruhiger. Ich musste einen Arzt oder eine Krankenschwester dabei haben, die wusste was sie tat. Als ich endlich Schlaf fand, wurde die Tür aufgerissen und Nicole stürmte in der ihr eigenen Art herein.

„Guten Morgen. Dir scheint es ja wieder besser zu gehen", sagte sie mit Blick auf mein „Zelt".

Sie trug ein enganliegendes Shirt, das ihren Körper und vor allem ihre kleinen, hochstehenden Brüste zur Geltung brachte. Erregend war sie schon! Und ich hatte seit Tagen nicht mehr abgespritzt. Meine Laune hatte sich durch meinen Entschluss alles herankommen zu lassen und die Meerjungfrau zu ficken, stark gebessert.

„Ich kann mich immer noch nicht daran gewöhnen, dass du mit der großen Gloria zusammen lebst" begann sie die morgendliche Konversation, während sie die Wäsche vorbereitete.

„Weißt du eigentlich, dass ihr letztes Album an die Spitze der Charts stürmte, nachdem sie ihren Ausstieg bekannt gegeben hatte?"

„Möglich, aber mir egal. Ich kenne nicht ein einziges Lied von ihr."

„Was bist du nur für ein Mann? Du faszinierst mich immer noch. Ich denke oft an unsere Reise damals zurück."

Inzwischen erreichte sie mit dem Lappen meinen Unterleib. Mein Penis war glücklicherweise erschlafft. Mit zwei Fingern hob sie das Teil an, schob die Vorhaut zurück und reinigte übervorsichtig meine Eichel von den Rückständen, die eine Nacht bei einem Mann nun einmal hinterließ. Natürlich hob mein Schwanz, ob so viel weiblicher Zärtlichkeit, seinen Kopf. Um das Maß voll zu machen und mich zu ärgern, begann sie langsam zu wichsen. Ich schloss meine Augen und ließ mich treiben. Plötzlich unterbrach sie und schlug mit der Hand meinen Steifen.

„Nicole! Mach weiter. Ich habe es nötig", sagte ich flehend. Nur um sie dann anzuschreien:

„Es ist deine verdammte Pflicht für mein Wohlergehen zu sorgen. Sofort nimmst meinen Schwanz in die Hand und holst es mir heraus!"

Frech streckte sie mir ihre Zunge heraus.

„Sag „Bitte"."

„Nein – sage ich nicht."

„Du arroganter Schweinehund. Dann wichs es dir doch selbst heraus."

„Wofür wirst du eigentlich bezahlt?"

„Nicht dafür, alten Männern die Schwänze zu polieren."

„Du warst immer ein freches Miststück und du bleibst ein Miststück! Aber gut – Bitte hilf mir, Nicole."

„Das klingt schon anders. Ich mache es. Aber zu meinen Bedingungen. Einverstanden?"

Ich nickte. Sie hatte mich quasi in der Hand. Niki ging zur Tür und schloss ab.

Dann zog sie ihr Shirt über den Kopf und schälte sich aus den engen Jeans. Das kleine Stoffdreieck zwischen ihren Schenkeln stellte nur ein Ärgernis dar.

„Du bleibst ruhig liegen und lässt mich machen. Keine Bewegung will ich sehen!"

Ich spürte feuchte Lippen meinen Schaft auf und ab gleiten. Ihre Zungenspitze umspielte meinen Eichelschlitz. Sie hockte sich über mich und rieb ihre Scham an meinem Schaft. Endlich griff sie nach unten und setzte ihn an. Mit einem Ruck überwand ich ihren Eingangsmuskel und ich drang ein in die seidige Glückseligkeit. Ihre Scheidenwände schmiegten sich eng um meinen Schaft. Lange genießen konnte ich ihre feuchte Enge nicht. Der Druck war einfach zu groß! Ich krallte mich in ihre Tittchen und spritzte meine Hoden wieder und wieder leer. Mein Zucken schien nicht aufzuhören. Ein Glück für Nicole. Es brachte auch sie zum Orgasmus. Um nicht laut schreien zu müssen, biss sie in ihrer Not nach Vampirart in meinen Hals.

„Das tat gut, Nicole. Bist ein geiles Stück", lobte ich sie.

„Kannst du mir eigentlich keine normalen Komplimente machen. Ich bin auch eine Frau und für Schmeicheleien empfänglich. Springst du mit deinen Frauen auch so um? Ich frage mich sowieso was sie an dir finden, alter Mann."

„Entschuldige. Hast ja Recht. Du bist nicht nur wunderschön, sondern auch grundgütig und von einem sanftmütigen Wesen. Deine Beleidigungen sind ausgewogen und ehrlich. Mit Männern kannst du umgehen. Deine Vagina sucht ihresgleichen auf der Welt und deine Brüste sind einmalig und unerreicht. Deine Frechheiten werden nur von deinem Knackarsch übertroffen. Jeder Mann würde sein linkes Ei geben, um auch nur einen Kuss von dir zu bekommen. "

„Jetzt glaube ich dir nicht mehr, du Spinner!", schmollte sie und wollte absteigen.

„Nicole. Bleib noch auf mir sitzen. Ich möchte dich etwas fragen. Dieser Arzt: wie kommst du mit ihm zu recht?"

Ich gönnte mir die Berührungen ihrer weichen Haut rund um ihren wirklich knackigen Hintern.

„Du meinst Dr. Albrecht? Der hält nicht viel von Berufsanfängerinnen. Aber eure private Anforderung gab meinem Ansehen bei ihm einen gewaltigen Schub. Sonst habe ich mit ihm nicht viel zu tun."

Ich fühlte meinen erschlafften Penis aus ihrer Vagina rutschen.

„Bitte ruf diesen Doktor zu mir. Noch vor der Visite. Ich möchte mit ihm reden."

„Der Herr wünschte mich zu sprechen?", sagte die weiße Gestalt herablassend.

Ein großer Sympathieträger war er nicht. Aber ich wollte ja auch nicht mit ihm schlafen.

„Herr Doktor. Ich möchte nächstmöglich entlassen werden. Ich fühle mich sehr gut. Dann habe ich noch eine Frage. Wie schätzen sie Schwester Nicole ein?"

„Tut mir leid, mein Herr. Ich kann keine Auskünfte über unser Personal geben."

Scharf sah ich ihn an:

„Solche Plattitüden können sie ihrem Frisör erzählen. Ich möchte keine intimen Details hören, sondern nur eine knappe Einschätzung ihrer Fähigkeiten als Krankenschwester!"

Hörbar stieß er seine Atemluft aus:

„Schwester Nicole ist wie Dr. Jeckyll und Mr. Hyde. Auf Stationsebene wirkt sie unkonzentriert und neigt zu Schlampigkeiten. Sie ist schnippisch und schnell aufbrausend. Ihre Frechheit ist legendär. Vielleicht fühlt sie sich im Stationsalltag unterfordert. Wenn es aber darauf ankommt, ist sie bereit. Sie weiß was nottut in Extremsituationen und reagiert schnell. Sie wäre besser in der Notfallambulanz aufgehoben. Genügt ihnen das?"

„Ich danke ihnen."

Susanne sah mir lächelnd entgegen. In ihrem Arm hielt sie unser Kind. Sie war fraulicher geworden, hatte Farbe bekommen. Ich setzte mich neben sie und küsste sie lange und ausgiebig. Danach gab ich meiner Mina einen Kuss. Die Kleine lachte mich an. Susanne versicherte mir, dass es ihr sehr gut ginge.

„Ich liebe dich, Susi", beteuerte ich.

„Wenn ich daran denke, dass ich vor nicht allzu langer Zeit sterben wollte. Nun sitze ich glücklich hier und bin Mutter. Ich habe ein Kind von dem Manne, dem ich ein neues Leben verdanke."

Alle setzten sich zu uns auf das breite Sofa. Sandy, Gloria, Ilona und sogar Ablah. Sie blieb heute extra im Haus, um mich zu begrüßen. Ich blickte reihum. Alle lächelten zurück. Es war schön, so wie es war. Und doch schwebte ein Damoklesschwert über uns. Auch wenn ich es mittlerweile verdrängte.

„Mädchen, Frauen und Mütter. Es ist schön, euch bei mir zu wissen. Eine Familie zu haben. Wir sind keine Familie im herkömmlichen Sinne. Und gerade das macht uns aus! Ich kann mich auf euch verlassen. Eine ist für die andere da. Ihr kennt meinen Gesundheitszustand und mein früher Tod ist nicht ausgeschlossen. Deshalb …" Erregte Stimmen unterbrachen mich.

„Seid doch mal ruhig und lasst mich sprechen. Wir waren immer ehrlich zueinander. Deshalb sprach ich auch von meinem Tod. Wenn ich also sterben sollte, bleibt ihr nun beieinander oder bricht die Familie auseinander?"

Sandy lehnte sich an mich. Die Vorstellung meines Todes machte sie traurig.

„Wir haben es dir doch schon geschworen", sagte sie.

„Ihr müsst es nicht mir schwören. Ich bin dann nicht mehr da."

Sandy blickte in die Runde. Alle nickten zustimmend.

„Also noch einmal. Wir bleiben zusammen. Ohne Mann. Wir brauchen keinen anderen. Für Ablah möchte ich nicht sprechen", meinte Gloria.

Ablah sah sie entsetzt an. „Und warum kannst du nicht für mich sprechen. Wenn Allah Rolf zu sich ruft, habe ich sicher Kinder von ihm. Bis an mein Ende gehöre ich zu Rolf. Und damit zu euch. Er ist doch mein Herr und ich werde meine Söhne nach seinem Vorbild erziehen", sagte sie aufgebracht.

„Du rechnest also nicht mit meinem baldigen Tod?"

„Nein!", sagte sie trotzig. „Rede doch nicht immer vom Sterben. Du lebst noch lang. Das spüre ich."

Plötzlich und unerwartet regte sich Sandy.

„Ich möchte auch ein Kind von dir, Rolf!"

Schlagartig blickte ich zu Gloria. Sandy spürte meine Erregung.

„Was ist eigentlich in letzter Zeit mit dir los? Du wirkst immer so traurig. Warum schaut ihr zwei euch so seltsam an? Ich denke wir haben keine Geheimnisse?"

Ich streichelte ihren Kopf nach alter Gewohnheit.

„Meine liebe Frau. Es gibt Geheimnisse, die eigentlich keine sind. Wie Weihnachtsgeschenke oder Ähnliches. Dann gibt es aber auch Geheimnisse, die welche bleiben sollten, weil es niemanden gut tut, sie zu erfahren. Bitte belass es dabei."

Nun hatte ich alle Uneingeweihten erst neugierig gemacht. Alle verlangten um Aufklärung. Mit einem Schrei gebot ich Ruhe.

„Ihr alle wisst um meine Pläne für die nächste Zukunft. Ich muss noch eine Sache zu Ende bringen. Eher finde ich keine Ruhe. Außer Ilona und Sandy kennt niemand von euch Jenny. Mit ihr begann alles. Keine von euch würde hier sitzen, wenn sie nicht gewesen wäre. Ich muss sie also unbedingt finden. Irgendetwas stimmt nicht. So vernehmt denn meine Pläne. Alle fliegen mit mir nach Marokko. Dort werdet ihr bleiben. Susanne und unserem Kind wird es gut tun. Und sicher auch Sandy und Gloria. Ich fliege von dort aus nach Ägypten. Irgendwelche Fragen?"

„Du hast mir versprochen, mich mitzunehmen!", ereiferte sich Sandy. „Ohne mich fliegst du nirgendwohin. Das sage ich dir! Die Zeiten sind vorbei! Ich bin hier die Hausherrin und was ich sage wird gemacht! Verstanden?"

Großes Gelächter brandete auf und ich fragte mich ernsthaft, ob Sandy es so meinte, wie sie es sagte.

„Ja Rolf. Es sind andere Zeiten angebrochen. Außerdem wäre es nicht klug, kurz nach so einem Anfall durch die Prärie zu reisen."

„Ich muss es einfach tun, Susanne."

„Rolf! Du bist Vater!" Susi hielt mir Mina hin. „Dieser kleine Wurm braucht dich, so wie ich auch. Und Gloria, und Ablah, von Sandy nicht zu reden. Fordere es nicht heraus – das Schicksal!"

„Ich werde fliegen", sagte ich kategorisch.

Gloria, die sich bis dahin zurück gehalten hatte, räusperte sich: „Du bist sehr egoistisch!"

Man hielt mir also Egoismus vor. Mir, der ich mich nur und ständig für meine Frauen einsetzte!

„Mit Jenny stimmt etwas nicht. Ich kann und will nicht glauben, dass sie so einfach nach zwei Monaten den Kontakt abbricht. Ich brauche Gewissheit!

„Du bist ein selbstsüchtiger Mistkerl!" Gloria wurde laut. „Nach Ägypten zu fahren in dieser Jahreszeit und bei deinem Gesundheitszustand ist lebensgefährlich. Was wird aus uns, wenn du in der Wüste verendest, nur um dein Ego zu befriedigen? Akzeptiere endlich das es auch Frauen gibt, die dir nicht bis ans Lebensende die Füße küssen!"

Das konnte ich mir nicht bieten lassen. Also stand ich auf, baute mich vor Gloria auf und schrie zurück:

„Ihr alle seid ihr zu großem Dank verpflichtet. Ohne sie würde es diese Familie nicht geben. Sandy würde in ihrer Kemenate hocken und ihre Puppenstube reinigen, Susanne im Dunkeln die Betonwände ihrer DDR-Wohnung anstarren und du würdest deine Schnulzen trällern, dich feiern lassen und am Swimmingpool mit einem Glas Sekt in der Hand, die ungerechte Welt verfluchen. Und sollte mir der Tod in Ägypten den Löffel aus der Hand nehmen, so hätte ich wenigstens eine gute Tat vollbracht und Sandy damit das Leben gerettet."

Längst hatten wir den Boden von Anstand und Sitte verlassen und die Welt um uns herum vergessen. Dieser Streit musste ausgefochten werden. Auch Gloria sah das so und geiferte mich weiter voll:

„Du hast hier noch drei weitere Frauen und ein Kind. Und du hast die Pflicht, auch Ablah mit einem Kind zu segnen. Wenn Sandy stirbt, geht das Leben weiter. Du Ochse hast verflucht noch mal für uns zu sorgen. Und du hast auch die verdammte Pflicht, gesund zu bleiben, wenn nicht für mich, so doch für deine Mina und ihrer Mutter! Geht das denn nicht in deinen Gipskopf?"

Ich wischte mir fahrig ihren Speichel aus den Augen.

„Es liegt nicht mehr in meiner Macht. Wenn meine Frau tot ist, dann kippe auch ich von der Stange. Darauf kannst du einen lassen. Und Jenny wäre ideal, meinen Platz einzunehmen. Also werde ich sie suchen und holen!"

„Glaubst du im Ernst, wir würden diese Person hier einfach aufnehmen? Sie, die für deinen Tod verantwortlich wäre?"

„Ja – natürlich würdet ihr das. Weil ich … ich es verlange und fordere!", schrie ich sie weiter an.

Gloria kreischte auf. Sie hatte völlig die Kontenance verloren: „Ohhhh, du elender …"

Ein anderes Geschrei brachte uns zur Besinnung. Meine Tochter brüllte aus Leibeskräften. Susanne blickte uns erschrocken an. Sandy heulte, Ablah saß da und stierte entgeistert die Wand an und Ilona tippte sich mit dem Finger an die Stirn. Was hatten wir getan? Resigniert ließ ich meinen Kopf auf die Brust sinken. Gloria fasste sich schneller. Sie ging zu Sandy und nahm sie in ihre Arme.

„Muss ich sterben? Bitte sag mir die Wahrheit, Gloria."

Ich konnte meine kleine Sandy in diesem Zustand nicht ansehen. Es brach mir das Herz. In unserem Zorn hatten wir ihr Todesurteil verkündet! In der Küche riss ich ein Blatt Papier von der Rolle und tupfte mir die Augen trocken. Ilona folgte mir und verlangte eine Erklärung. Nachdem ich ihr von der Prophezeiung berichtet hatte, nickte sie nur stumm. Zurück im Zimmer nahm ich meine Kleine an die Hand und ging mit ihr schlafen.

Im Bett bedeckte ich sie mit Küssen, ehe ich mich zu einem Kommentar genötigt sah.

„Sandy! Nichts steht fest. Wer weiß, was Mina träumte? Ich werde dich nicht sterben lassen! Das lasse ich nicht zu!"

Sie sah mich mit stark geröteten Augen an und entrang sich ein Lächeln.

„Mina sagte also, dass ich dir einen Sohn schenken werde. Ich sterbe gern, wenn ich dir mit dem Kind eine große Freude mache! Nur bitte, lass mich nicht so lange leiden."

Was war das für ein Mädchen? Sie beschämte mich und uns alle. Sie wollte für ein Kind von mir sterben! Sandy brach nicht zusammen. Sie akzeptierte das scheinbar Unausweichliche und es machte sie stärker als je zuvor.

„Wir müssen kein Kind haben, Sandy. Das ist es nicht wert. Es gibt nichts, das deinen Tod rechtfertigen würde."

„Aber ich wäre doch so stolz darauf, Rolf."

„Nein! Das lasse ich nicht zu! Du bist mein Lebensinhalt geworden. Andere Frauen sollen mir Kinder schenken."

„Aber Rolf. Es wäre doch nicht nur für dich. Ich wollte immer eine richtige Frau sein. Ein Kind gehört dazu."

„Möchtest du mit mir nach Ägypten fliegen und Jenny suchen?", brach ich das traurige Thema ab.

Sandy stimmte leicht nickend zu.

Sie legte sich auf meine Brust und schlief nach diesen Worten ein. Die psychische Belastung der letzten Stunde forderte ihren Tribut.

Eine gedrückte Stimmung herrschte am Frühstückstisch. Gloria gab mir die Schuld an dem gestrigen Vorfall und redete nicht mit mir. Susanne drückte mir meine Tochter für die Flasche in die Arme und Ablah glänzte gänzlich durch Abwesenheit. Ilona trug Toast auf und blickte immer wieder zu ihrer Tochter. Wieder war es meine Frau, die mich erstaunte.

„Gut, Mädels. Wir haben genug geweint gestern. Heute ist ein neuer Tag und ich möchte keine traurigen Gesichter mehr sehen. Habt ihr mich verstanden?"

Meine Tochter spuckte mir ihre Milch ins Gesicht. Susanne nahm sie mir lächelnd ab und holte eine ihrer vollen Brüste aus der Verschalung.

Ich tat meinen Plan für den heutigen Tag kund. Zunächst würde ich zu Eva, meiner alten Chefin fahren um sie zu befragen. Danach wollte ich mit einer Krankenschwester reden, welche mich auf der

Reise begleiten sollte. Um den Weltfrieden nicht in Gefahr zu bringen, nannte ich keinen Namen. Und es fragte auch keine. Alle standen wohl noch unter Schock. Alle, außer Gloria. Die hatte sich auf mich eingeschossen und bedachte mich mit bösen Blicken. Sandy entging unsere Feindseligkeiten nicht.

„Wollt ihr zwei euch nicht mal aussprechen? Vielleicht im Bad? Oder doch lieber im Bett?"

Belustigt schaute sie uns an. Sandy entwickelte sich immer mehr zur Menschenkennerin. Sie wollte unseren Druck abgebaut sehen. Ich spielte mit.

„Gloria! Ich bin hier der Hausherr! Und in dieser Eigenschaft befehle ich dir, sofort zu lächeln!"

„Du bist ein Lump, aber kein Hausherr."

Sie war eingestiegen! Bewusst oder Unbewusst.

Ich stand auf, ergriff ihren Arm und zog sie mit mir.

Im Schlafzimmer fasste ich ihr derb an die Titten.

„So, du Schlampe. Zieh dich aus und zeig mir deine Fotze."

Devot begann sie sich zu entblößen. Sie stand also immer noch auf diese Fäkalsprache. Gut so! Sie sollte es bekommen.

Sie legte sich auf das Bett, zog ihre Knie an den Oberkörper und spreizte ihre Beine soweit es ging. Ihre klaffende, braune Spalte glänzte in Vorfreude auf das zu Erwartende. Inzwischen selbst nackt, wichste ich meinen harten Schwanz.

„Du willst mich also zwischendurch ficken? Dann steck ihn mir rein und spritz mich voll, du perverses Schwein!"

„So nicht, du Dreckstück. Sofort drehst du dich um. Ich werde dich von hinten aufbocken."

Gloria nahm also die „Hündchenstellung" ein. Ihr Loch war schon geöffnet und ein silbriger Faden lief aus ihr heraus. Ohne Vorspiel oder ähnliche Scherze setzte ich an und drang mit einem Ruck in sie. Wohlig stöhnte sie auf und stieß mir ihr Becken entgegen. Ich fasste sie an den Hüften und zwang ihr meinen Rhythmus auf. Wieder und wieder stieß ich hart in sie. Ich merkte, wie sie kam. Ein letztes Mal zog ich sie zu mir, bis ich ihren Gebärmuttermund spürte und ließ sie auszucken. Als sie zu Atem kam schrie sie mich an:

„Du fickst mir meine Fotze wund."

„Dem kann man Abhilfe schaffen. Urin ist gut gegen wundes Fleisch. Du hockst dich jetzt auf mich und bepisst mich. Und dabei hältst du deine Schnauze! Du hast zu gehorchen!"

Ich legte mich hin und Gloria stülpte gehorsam ihre Vagina über mein bestes Stück. Ich nahm ihre schweren Brüste, um sie mehr als üblich zu quetschen. Gloria beugte sich etwas zurück und bearbeitete während des Rittes ihren Kitzler. Sie musste sehr ausgehungert sein, denn nach kurzer Zeit kam sie erneut. Tief stöhnte sie auf und ich spürte ihren warmen Strahl Urin scharf auf meinen Unterbauch spritzen. Ein letzter Schrei und sie sank erschöpft auf mich.

„Das tat gut Rolf", hauchte sie.

„Nichts tat gut. Du Hure drehst dich jetzt auf den Rücken. Ich werde dich blutig ficken."

Das Laken war mehr als eklig zu nennen. Es stank nach Urin und ihren fraulichen Säften. Doch ich musste es durchziehen. Ab und zu musste ich ihre Neigungen bedienen. Ich bog ihre Schenkel auseinander und stieß zu. Ihre Titten wackelten bei jedem Stoß wie Pudding.

„Du … bist ein… solches Schwein, Rolf. Fick mich… härter. Ich möchte…dein Spermaklo… sein."

Nicht lange und ich konnte meiner Natur nachgeben. Gloria hatte ja schon zwei Orgasmen. Jetzt war ich dran. Sobald Gloria meinen heißen Saft in sich spürte, krallte sie sich in meinen Arsch und zog mich noch tiefer in sich hinein. Endlich hatte ich mich leergespritzt. Ich zog ihn aus ihr heraus, brachte ihn vor ihren Titten in Stellung und wartete bis die Erektion nachließ. Endlich entlockte ich meinem Schwanz einen gelben Strahl. Gloria öffnete ihren Mund. Ich pinkelte auf ihre Brüste und ins Gesicht. Gloria stieß Verwünschungen aus und bedachte mich mit allen möglichen Tiernamen, ehe ein weiterer Orgasmus sie verstummen ließ. Ich fiel zur Seite. Diese Art von Sex konnte mir nicht gefallen. Eigentlich verabscheute ich es, Frauen zu erniedrigen. Aber ich war verpflichtet dazu. Jede meiner Frauen verdiente ihre Art des Geschlechtsverkehres. Und Gloria liebte nun einmal diese Spiele.

„Danke Rolf. Du bist doch der beste Ficker weit und breit. Genauso habe ich es seit langem wieder gebraucht."

„Glaubst du, Ilona macht hier die Sauerei weg?"

„Nein, nein. Das mache ich lieber selbst. Es ist doch zu peinlich."

„Gloria, ich brauche deine Hilfe. Gleich was in Ägypten passiert – kümmere du dich um die Mädchen."

„Ich verspreche es dir. Obwohl ich dich noch immer für einen sturen und arroganten Kerl halte."

Eine Weile schwiegen wir, starrten an die Decke und hingen unseren Gedanken nach.

„Du Rolf. Ich habe überlegt, ob deine kleine Frau die Tragweite unseres unüberlegten Streites überhaupt begriff. Schließlich sagten wir ihren Tod voraus. Ich glaubte zunächst, sie wäre nur einfältig. Aber Sandy begriff sehr wohl! Sie liebt dich über alles und würde gern sterben, wenn sie dich mit einem Kind glücklich machen würde."

Gloria lehnte sich auf mich und sah mir tief in die Augen.

„Rolf, mach das Mädchen nicht unglücklich. Lass es nicht zu, dass sie stirbt! Ich habe sie in mein Herz geschlossen wie eine Tochter. Es wäre auch das Ende unserer Familie. Mit ihrem Tod könnte keine hier leben. Es muss einen Ausweg geben! Natürlich sollt ihr nicht auf Sex verzichten. Rede mit ihr, dass sie nicht auf Teufel komm raus ein Kind gebären muss um dich glücklich zu machen. Lebt euer Leben, gemeinsam mit uns. Bring in Gottes Namen deine Mission zu Ende. Auch wenn ich weiterhin dagegen bin. Dann komm zurück und werde glücklich mit ihr. Ich fand mein Glück bei den Mädchen. Und ich kümmere mich um deine zukünftigen Kinder."

„Du bist eine gute Frau. Und ich werde mich in Zukunft mehr Sandy widmen. Gleich ob ich Jenny finde oder nicht. Ja – ich liebe meine Frau von ganzem Herzen und ich bedauere nur den Umstand, dass diese Liebe nicht von langer Dauer sein wird. Wie sehr wünschte ich mir, 20 Jahre jünger zu sein. Jetzt bin ich alt und mein nächster Anfall könnte mein Letzter sein. Und Sandy? Ich werde sie nicht verlieren. Nicht wegen mir. Ich bin ihr Opfer nicht wert. Sie ist manchmal einfältig - ja. Und genau das ist es, was ich an ihr so mag. Aber sie ist stark und im Herzen rein. Mit einer unglaublichen Willenskraft befreite sie sich aus ihren Zwängen und es erfüllt mich mit Stolz, sie auf diesem Weg weiterhin begleiten zu dürfen. Immer wieder habe ich sie selbstsüchtig vernachlässigt und sie gedemütigt. Sandy ertrug alles. Sie ist schön und bauernschlau. Ein Engel halt. Es klingt schwülstig, aber ich finde keine Alternativen zu meiner Einschätzung."

„Rolf. Liebe deine Frau noch lange. Und selbstsüchtig bist du nicht. Schau dir deine Familie doch an. Eine jede ginge für dich in den Tod! Nicht nur deine Sandy. Und nun frag dich selbst, warum das so ist."

Mit Sandy fuhr ich zur Audienz bei Eva. Zuvor telefonierte ich mit ihr. Sie hielt sich stark bedeckt als die Sprache auf Jenny kam. Eva stotterte Entschuldigungen und versuchte die Konversation auf belanglose Dinge zu lenken. Sie musste einfach mehr wissen! Nach den üblichen Begrüßungsfloskeln lud sie uns zu einem Glas Wein ein. Sie öffnete geheimnisvoll eine Tür ihres Schreibtisches und bat mich, die Flasche zu öffnen.

„Das ist also deine Frau. Ich hörte schon viel von dir", begann sie die Unterhaltung mit interessiertem Blick auf meine Kleine.

Ich schnitt ihr das Wort ab:

„Kommen wir zur Sache, Eva. Was ist mit Jenny?"

Eva wurde verlegen und nippte überlegend an ihrem Glas.

„Ja – was ist mit Jenny? Ich hörte seit langer Zeit nichts mehr von ihr. Du musst zunächst verstehen, dass das Heim in Ägypten nur eine Alibifunktion hat. Jedes Pflegeunternehmen tut eben etwas für die armen, zurückgebliebenen Länder. Bis jetzt wurden die Kinder dort aufgepäppelt, nun kommen die Alten dran. Du kennst das. Die Fördergelder wurden verbraucht und man konnte sich etwas auf den Briefkopf schreiben. Jenny erhält regelmäßig ihr Gehalt und damit hat es sich. Ich kann dir nicht weiter helfen. Nachdem du mich anriefst, setzte ich mich mit der Hauptstelle in Verbindung. Dort weiß man nur, dass das Heim überraschend gut läuft. Seit einiger Zeit verlangen sie keine Zuschüsse mehr. Es ist, als hätte sich die Einrichtung verselbstständigt. Wer konnte schon mit so etwas rechnen? Die Stelle in Kairo trägt eigentlich nur noch unseren Namen. Und unsere Krawattenträger werden einen Teufel tun und sich dort einmischen und eventuell Unruhe reinbringen. Mehr weiß ich auch nicht."

Eva trank ihre Neige aus und goss sich nach.

„Und keiner machte sich die Mühe, mal in Ägypten vorbei zu schauen?", fragte ich weiter. Eva winkte ab:

„Die Stühle in den Büros sind bequem und eine Reise mühselig."

„Du versuchst mir also auf umständliche Art klar zu machen, dass es kein Schwein interessiert, wie es dem Projekt und vor allem Jenny geht? Das kann ich einfach nicht glauben!"

„Rolf, ich bin nur ein kleines Licht in einer Filiale. Und ich sagte dir bereits, dass es anscheinend gut läuft."

Ich sprang auf und zeigte mit dem Finger auf sie.

„DU hast ihr den Floh ins Ohr gesetzt. Wegen DIR wurde unser Glück zerstört. Wenn Jenny etwas passiert ist, mache ich DICH verantwortlich", schrie ich sie an. Das war auch ihr zu viel. Natürlich konnte sie nichts dafür. Eva erhob sich ebenfalls und beugte sich über den Schreibtisch, so dass sich ihre schweren Titten hervor schoben.

„Jenny war die ideale Person. Pragmatisch und kompetent. Sie hatte noch Ideale! Außerdem glaubte sie an die Mission und es war für sie wie eine Auszeichnung und Würdigung ihrer Arbeit. Jenny wurde von mir als meine Nachfolgerin geplant, wenn sie zurückkommt. Was willst du eigentlich von mir?", rechtfertigte sie sich in der gleichen Tonhöhe wie ich. „Sie plante, mit dir dieses Heim und die daran angeschlossene Sozialstation zu leiten. Alles war schon von oben abgesegnet. Unter der Bedingung, dass sie dieses unselige Projekt zum Laufen brachte. Außerdem sollte sie schon lange zurück sein. Ich traute ihr und sie traute mir. Dann lief alles aus dem Ruder, wie du selbst weißt, und das Projekt und deine Jenny wurden vergessen. Selbst du hattest sie abgeschrieben! Dabei tat sie es aus Liebe zu dir. Sie vertraute mir an, dass sie erst mit dir darüber sprechen wollte, wenn sie wieder hier wäre. Jetzt hast du Schweinegeld, bist mit dem schönsten Mädchen von Dresden verheiratet und hast ein Kind mit einer anderen Frau. Selbst ein Medienstar liegt dir zu Füßen. Und auf einmal wird dem reichen Snob langweilig und er erinnert sich an eine frühere Liebe! Oder ist es dein verletzter Stolz? Wie kann eine Frau es wagen, den großen Frauenversteher Rolf zu verlassen und sich nicht mehr zu melden? Was glaubst du, was deine Jenny zu all dem sagen wird? Sie ist auch nicht blöd. Wenn sie dort einen Mann kennen lernte und ein neues Leben begann, bist du der Letzte, der ihr einen Vorwurf machen könnte! Und wer ist hier nun der Schweinehund?"

„Was erlaubst du dir? Du gehst zu weit! Ich verbiete dir, so mit mir zu reden! Ich wollte das alles nicht! Nicht so! Nur mit Jenny glücklich werden, das war alles. Selbst an meinem bescheidenen Vermögen bist du schuld! Schließlich warst du es, die mir Susanne damals förmlich aufgedrängt hat. Und wenn ich es mir recht überlege, trägst du sogar die Schuld, dass ich mit Sandy zusammen bin!", spuckte ich in ihr Gesicht. Ich hätte ihr etwas tun können. Gefühlte Minuten blickten wir uns aufgebracht in die Augen. Nase an Nase. Dann zog mich Sandy auf den Stuhl zurück.

„Könnt ihr nicht vernünftig bleiben? Ihr seid erwachsene Menschen!", sagte sie leise.

Ich schloss meine Augen um mich zu sammeln. So Unrecht hatte Eva nicht. Die Pläne von Jenny kannte ich nicht. Man lockte sie also mit dem Versprechen einer Leitungstätigkeit nach Abu Sir. Sie wäre sicher zurückgekommen, um sich mit mir ein neues Leben aufzubauen. Nun hatte sich alles grundlegend geändert. Zwei Jahre hielt sie sich nun schon in Ägypten auf. Etwas musste einfach dort vorgefallen sein. Im besten Falle hatte sie dort einen Mann kennengelernt. Und Eva konnte ich keine Schuld geben. Für nichts! Es war einfach ungerecht von mir.

„Du hast schöne Brüste, Eva", schmeichelte ich ihr, um die Spannung aus der Situation zu nehmen.

„Was bist du nur für ein Ekel? Meine Titten kümmern dich doch einen Dreck. Fliege nach Ägypten. Offiziell von uns beauftragt. Ich werde mit dem Vorstand sprechen, dir entsprechende Mittel zur Verfügung zu stellen. Sieh nach dem Rechten."

„Ich benötige eure Mittel nicht. Ich werde fliegen. Aber nicht in eurem Auftrag."

„Trotzdem würde ich dich um eine Einschätzung der Lage dort bitten."

„Frag Jenny selbst. Ich werde sie mitbringen."

„Gut. Verbleiben wir so. Und danke, dass du für meine Tochter gesorgt hast. Sie fühlt sich wohl in dem Lokal. Ja – sie schwärmt regelrecht von dem guten Arbeitsklima. Es macht ihr Spaß, etwas

Konkretes aufzubauen und sie wird gleichberechtigt mit eingebunden."

„Dafür musst du Ablah, ihrer Chefin danken und nicht mir."

„Nein – natürlich. Du tatest noch nie etwas für andere. Du bist der unverstandene, schüchterne Mann, der an allem unschuldig ist." Eva lachte. „Seit damals als es begann, kümmerst du dich um andere. Viele Frauen brachtest du auf die Spur. Selbst ich wurde eine Andere. Aber immer lehntest du den Dank dafür ab. Habe ich recht, Sandy."

Die nickte nur und schwieg. Ihre Schüchternheit brach wieder durch. Lächelnd dachte ich an Lola, der Tochter von Eva. Es war eine gewaltige Orgie damals in Aue. Wir wollten nur einmal zu zweit die Sau rauslassen. Lola war Kellnerin in dem Hotel, in dem wir abstiegen. Ich fickte sie tagelang wie eine billige Nutte und Sandy leckte sich die Zunge wund. Erst später erfuhren wir, dass ausgerechnet sie die Tochter von Eva war. Mein schlechtes Gewissen riet mir, Lola nach Dresden zu holen, als sie mich darum bat. Und zufällig benötigten wir eine Kellnerin für „Ablah´s Tajine". Alles beruhte einzig auf purem Zufall! Und trotzdem glaubten sie, mir Dank schuldig zu sein. Oder Susanne, mein Arbeitsauftrag! Eva nötigte sie mir förmlich auf! Lustlos und unter Vorbehalten nahm ich den Auftrag an. Ich trieb Susanne, die damals noch blind war, rücksichtslos ihre Arroganz aus und wurde dafür mit 30 Millionen Euro bedacht. Ellen und ihre Tochter Danny, Gloria, Ablah, Ilona und all die anderen! Fünfzig Jahre lebte ich praktisch allein mit der Hand in der Hose. Und innerhalb von zwei Jahren „hängten" sich plötzlich Weiber aller Couleur an mich. Rolf hier, Rolf da! Oh, wie mich alles ankotzte! Anfangs fühlte ich mich noch gut dabei. Aber jetzt …? Ich begann zu lachen. Immer lauter, bis mir die Tränen liefen. Sandy wusste was das bedeutete.

„Ruhig Liebster. Bitte, reg dich nicht auf. Alles wird gut", hörte ich Sandy und sie begann meinen Kopf zu streicheln. Dann flüsterte sie mit Eva und die schlug vor, mich in den Frauenruheraum zu bringen. Wenn nur diese verdammten emotionalen Anfälle nicht wären! Nicht mehr lange und ich würde mir einen eigenen Psychiater anstellen müssen. Irgendwann beruhigte ich mich wieder. Ich fühlte mich unendlich müde. Zu Hause brachte mich Sandy sofort ins Bett und legte sich besorgt neben mich. Nun war ich auch wieder nicht so müde, dass mich ihr Körper nicht erregte. Ich leckte ihre sich erhärtenden Nippel und knetete ihre wunderschönen festen Brüste. Sandy stöhnte wohlig, als ich mit meiner Hand ihre Spalte rieb und ihre Säfte zum Fließen brachte. Sie ergriff mir zarter Hand meinen Schaft und fuhr mit dem Daumen über meine Eichelspitze. Ich drehte sanft ihren Körper auf die Seite und schmiegte mich an sie. Mit einem Ruck überwand ich den Widerstand ihres engen Einganges und drang vorsichtig und langsam in sie ein. In ihren feuchten Tiefen verweilte ich um dieses Gefühl intensiv genießen zu können und in meinem Gehirn zu speichern. Sandy wurde unruhig. Sie forderte meine Stöße. Von hinten ihre festen Brüste umklammernd, begann ich mich zu bewegen. Zögerlich zuerst, dann immer wilder. Eine Hand ging zu Ihrer Klitoris. Meine Berührungen dieses kleinen Knopfes machten sie zucken. Jeder meine Stöße erzeugte zunehmend unanständige Geräusche. Es roch stark nach Frau. Sandy ließ es sich nicht nehmen, ab und zu meine Hoden zu streicheln und zu kneten. Ich hielt es nicht mehr aus.

„Komm mit mir zusammen, meine kleine Geliebte. Lass uns verschmelzen – jetzt!"

Gemeinsam zuckten wir einen ekstatischen Orgasmus heraus. Meine Schübe wollten kein Ende nehmen und Sandy schrie unentwegt unter der süßen Folter. Und gemeinsam schliefen wir danach ein.

Mina brabbelte mich an. Sie war ein hübsches Mädchen und ich ein stolzer Vater. Wohlwollend und verständnisvoll lächelnd, beobachtete uns Susanne. Ablah bereitet sich für ihr Lokal vor. Ich fragte sie, ob sie kurzfristig für uns einen Tisch reservieren könnte. Ich gedachte mit meinen Frauen Mittag zu speisen. Für ihren Herren wäre ständig ein Platz in einer besonderen Ecke frei, antwortete sie. Dann nahm sie all ihren Mut zusammen und bat um ein Gespräch unter vier Augen. Ich reichte Susanne unser Kleines und ging mit meiner schönen Orientalin ins Nebenzimmer. Dort küsste ich sie ausgiebig und fragte, was sie auf dem Herzen hätte. Sie sah mich mit ihren fast schwarzen Augen an:

„Herr! Unser Restaurant läuft sehr gut. Wir konnten schon erste Gewinne verbuchen. Vera ist voll integriert und ich kann mich auf mein Personal verlassen. Vera kann das Lokal eine Zeit lang selbstständig leiten und Lola ist auch eingearbeitet und mit dem Schreibkram vertraut."

Ablah leckte sich über die Lippen und schwieg.

„Ablah, es ist dein Lokal, nicht unseres. Und ich freue mich für dich. Aber worauf willst du eigentlich hinaus?"

Sie scharrte mit den Füßen und blickte verschämt nach unten.

„Es ist doch so, Herr. Wenn das Geschäft laufen würde, versprachst du mir ..." Wieder brach sie entmutigt ab. Plötzlich blickte sie mir fest in die Augen.

„Ich möchte endlich ein Kind von dir!"

Ich setzte mich auf einen Stuhl und bat sie auf meine Beine. Meine Hände begannen ihren Körper zu erforschen. Schön war sie – rassig. Einen Momentlang war ich versucht, mit der Produktion des Kindes sofort zu beginnen.

Ich fuhr mit dem Daumen über ihren vollen Mund und sagte:

„Es würde mich mit Freude und Stolz erfüllen, wenn du mir einen Sohn schenken würdest. Und du sollst viele Kinder haben. Wenn ich aus Ägypten zurückkomme, werde ich dir die nötige Liebe geben."

„Und wenn du nicht zurückkommst?"

Ihre Offenheit war entwaffnend! Ja – es lag im Bereich des Möglichen, dass ich mein Gebetbuch dort zuschlagen könnte. Und dann wäre es Pumpe mit einem Kind.

„Heute Abend, Ablah?"

„Danke Herr."

„Ich habe dich stark vernachlässigt. Bitte verzeih."

„Es ist gut so. Du hast doch die Herrin. Sie bedarf deiner Liebe am Meisten. Sie ist so gütig und eine liebevolle Frau."

„Wenn sie nicht wäre. Wärst du an meiner Seite."

Ablah lachte:

„Ich bin zufrieden. Du behandelst mich gut und respektvoll. Du nahmst mich gleichberechtigt auf. Das ist mehr als ich je zu hoffen wagte. Und Danke für dein Vertrauen. Zu meinem Glück fehlt nur noch ein Kind. Ich möchte dir den Sohn schenken, den Sandy dir nicht geben kann. "

„Warum sollte meine Frau mir keinen Sohn schenken können?"

„Das weißt du genau! Du kannst sie nicht schwängern. Sie würde es doch nicht überleben. Nun, da alle es wissen, musst du dich zurückhalten. Keiner möchte sie verlieren. Du hast doch Susanne und mich für Kinder."

Nachdenklich und ohne eine Antwort, verließ ich Ablah.

Eine gefühlte Ewigkeit war es her, als ich das letzte Mal das Lokal besuchte. Stimmengewirr drang an mein Ohr. Ein orientalischer Duft nach exotischen Gewürzen stieg mir in die Nase und meine Augen sahen eine fremde Welt, die nicht nach Dresden gehörte, aber die Stadt kulturell und gastronomisch bereicherte. Eine dunkelhaarige Schönheit in einem Kaftan, welcher tief ausgeschnitten war und bronzene Brustansätze sehen ließ, begrüßte uns und fragte nach unserem Begehr. Kurz überlegte ich, woher ich sie kannte. Natürlich! Die aufsässige Schöne aus Marrakesch, die sich nicht pimpern lassen wollte! Auch sie überlegte. Wir kannten uns ja kaum und sahen uns lange nicht. Schließlich blitzten ihre Augen auf und sie verbeugte sich tief vor mir.

„Entschuldige Herr. Ich erkannte dich nicht sofort. Bitte folge mir." Sie lief vornweg und wiegte sich in den Hüften. In unserer Traditionsecke kamen auch die beiden anderen und verbeugten sich tief und ehrfürchtig. Die Mädchen hatten hier eine Aufgabe gefunden. Ablah erzählte mir einmal, wie tief ihre Dankbarkeit mir gegenüber wäre. In ihrer Heimat waren sie dazu verdammt, Ziegen zu hüten, Argannüsse zu knacken und einmal an einen ungeliebten, despotischen Mann verheiratet zu werden. Ich hatte ihnen ein neues Leben ermöglicht. Und sie nutzten die Chance, indem sie das Lokal zu einer angesehenen Adresse der Stadt machten und damit sich selbst ihr Überleben sicherten. Sie waren schon lange nicht mehr von meinem Geld abhängig. Sie lebten in eigenen Wohnungen und führten ihr eigenes Leben. Es ging ihnen gut.

Vera und Lola drückten sich an mich und gaben ihrer Freude Ausdruck, mich zu sehen.

Wir nahmen Platz und meine Frauen beschäftigten sich mit meiner Tochter, welche wieder quengelte.

Ich betrachtete wehmütig die Relikte des früheren „Trödeleck". Alles erinnerte mich an Jenny. Hier trafen wir uns und fällten Entscheidungen. Hier „bearbeiteten" wir Vera mit Kerzen. Ich sah meine Frau vor mir, wie sie sich schüchtern und ängstlich an mich drückte. Damals ein Mädchen noch, dass sich auf den Weg zur Frau machte. Lange war es noch nicht her. Und doch kam es mir wie eine Ewigkeit vor. Dieses Lokal war untrennbar mit meiner Metamorphose verbunden. Hier erlebte ich die schönste Zeit meines Lebens an der Seite von Jenny. Ich musste diese Sache einfach zu Ende bringen!

Ich zückte mein Handy und wählte eine Nummer. Susanne entging mein Gemütszustand nicht. Sie schmiegte sich an mich. Verständnisvoll forderte sie mich auf, die Suche nach Jenny zu beginnen. Damit ich endlich Ruhe fände. Dann wurden die Tajinen aufgetragen.

Nach dem Essen rülpste ich vornehm verhalten und bat alle um Ruhe.

„Mädchen. Ihr wisst, um was es geht. Morgen bringe ich euch nach Marokko in unsere Hütte. Danach fliege ich mit Sandy weiter nach Kairo, wo ich meine Suche beginnen werde. Ich werde keine weitere Diskussion darüber dulden! Natürlich besteht die Möglichkeit, dass ich einen erneuten Anfall bekomme. Die Luft in Kairo ist für einen Herzkranken nicht gerade gesundheitsförderlich. Deshalb bitte ich euch nochmals: Lebt zusammen wie eine Familie und haltet mich in Erinnerung. Ich liebe euch alle sehr. Eine wie die andere. Das sollt ihr wissen."

Gloria unterbrach mich:

„Was redest du für einen Mist? Muss das sein? Oder möchtest du bedauert werden? Nicht mit uns!"

„Gloria. Ich werde sicher nicht sterben. Die Prophezeiung war eindeutig: Sandy wird ein Kind bekommen! Aber zu welchem Preis? Das werde ich nicht zulassen. Jetzt, wo ich von diesem Schicksal weiß, kann ich es ändern. Sandy hat ihr Leben noch vor sich. Bei mir ist es vorbei. Ich gehe nicht auf meinen Tod aus. Ich werde mich nicht opfern, wenn ihr das denken solltet. Aber ich möchte Eventualitäten vorbeugen. "

Ich wartete auf Reaktionen. Es kamen keine, also fuhr ich fort:

„Deshalb habe ich noch im Krankenhaus eine Patientenverfügung ausgefüllt. Keinerlei lebensverlängernde Maßnahmen!"

Sandy sah mich ängstlich an, schwieg aber. Sie erfasste die Bedeutung unseres Gespräches nur zum Teil. Oder sie schob die Konsequenzen weit von sich, weil sie sie nicht akzeptieren wollte. „Manchmal denke ich, du suchst wirklich den Tod, um Sandy zu retten. Heroisch wie du bist, möchtest du bei einer Aktion sterben, bei der du eine Frau rettest. Ewiger Ruhm ist dir gewiss. Entweder bist du sehr dumm, oder wir sind dir egal! Denk doch auch einmal an deine Tochter."

„Susanne hat Recht, du dickköpfiger Esel", meinte Gloria. „Ich habe noch mal nachgedacht seit unserem letzten Gespräch. Du trauerst einer vergangenen Liebe nach, die keine mehr ist. Du vergötterst zu recht deine Frau. Was ist, wenn du diese Jenny findest? Wirst du sie genauso lieben wie Sandy? Sind wir dann nicht mehr up to date? Ich gebe zu, dass ich Angst habe. Und eifersüchtig bin. Wir alle sind auf diese unbekannte Frau eifersüchtig! Was hat sie, was wir nicht haben? Geben wir dir nicht genügend Aufmerksamkeit und Liebe? Und was sagst du, Sandy, dazu? Du musst doch auch eine Meinung haben!"

Sandy blickte alle der Reihe nach an. Was ging in ihrem Kopf vor? Lange überlegte meine Frau, um die rechten Worte zu finden. Es arbeitete in ihr. Dann blickte sie alle der Reihe nach an, nahm einen Schluck Wein und begann:

„Ihr wollt also meine Meinung hören!? Dann werde ich sie euch sagen. Jenny ist in meinen Erinnerungen eine gute Frau. Ich liebte sie, neben Rolf selbstredend. Ich hasste sie, als sie uns einfach so verließ. Aber in der Zeit als ich sie liebte, war Rolf noch kein fester Teil von mir. Ja, ich hasse sie noch immer. Zumindest fühle ich mich von ihr verraten. Damals aber, war sie mein großes Vorbild. Jenny verdient es einfach, von Rolf gesucht zu werden. Als meine ehemalige Freundin und vor allem als Frau! Etwas stimmt nicht. Da gebe ich Rolf recht. Hat sich mein Mann nicht für eine jede von euch eingesetzt?"

Ihr Blick ging in die Runde und blieb bei Susanne haften. Mit ihrem Finger zeigte sie auf sie:

„Susanne – suchte er dich nicht, als du dich von jetzt auf gleich von ihm lossagtest? Er fand keine ruhige Minute, als er dich allein wusste. Keinen Schlaf fand er und mit seinen Gedanken war er stets bei dir. Und das, obwohl du ihm in den Hintern getreten hattest und aus einer Laune heraus mit uns brachst. So ist es mit Jenny. Ihr Schicksal ist unbekannt, wie bei dir damals, Susanne. Ja – auch ich habe Angst ihn zu verlieren. Weniger durch Tod, als an Jenny. Aber er muss es tun! Es liegt in seiner Natur. Ich glaube, es ist weniger die vergangene Liebe, welche ihn so umtriebig macht, als das Wissen, dass eine Frau, die ihm einmal nahestand in Gefahr ist und vielleicht auf seine Hilfe wartet. Und wenn er sie gefunden hat, wird sich zeigen ob sie es wert war. Und sollte er dort sterben, werde ich an seiner Seite sein! Und ich werde stolz jedem erzählen, dass er sein Leben in die Waagschale warf, weil er sich um einen anderen Menschen Sorgen machte. Diese Suche ist nicht sein Schwachpunkt, sondern seine Stärke. Von dieser Stärke profitierten wir alle. Und wir können sie einer anderen nicht verweigern. Egal wie sie heißt. Und wenn er Jenny findet und sich für sie entscheidet, dann ist das so! Ich bin nur ein dummes Mädchen. Ich war es und werde es immer bleiben. Trotzdem bleibe ich ihm dankbar für all die schöne Zeit an seiner Seite. Und das ist meine Meinung die ihr hören wolltet."

Oh, wie ich sie liebte – meine Frau. Sie beschämte alle. Die anderen Frauen sahen betreten nach unten. Selbst die selbstsichere Gloria hatte einen roten Kopf. Lange herrschte Schweigen. Ich nahm Sandy in meine Arme.

„Du bist kein dummes Mädchen mehr. Du bist meine Frau. Klug und umsichtig. Selbst wenn ich sie finde, ändert das nichts an meiner Liebe zu dir. Das kann ich dir versprechen. Keine Frau kann dich ersetzen. So gern ich auch alle hier Anwesenden habe."

Meinen Kuss nahm sie als Bestätigung meiner Worte.

„Wie dem auch sei. Ich fliege nach Kairo und veranstalte keine Safari durch Afrika. Die Wahrscheinlichkeit meines Todes ist gering, aber nicht auszuschließen. Deshalb möchte ich, dass ihr für euch eine würdige Anführerin wählt."

Ich erwartete die üblichen Spitzen. Aber sie schwiegen alle.
Sandy´s Rede hatte sie wohl beeindruckt.
Schweigend sahen sie sich an und nickten einander zu. Ohne
Worte waren sie sich einig.
Susanne sagte:
„Wenn du also darauf bestehst! Ich spreche jetzt mal für alle
Weiber hier am Tisch. Es gibt nur eine die ihre Emotionen im Griff
hat und die Übersicht behalten würde. Diese Eine ist Sandy! Sie
bewies ihre Qualitäten schon so oft. "
Sandy erschrak:
„Warum denn gerade ich? Es ist eine Sache, Rolf zeitweise zu
vertreten, aber eine andere ihn zu ersetzen. Das kann ich nicht.
Kann nicht Gloria ...?"
Ablah, gleichaltrig mit Sandy, sagte:
„Du bist meine Herrin. Dir gebührt die Ehre."
„Die Wahl ist gut so, Sandy. Ich bin manchmal jähzornig und
durch mein früheres Leben verdorben in meiner Urteilskraft. Du
bist jung, grundehrlich und kannst objektiv urteilen. Eventuelle
Entscheidungen werden wir im Team beraten und du sollst sie
absegnen. Ich vertraue dir – wir alle vertrauen dir. Du siehst das
Leben einfach anders als wir. Sei du unserer Führerin", meinte
Gloria nickend.
Es war eine Auszeichnung für Sandy! Auch ich fand die Wahl
richtig. Alle anderen schlug das Schicksal schon mehr oder
weniger hart und würde ihre Entscheidungen beeinflussen. Ich
hatte Sandy jungfräulich im wahrsten Sinne des Wortes aus ihrem
Kinderzimmer geholt und konnte ihre Entwicklung beobachten
und beeinflussen. Sandy hatte sich ihr reines Herz bewahrt und
wurde doch, unbewusst oder nicht, zu einer starken Persönlichkeit.
Die Frauen zollten ihr auf diese Weise Respekt. Eine Reminiszenz
an eine starke Frau. Und sie hatte sich diesen Respekt hart
erarbeitet.
Sandy versuchte, durch mich den Kelch an sich vorüber gehen zu
lassen. Ich zuckte nur lächelnd mit den Schultern.

Der Zeiger meiner Uhr rückt schon in die vierte Stunde. Wo blieb sie nur? Nach dem nächsten Glas Bier und einem kurzen Spiel mit meiner Tochter, brachte eine der Schönen die erwartete Person zu uns. Sie nickte allen zur Begrüßung zu und reichte Gloria ehrfurchtsvoll die Hand. Nach einer etwas feindseligen Begrüßung durch meine Frauen, fragte ich sie:

„Nicole, bist du bereit mit mir nach Ägypten zu fliegen? Ich benötige jemanden, der weiß was er tut."

Sie lächelte:

„Ahhh, Angst vor dem nächsten Infarkt? Das kostet dich aber etwas, mein Lieber."

Ich war nicht bereit, in diesem Ton mit mir reden zu lassen. Nicht jetzt! Sie hatte mich auf dem falschen Fuß erwischt.

„So nicht, Nicole! Ich erwarte etwas Respekt meiner Person gegenüber. So wie ich mein Leben in deine Hände legen würde. Es war schön, dich wieder zu sehen. Hier hast du Geld für ein Taxi. Ich suche mir jemand anderen."

Ich legte einen Schein auf den Tisch. Nicole bemerkte, dass sie den falschen Ton zur falschen Zeit angeschlagen hatte.

„Entschuldige bitte, Rolf. Ich wusste ja nicht, dass du so empfindlich geworden bist. Natürlich begleite ich dich."

„Entschuldigung angenommen. Die gleichen Konditionen wie letztes Mal. 2000 und keinen Sex. Im Übrigen wirst du dich auch um meine Frau kümmern. Morgen schon fliegen wir. Solltest du Probleme mit einem Arbeitgeber haben, so verweise ihn an mich."

Sie nickte, sah Sandy etwas feindselig an und ging, Vorbereitungen zu treffen.

„Warum musst du ausgerechnet diese Schnepfe mitnehmen, Rolf. Du könntest dir einen Herzchirurgen leisten."

Ich lächelte Sandy an:

„Was soll ich mit einem alten Professor? Man versicherte mir in der Klinik ihre Kompetenz. Außerdem sieht sie bedeutend besser aus, als ein alter Chirurg. Findest du nicht auch?"

Sandy hob ihre kleine Hand zum Schlag. Ich nahm sie und küsste ihre Handfläche.

Danach begann die gesellige Runde. Ablah bat Gloria um einen Gefallen. Um das Geschäft anzuheizen, wurde sie von Ablah gebeten, öfters im Laden zu erscheinen. Wenn es sich herumsprach, dass die große Gloria hier logierte, würden sicher noch mehr Gäste in der Hoffnung auf ein Treffen vorbei kommen. Gloria versprach es und bot zusätzlich an, Autogrammfotos zu verkaufen. Sie hätte ohnehin nichts zu tun.
Vera nahm neben uns Platz und begann von alten Zeiten zu schwärmen.

Ich nahm Ablah am Abend mit größtem Respekt. Sie wollte ein Kind von mir. Das schloss Genuss und Spaß nicht aus. Ihre dunkelroten kleinen Nippel standen schon vor Erregung, als ich ihr den BH entfernte. Mein harter Penis drückte sich in ihren Rücken als ich nach vorn griff und ihre Brüste umfasste. Sie legte ihren Kopf in den Nacken und stöhnte, während ich in ihren Hals biss. Meine Hände glitten nach unten und zogen ihre Spalte sanft auseinander. Sie erfühlten den geschwollenen Kitzler am oberen Ende. Sie war bereit und ich war es. Ablah sank auf das Bett und öffnete sich bereitwillig. Ihre Augen heftete sie an meinen abstehenden Schwanz.
„Komm in mich, Herr", forderte sie. Ich betrachtete ihren Körper. Schlank und von dunkler Haut umspannt. Wohlgeformte Brüste, die nicht zu Seite rutschten. Wie ein Fächer umrahmte das schwarze Haar ihren Kopf. Ebenso schwarz wie das Dreieck zwischen ihren geöffneten Schenkeln. Die Lust strömte daraus hervor und ihr herber Duft erfüllte das ganze Zimmer. Dieser Traumkörper hatte sich entschlossen, nur mir zu gehören. Ich empfand das fast als Verschwendung. Der Vergleich mit einem Kloster drängte sich auf, in welchem sich junge Frauen freiwillig entschlossen, dem Leben zu entsagen und in dem sie langsam dahinwelkten. Von mir hatte Ablah nicht mehr viel zu erwarten, wenn ich ehrlich war. Zudem verlangten auch andere Frauen meine Gunst.

Um ihrem Verlangen Nachdruck zu verleihen, griff sie nach unten und zwang die Schamlippen auseinander. Ich sollte endlich in ihr rosiges Fleisch stoßen. Dennoch legte sie immer noch eine gewisse Anspannung und Angst an den Tag. Meine Härte schmerzte schon und verlangte ebenfalls nach dem engen und feuchten Gefängnis. Mein letzter Blick galt der weißen Flüssigkeit, welche aus ihrem Paradies lief. Dann drang ich ein. Sofort umfing mich ihre Vagina und zog mich tiefer. Ablah stöhnte tief auf. Sie war überreif. Wann hatte ich sie das letzte Mal gefickt? Und ich konnte davon ausgehen, dass sie auch keinen anderen Mann erkannte. Und ein Finger war kein Ersatz für einen ausfüllenden und raumgreifenden Penis.

Ablah griff an meinen Hintern und zog mich tiefer. Sie wollte es schneller und bestimmte den Takt. Ich fühlte mich wohl in ihr und recht bald meinen Samen steigen. Auch spürte ich Ablahs Zucken. Sie massierte mir den Samen regelrecht heraus. Ich verlor jegliches Zeitgefühl. Bei einer anderen Frau hätte ich die Stellung gewechselt, um sie anders zu spüren. Ablah verstand es, mich in sich zu halten, ohne das es langweilig wurde. Mal ein kurzes Tippen an ihren Eingang, danach lange tiefe Stöße bis zum Grund. Doch alles hat einmal ein Ende! In ekstatischen Zuckungen und Schreien entluden wir uns. Ich spritzte in nicht enden wollenden Schüben meinen Lebenssaft in sie, während Ablah dies mit abgehackten Schreien kommentierte.

Als wir erschöpft nebeneinander lagen, sagte sie mit Gewissheit: „Es ist geschafft. Wir bekommen einen Sohn. Und seine Zeugung ist mit schönen Erinnerungen verbunden."

Die letzte Bemerkung empfand ich etwas seltsam. Aber wenn man bedachte, dass die meisten Frauen in ihrem Land eine arrangierte Ehe führten, nur zum Zwecke einen Erben zu bekommen, war sie verständlich.

Die Abfertigungshalle des Flughafens interessierte uns nicht mehr wirklich. Wir, das waren Sandy, Gloria, Susanne, Ablah, Mina II, Nicole und ich. Mein Jet war also ausgebucht. Durch Seitengänge führte man uns zu meinem Flugzeug. Carla winkte schon von weitem. Auch die Pilotinnen standen Spalier. Verwundert beobachtete ich, wie Sandy auf Carla zustürmte und sie herzlich und freudig umarmte. Auf meine diesbezügliche Frage antwortete Sandy nur, dass Carla mir das Leben gerettet hätte und sie ihr dafür dankbar wäre. Carla winkte nur ab. Sie hätte mir nur ein paar Nitrokapseln verabreicht und weiter nichts. Sie sprach auch von Glück, dass wir uns gerade im Landeanflug befunden hätten.

Ich fühlte mich irgendwie schuldig und nahm Carla zur Seite.

„Ich möchte mich für den Vorfall beim letzten Flug entschuldigen. Sei mir bitte nicht böse."

Sie lachte mich an:

„Was seid ihr Männer nur für ein Volk? Dir gefiel es und mir auch. Wenn du meine Dienste in Zukunft wieder benötigst, lass es mich wissen. Und noch etwas: Du bist mein Chef und ich möchte von dir in der Öffentlichkeit mit „Sie" angesprochen werden. Ich wünsche ihnen und ihrer Frau und ihren anderen Frauen einen angenehmen Flug."

Ich machte wohl, ob dieser Abfertigung, ein sehr dummes Gesicht, denn sie brach in ein befreites Lachen aus, so dass sich Gloria und Sandy erstaunt umwandten.

Dann gab sie mir einen Zettel mit ihrer Adresse und der der Pilotinnen. Die Aussage war eindeutig: Sie wussten bereits von meiner Offenheit in sexuellen Dingen und wären deshalb nicht abgeneigt. Es stand die Frage im Raum, ob sie sich einzig wegen meiner Person hingeben würden, oder wegen meines Geldes. Ich entschied für mich, dass mein Charme ausschlaggebend war. Fick die Meerjungfrau! Aber auf das Angebot dieser Damen würde ich nicht zurückgreifen. Diese Zeiten waren vorbei! Endgültig! Es war eine Sache, sich mal kurz erleichtern zu lassen, eine Andere, ständig meine Frau zu betrügen. Ich besaß genügend Alternativen.

Und gerade jetzt, wo sich alles so gut eingerichtet hatte! Meine Frauen verlangten nur noch gelegentlich, von mir begattet zu werden. Und ich konnte mich auf meine geliebte Frau konzentrieren. Mein Alter spielte natürlich auch eine nicht unwesentliche Rolle.

Während des Fluges beschäftigte ich mich ausschließlich mit meiner Tochter. Ständig fühlte ich Susannes lächelnden Blick auf mir ruhen. Ich wiederum beobachtete gütig wie ein Vater meine Mädchen, wie sie herumalberten und kicherten. Ja, wir waren eine Familie und ich hoffte, ich holte mir mit Jenny nicht einen störenden Faktor ins Haus. Was wusste ich schon, wie sie jetzt tickte? Fraglich war natürlich, ob sie überhaupt mit zurückkäme. Nach der Landung in Marrakesch verabschiedete ich mich vorerst von einem Teil der Mädchen. Ich wollte mit Ablah einen Tag bei meinen „Schwiegereltern" verbringen. Die anderen ließ ich derweil zu Mina fahren.

Auf der Fahrt vorbei am Menara – Garten bis zur Stadtmauer beobachtete ich eine steigende Unruhe bei Ablah.

„Was ist los, Ablah?"

„Es ist alles so fremd geworden. Hier bin ich aufgewachsen, an diesen Mauern habe ich gespielt, bin mit Freundinnen durch die Gassen gerannt und habe den Menschen Streiche gespielt. Alles ist mir so vertraut und ich sollte mich freuen, wieder hier zu sein, in meiner Heimat. Aber ich fühle nichts. Es beunruhigt mich eher. Warum ist das so? Kannst du mir eine vernünftige Erklärung geben?"

Ich nahm sie in den Arm.

„Nein Ablah. Ich kann dir die Frage nicht beantworten. Vergleichen wir doch mal die Situation. Hier ist deine Heimat und leben deine Eltern. Du hättest sicher einen Mann gefunden und das Riad einmal geerbt. Aber deine Zukunft wäre ungewiss. Vielleicht wärst du glücklich geworden.

In Dresden hast du deine Familie und ein eigenes Restaurant. Du bist geachtet und respektiert. Wirst geliebt von mehr als einem Mann. Du bist schon jetzt glücklich und du hast Ziele, die sich auch erreichen lassen. Marrakesch ist eine wunderschöne Stadt. Aber hier hättest du vor dich hingelebt. In Dresden kannst du deine Zukunft selbst gestalten. Ach, was weiß ich?"

Sie lehnte ihren Kopf an meine Brust.

„Aber vielleicht liegt es ja auch ganz simpel nur an dir, Herr? Ich möchte immer bei dir sein."

Diese Worte taten mir gut. Aus ihnen sprach tiefe Zuneigung. Und dennoch nagte weiterhin der Zweifel an meiner Seele. Ich konnte ihn einfach nicht verbannen.

Die Begrüßung im Riad verlief erwartungsgemäß herzlich. Ablah ließ sich in einen Korbsessel fallen und besah sich andächtig das Riad, ihre Heimat. Haifa bereitete das Abendessen vor, ehe sie ihre Tochter und mich ausfragte. Ihr Deutsch sprach sie inzwischen fast fehlerfrei. Sie büffelte wohl viel.

„Rolf! Ist dir meine Tochter auch eine gute Frau? Gehorcht sie dir?"

„Ablah ist mustergültig. Sie ist fleißig, sanftmütig und dabei unauffällig. Sie macht, was ich sage und hört aufs Wort."
Ich lächelte:
„Ich musste sie noch nie züchtigen! Sie ist die Zierde meines Hauses."
Mehmet nickte nur.
„Behandelt dich dein Mann gut, Ablah?"
„Ich hätte keinen besseren Herren finden können."
Das war mein Stichwort.
„Könnt ihr eurer Tochter nicht sagen, dass sie mich mit meinem Vornamen anreden soll? Mir gefällt das „Herr" nicht. Sie ist nicht meine Sklavin und ich verlange auch keine Demut. In Gegenteil."
Mehmet sah mich ernst an. Genauso ernst fragte er Ablah:
„Möchtest du ihn nicht lieber mit „Rolf" anreden?"
Ablah schüttelte heftig ihren Kopf:
„Er ist doch mein Herr und der Vater meines Kindes. Wie von Allah gewollt."
Die Katze war aus dem Sack und ihre Eltern bestürmten sie nun mit Fragen. Ablah war sich ihrer Schwangerschaft so sicher, wie es nur eine Frau sein konnte. Ich nahm mir vor, heute Nacht auf Nummer sicher zu gehen und ihren Schoss noch einmal zu besamen. Bis dahin blieben noch Stunden, in denen wir Rechenschaft ablegen mussten. Doch dieser Besuch, nur Ablah und ich, war schon längst überfällig. Ablah wurde mir mit der Zeit sehr lieb. Gerade weil sie kaum in Erscheinung trat. Für ihr Alter trug sie große Verantwortung und rechtfertigte mein Vertrauen. Ärgerlich fand ich nur, dass ihre Eltern in mir den Schwiegersohn sahen und auch Ablah sich ihre Zukunft mit einem anderen Mann selbst verbaute. Ich gab ihr alle Möglichkeiten in die Hand, um selbst eine Familie zu gründen: Ein florierendes Lokal und alle Freiheiten. Sie sah sehr gut aus und hätte sicher keine Mühe, einen Jungen ihres Alters zu finden. Trotzdem hing sie sich an mich, und natürlich an die anderen Frauen. War sie wirklich schwanger, würde ich mich natürlich freuen, aber … Ach was! Eigentlich

schmeichelte es mir doch, solch eine Traumfrau an meiner Seite zu haben. Fick die Meerjungfrau!

Irgendwann am Abend empfand ich die Kopfstimme und den gutturalen Akzent Haifas als auf die Dauer sehr anstrengend. Einfach ausgedrückt: Sie ging mir gehörig auf den Sack! Unablässig redete sie auf Ablah ein. Tu dies, lass jenes, sei eine gute Frau und Mutter, höre auf deinen Mann … Einfach nur nervig. Zudem freute ich mich auf die Nacht allein mit meiner Hübschen. Nur sie und ich – wann hatte ich das schon einmal? Ich beobachtete sie von der Seite. Sie diskutierte arabisch mit ihren Eltern. Ihr langes glänzendschwarzes Haar fiel auf ihre kleinen Titten. Über der aristokratisch gebogenen Nase zwinkerten keck große, fast schwarze Augen mit langen Wimpern. Volle rote Lippen rundeten das Bild einer vollkommenen orientalischen Schönheit ab. Ablah zählte erst 21 Lenze. Durch ihre Bescheidenheit und Zurückhaltung, aber auch durch ihre entwaffnende Ehrlichkeit, wenn sie nötig war, errang sie den Respekt und die Freundschaft meiner Frauen. Vera war voll des Lobes und Lola vertraute mir an, dass sie gern so wäre wie Ablah. Ähnlich wie anfangs bei Sandy, war mir ihre Liebe zu mir suspekt. Ich konnte es noch nicht recht glauben, und doch wollte sie ihr Leben in meiner Nähe verbringen. Und ähnlich wie bei meiner Frau, konnte man ihr diese Liebe glauben. Da war kein Falsch in ihrer Stimme, wenn sie ihre Zuneigung beteuerte. Überhaupt! Gerade die jungen Frauen an meiner Seite waren glaubwürdig. Und weil das so war, hakte ich auch Ellen ab. Ich würde sie nicht mehr brauchen!

Voller Liebe und Begehren blickte ich Ablah immer wieder an. Sie schien es nicht zu merken. Ich erhielt einen Stoß in die Seite. Mehmet blickte mir grinsend ins Gesicht.

„Rolf, sag nie wieder, dass du meine Tochter nicht liebst!"

„Was gibt dir denn die Gewissheit, dass ich sie liebe, Mehmet?"

„Ich beobachte dich seit fünf Minuten. Deine Blicke verrieten dich."

„Dann muss es wohl so sein. Dennoch ist sie zu jung für mich und zu schade. Du hättest viele Kamele für sie bekommen."

Er lachte.

„Das ist wohl wahr. Nun bekam ich nur eins. Und das du ein Kamel bist, steht außer Frage. Ablah himmelt dich an und du Ablah. Und du willst es nicht akzeptieren."

„Redet ihr über mich?", fragte Ablah dazwischen. Mehmet nahm ihre Hand und legte sie auf meine.

„Liebt euch so lange ihr könnt. Allah fügte euer Schicksal zusammen. Und nun geht auf euer Zimmer. Ich weiß, ihr seid müde."

Ich liebte Ablah in dieser Nacht mit unvergleichlicher Inbrunst. Sie zahlte es in barer Münze zurück. Lag es an der Umgebung, an unserer Abgeschiedenheit oder ganz banal an unserer Liebe. Jedenfalls lernte ich ihren Körper erst richtig kennen. Keine Stelle ließ ich aus, wie sie keine an mir vernachlässigte. Von ihren feuchten Lippen, über ihre harten spitzen Nippel bis zu ihrem geschwollenen Geschlecht, küsste, leckte und saugte ich Schweiß, Speichel und Vaginalsekret von und aus ihr. Sie wiederum, kostete ausgiebig von meinen Säften, welche ich ihr reichlich gab. Erst als der Muezzin früh die Gläubigen zum Gebet rief, konnten wir voneinander lassen. Wir fanden in diesen intimen Stunden erst richtig zueinander, weil Ablah es endlich in vollem Umfang zuließ! Ihre Reserviertheit legte sie endgültig ab. Sie gab sich hin ohne Scheu. Ich, Rolf, war ihr Herr, den sie liebte und verehrte. Mich alten Bock jedoch, erfüllte es mit grenzenlosem Stolz, eine Frau „mein" nennen zu dürfen, nach welcher sich alle jungen Männer dieser Erde verzehren würden. Gewiss konnte sie meine Sandy nicht ersetzen. Aber das verlangte sie auch nicht. Ablah suchte die Sicherheit eines Mannes in einer für sie fremden Welt, und fand die Liebe und den Respekt eines Mannes. Mehr erwartete sie nicht und es war viel mehr als sie erhoffte. Sie war zufrieden und glücklich. Unser Abschied am nächsten Tag fiel herzlich aus – natürlich! Meine „Schwiegereltern" hatten sich überzeugt, dass ihre Tochter glücklich war. Haifa gab uns noch eine Wegzehrung mit.

Im Wagen lehnte sich Ablah an mich und teilte mir vorsichtig ihre Bedenken mit:

„Ich habe Angst, dass durch deine Jenny alles anders wird. Bitte schwöre mir, dass du mich immer bei dir behältst."

Ich streichelte ihr Haar.

„Ablah! Ich weiß nicht, ob ich sie überhaupt finde. Wenn ich sie gefunden habe, ist unklar, ob sie überhaupt zurück will oder ob sie mich noch liebt. Es gibt so viele Unwägbarkeiten. Aber eines ist sicher: Ich werde dich solange lieben und beschützen, wie du bei mir bleiben möchtest. Das verspreche ich dir!"

„Immer werde ich bei dir bleiben. Ich bekomme doch einen Sohn von dir. Weißt du das nicht mehr?"

Ihre ehrliche Angst weckte in mir Zweifel ob es richtig war, Jenny zu suchen. Aber ich musste das Schicksal Jennys ergründen. Eher würde ich keine Ruhe finden.

Als wir den steinigen Weg zu Mina erstiegen hatten, rannte Sandy auf mich zu und fiel mir um den Hals.

„Mina hat dir etwas Wichtiges zu sagen. Komm, gehen wir zu ihr", sagte sie aufgeregt. Sie zog mich in Richtung Brunnen zu Mina. Unterwegs fing mich Susanne ab. Gern nahm ich Mina II auf den Arm. Süß lächelte sie mich an, so wie ihre Mutter. Ich versicherte Susanne meiner Liebe. Nun siegte aber meine Neugier, zumal Sandy weiter drängelte.

Mina selbst war in ein Gespräch mit Nicole vertieft. Sie fachsimpelten wohl.

Ich begrüßte sie mit einem freundlichen Wort. Aus ihrem vertieften Gespräch heraus gerissen, sahen mich beide zunächst überrascht an. Dann erwiderten sie meinen Gruß. Nicole begann sogleich, Mina in den höchsten Tönen zu lobpreisen. Sie wäre eine wissende Frau, die über den Tellerrand der modernen Medizin sehen könne und von der sie noch viel lernen könne und müsse. Ich beendete mit einem Wisch ihre Rede und vertröstete sie auf später. Mit Sandy und Mina ging ich ein Stück abseits.

„Also Mina. Heraus mit der Sprache", forderte ich. Mina blickte verlegen nach unten.

„Zunächst möchte ich mich entschuldigen für meinen überstürzten Aufbruch nach der Geburt. Kannst du mir vergeben?"

„Erst wenn du mir deine Gründe genannt hast!"

Sie hob ihren Blick und sah mir tief und lange in die Augen, als ob sie ihre Worte sorgfältig abwägte.

„Schuldgefühle! Tiefe Schuldgefühle ließen mich die Flucht ergreifen. Erst die Vision von Sandy. Dann, dass ich dir davon erzählte und du dadurch fast gestorben wärst. Und noch ein anders Gefühl brachte mich vollends durcheinander."

Ihr Blick schweifte zu Sandy. Ich erkannte Mitleid, aber auch Scham darin. Schließlich gewann ich ihre Aufmerksamkeit wieder.

„Rolf, bitte verzeih. Das andere, neue Gefühl war – tiefe Zuneigung! Bis dato kannte ich diese Emotion nicht. Gewiss verstanden wir uns bisher gut. Wir hatten Sex und waren glücklich. Aber es beruhte mehr oder weniger doch auf gegenseitigen Respekt und Sympathien. Als ich mich dann im Kreise deiner Lieben auf eurem „Schloss" befand und dem Kind auf die Welt geholfen hatte, begriff ich. Ich beobachtete die Frauen, wie sie sich gemeinsam freuten und wie sie gemeinsam mit dir litten. Bislang hielt ich sie für eine Ansammlung problembehafteter Individuen, die sich an dich klammerten, weil du ihnen Halt versprachst. Wie ich mich doch geirrt hatte! Ich sah eine Familie. Sie waren für dich da, wie du für sie. Und endlich begriff ich auch dich! Es gab mir einen Stich im Herzen. Ich erkannte plötzlich meine Gefühle für dich. Ich sehnte mich nach deiner Nähe und der deiner Frauen. Aber das wollte ich nicht zulassen. Gewiss hätte ich den Anstand haben müssen, dich im Krankenhaus zu besuchen. Doch die Ereignisse und Erkenntnisse der letzten Tage brachten mich außer Kontrolle. Das bin ich einfach nicht gewohnt. Ich musste schnellstens zurück in meine Einsamkeit. Und ich gebe zu, dass ich nächtelang geweint habe. Über Sandy, über dich und über meine Ohnmacht, meine Gefühle dir gegenüber zu beherrschen. Bitte verzeih. Ich kann nichts dagegen tun. Und du kannst mir glauben. Es hat mich starke Überwindung gekostet, dir das zu gestehen."

Diese erfahrene Frau stand nun da und wartete auf ihr Urteil. Was sollte ich ihr sagen? Ich konnte ihre Liebe nicht erwidern, obwohl ich sie sehr gern hatte und jede Minute mit ihr genoss. Sandy nickte mir in ihrer verständnisvollen Art zu. Also schloss ich Mina in meine Arme. Sie hatte sich vor mir gedemütigt. Die Frau, die eine Legende war und von der das ganze Land voller Ehrfurcht sprach.

„Was soll ich nun mit dir machen?", begann ich. „Ja, ich verzeihe dir leichten Herzens, dass du mich nicht besucht hast. Aber ich verzeihe dir deine Liebe zu mir nicht. Weil es nichts zu verzeihen gibt. Seine Gefühle einem anderen Menschen gegenüber kann man nicht negieren. Das weißt du doch besser als ich. Wenn ich dich richtig verstanden habe, hat dich unsere Familie beeindruckt. Ich hätte da einen Vorschlag für dich. Ich muss mich aber zuvor mit meiner Frau beraten."

Mina nickte und ich ging mit Sandy zur Seite.

„Was sagst du dazu? Wusstest du von ihrer Liebe?"

„Ja, sie gestand sie mir, gleich als wir ankamen. Wir sprachen lange über dich und unseren Zusammenhalt. Sie wollte alles wissen. Auch Susanne und Gloria schlossen wir in unser Gespräch ein. Und ich kann Mina verstehen. Du bist ein außergewöhnlicher Mann. Und du bist der Erste, mit dem sie tiefergehenden Kontakt hatte. Lange redeten wir, dann ging sie schweigend in ihre armselige Hütte. Rolf, Mina ist eine einsame Frau, deren Leben wir durcheinander brachten. Gewollt oder ungewollt. War es denn nicht schon immer so? Sieh sie dir an und denke nach. Susanne, Gloria, dann auch bei Ellen und Danny. Mich nicht zu vergessen. Bei Mina kann ich dir natürlich keinen Rat geben. Vielleicht wäre es besser für sie gewesen, wir hätten sie in Ruhe gelassen, oder doch einen gewissen Abstand gehalten. Doch du wirst auch für sie die richtigen Worte finden. Du bist nun auch für sie verantwortlich! Denn du bist wieder einmal die treibende Kraft in diesem Drama. Kümmere dich um sie, dann werden auch wir uns um sie kümmern."

Sandy zwinkerte verschmitzt mit einem Auge. Sie wusste genau, was ich tun würde und war einverstanden.

Ich wagte noch einen Einwand:

„Mina ist hier ein Mysterium. Mehr eine Sagengestalt, als eine Frau. Sie ist mir in jedem Bereich überlegen und eine starke Persönlichkeit. Was könnte ich ihr schon bieten? Solch eine starke Frau würde sich nicht lange meinen Launen beugen. Sie ist nur vorübergehend vernarrt, weil sie so lange allein lebte. Sie sehnt sich nach der Harmonie einer Familie und verwechselt es mit Liebe. Das ist doch sicher alles!"

Sandy lächelte mich an:

„Du kennst Frauen noch immer nicht. Bei Liebe setzt der Verstand aus. Ich bin mir sicher: In ihren langen Nächten allein träumte sie wie ich von einem Märchenprinzen, der sie als Frau sieht und nicht als Hexe oder Zauberin. Mach mit ihr was du denkst. Sie wird es akzeptieren und es wird sicher auf einen Kompromiss hinauslaufen, denn ich glaube nicht, dass sie zu uns nach Dresden möchte."

Mina saß verloren auf einem Felsbrocken und harrte der Dinge die da kommen würden. Während unseres Gespräches liefen wir unbewusst in Richtung Höhle, deren Eingang schon in der Ferne erkennbar war. Ich zog sie hoch.

„Möchtest du Teil dieser Familie sein? Mit allen Rechten und Pflichten? Es wäre für uns eine Ehre."

Schlagartig veränderte sich ihr Gesichtsausdruck.

„Es würde mich sehr glücklich machen."

„Noch eins, Mina. Es ist nicht meine Familie. Ich bin ein Teil dieser Familie. Das kleinste Rad in dieser Weiberkommune bin ich. Ein Sklave und den Launen dieser Geschöpfe ausgesetzt."

Sandy lachte schrill auf und auch Mina lächelte wissend. Ich blickte in ihr Gesicht. Konnte ein Gesicht geil machen? Ihres schon. Noch nie wurde ich durch einen bloßen Gesichtsausdruck scharf. Ihre Lippen waren durch die fortgesetzte emotionale Erregung geschwollen und baten förmlich darum, sich um eine Eichel schließen zu dürfen. Mina bemerkte meinen Blick:

„An was denkst du gerade?"

„Das möchtest du nicht wirklich wissen."

„Ich denke, ich bin Teil der Familie? Sag es … sofort!"

„Dein Mund … ich …"

„Rolf hat „Schmerzen in den Hoden". Das ist alles", rief Sandy lachend.

„Wenn das wirklich alles ist? Damit habe ich keine Probleme. Ein Mann muss seinen Samen abgeben. Das war doch die erste Lektion, als du damals das erste Mal bei mir warst. Du erinnerst dich? Damals tat ich es jedoch mit Abscheu. Heute helfe ich dir gern. Gehen wir zur Höhle?"

Die Kühle des Felsens und das stetige Tropfen, sowie die bizarren Felsformationen versetzten mich sofort in eine andere Welt. Wenn je eine Höhle die Bezeichnung „Erotisch" verdiente, dann diese. Hier verbrachte ich viele schöne Stunden mit Mina. Sie zog mir die Hosen herab und bat mich auf unseren „Thron". Schon ragte mein Schwanz steil nach oben. Sandy und Mina waren sich einig. Von zwei Seiten spürte ich ihre Zungen auf und ab gleiten. Mal züngelte die eine meine Eichelspitze, dann die andere. Sie nahmen mich abwechselnd in ihre Mundhöhlen auf und kneten vorsichtig meine Hoden. Ich spürte den Samen steigen und begann zu zucken. Mina stülpte ihren Mund über meinen nässenden Schwanz und schluckte gierig meine Spritzer. Mein Stöhnen hallte schauerlich an den Wänden wieder, wie in einer mittelalterlichen Folterkammer. Nun beobachtete ich, wie Mina sich zwischen Sandy´s Schenkeln zu schaffen machte. Sie ließ es stöhnend geschehen. Nach einer kurzen Erholungsphase, richtete sich mein Penis wieder auf. Die ganze Situation war extrem erotisch! Wie immer in dieser Höhle.

Mein gutes Stück verlangte nach einer engen Vagina. Ich hob Sandy hoch und sie schlang ihre Schenkel um meine Taille. Nach kurzem Stochern und Suchen, fand ich den Eingang zur Glückseligkeit. Tief drang ich bei ihr ein. Auf und nieder zwang ich sie durch meinen Griff an ihren Arsch. Ein letztes Mal klammerte sie sich um meinen Hals, dann schrie sie gequält auf. Und von unten tätschelte Mina meine baumelnden Hoden. Ich setzte Sandy auf den Boden und zwang nun Mina auf alle viere. Ohne Rücksicht stieß ich in sie, bis auch sie unter ihrem Orgasmus zusammen brach. Nun injizierte ich ihr meinen Restsamen und zog meinen verschmierten Pimmel befriedigt heraus.

Schweigend richteten wir unsere Kleidung.

Glücklich nahm ich beide an die Hand. Die atemberaubende Schönheit der Bergwelt machten meine Sorgen um Sandy für diesen Moment vergessen. Es würde sich eine Lösung ergeben. Noch war sie nicht schwanger und da war ja auch noch meine berühmte Meerjungfrau. Sie würde ich in Zukunft besonders kräftig ficken. Die Vögel schienen heute lauter und fröhlicher zu singen und die Stimme des Muezzins in der fernen kleinen Moschee klang nur halb so blechern. Selbst der fliehenden Schlange vor uns, gönnte ich heute einen Biss. Natürlich musste jemand diese Idylle stören.

Typisch Frau, die erst redet und danach überlegt, sagte sie:

„Du hast mir noch nicht geantwortet!"

„Und worauf bitteschön?"

„Ob du mich auch liebst. Ich gestand dir meine Liebe und du antwortest darauf mit belanglosem Zeug."

„"Belangloses Zeug" nennst du mein Angebot?" Ich war verärgert. Immerhin bot ich ihr meine Familie an.

„Nun gut. Ich sage dir die Wahrheit. Auch wenn sie dir nicht gefallen wird. Du bist mir lieb und teuer. Jede Minute mit dir genoss ich, weil ich dich sehr mag und unsere Zuneigung besonders ist. Ich verdanke dir viel und du bist eine schöne Frau. Aber Liebe würde ich es bei mir nicht nennen. Ich toleriere deine Liebe, wenn sie meine Mädchen tolerieren. Gern würde ich dich immer in meiner Nähe haben. Aber wir reden bei deinem Aufnahmegespräch noch darüber."

„Du bist ein harter Mann, Rolf. Du benimmst dich manchmal wie ein Landsknecht. Aber du bist ehrlich. Gewähre mir nur die Gunst, dich still lieben zu dürfen und ich bin zufrieden. Was ist das eigentlich für ein Aufnahmegespräch?"

Stumm verwies ich sie an Sandy. Meine Kleine setzte ein ernstes Gesicht auf. Belustigt erwartete ich ihre Erklärung. Bei ihr sah es immer so goldig aus. Im Grunde blieb sie ein Mädchen. Zumindest in meinen Augen. Von den Frauen wurde sie ja respektiert. Jedenfalls erklärte sie Mina in knappen Worten das Prozedere bei einer Aufnahme. Mina schloss daraufhin Sandy in ihre Arme. Sie gaben sich wie alte Freundinnen. Und ich fühlte mich so froh und frei wie schon lange nicht mehr. Sandy´s Tod konnte abgewendet werden. Was sollte da schon noch passieren? Endlich erreichten wir wieder unsere Hütten. Gloria, Susanne, Ablah und Nicole saßen um den Holztisch herum, in einem Gespräch vertieft. Ich hörte meinen Namen heraus. Natürlich fragte ich nach dem Grund.

„Wir wärmten alte Geschichten auf und kamen zu der Feststellung, dass du eigentlich ein selbstverliebtes Arschloch bist", sagte Gloria mit einem Augenzwinkern. „Einzig Ablah sprach für dich."

Ablah verstand sicher den Spaß der Sache nicht. Die feinen Nuancen der deutschen Sprache erschlossen sich ihr noch nicht so richtig, wie ihr unser manchmal seltsamer Humor verborgen blieb. Sie bedachte die Frauen mit bösen Blicken.

Ich wollte mitspielen und setzte ein beleidigtes Gesicht auf.

„Komm Ablah. Gehen wir. Lassen wir das undankbare Weibsvolk allein."

„Ach du Armer", bedauerte Susanne mich und kam zu mir. Sie drückte mir meine Tochter in die Arme. Mina II lächelte mich an. Sie erbte die Schönheit ihrer Mutter. Kurz angebunden gab ich kund, dass ich den restlichen Tag bis zum Abend mit Susanne verbringen wollte und ging mit Genannter am Arm spazieren. Meine Kleine schlief. Die frische und saubere Luft tat ihr gut. Ich beschloss spontan meine Kinder hier aufwachsen zu lassen. Zumindest bis sie in die Schule mussten.

„Wenn ich daran denke, wie ich in Tunesien wieder und wieder vergewaltigt und mit Drogen abgefüllt wurde! Sterben erschien mir wie eine Erlösung. Und nun wandle ich mit dir und unserem gemeinsamen Kind durch die Bergwelt Marokkos und bin glücklich. Ich dankte dir schon so oft, aber immer noch nicht genug. Immer wieder habe ich den Moment vor Augen, als ich in der Hütte lag, psychisch und physisch am Ende, und die Tür öffnete sich. Herein trat ein alter Mann, den ich schon aufgegeben hatte. Vater und Freund in einer Person. Ich schämte mich so! Und trotzdem wurde mir warm ums Herz. Danke Rolf! Danke für deine Liebe und Zuwendung. Und lehne diesen Dank nicht wieder ab." Ich sagte nichts dazu, sondern küsste sie nur.

Als alle am Tisch vor unserer Hütte saßen, fühlte ich mich einen Augenblick wie in Bayern, obwohl ich selbst nie dort war. Die Berge dort sollen sehr schön sein. Trotzdem würde ich das Atlas-Gebirge nicht mit den Alpen tauschen wollen. Und auch nicht die anwesenden Frauen mit einer einzigen Ehefrau, mit der ich schon eine Ewigkeit zusammen war und wir nur noch nebenher lebten. Es war gut so, wie es war.
Ich bat Sandy den Reigen zu eröffnen. Sie nickte mir zu und begann selbstsicher:
„Mädchen, Frauen, Kinder und Männer! Dies ist vorerst unser letzter gemeinsamer Abend, bevor wir nach Ägypten aufbrechen. Unter uns befindet sich eine Dame, welche mir in kurzer Zeit ans Herz wuchs und die eine Bitte an uns hat."
Mit einer huldvollen Geste gab sie Mina das Wort. Mina blickte zu mir, aber ich schüttelte mit meinem Kopf. Sie räusperte sich.
„Ja, ich habe eine Bitte. Nach und nach lernte ich jede einzelne von euch kennen. Es begann mit Susanne. Sie ist mir inzwischen wie eine Tochter, aber auch Freundin. Endlich hatte ich auch Gelegenheit Sandy kennenzulernen. Auf den ersten Blick fühlte ich eine Seelenverwandtschaft mit ihr. Von Ablah hörte ich nur Gutes. Sie ist ein liebes, bescheidenes und fleißiges Mädchen. Gloria kann ich ehrlicherweise nur schlecht einschätzen. Ich würde mich freuen sie näher kennenlernen zu dürfen. Kurz und bündig: Euch alle eint eine gemeinsame Sache – Rolf. Er erzählte viel von euch und der Familie. Weniger von sich selbst. Ich durfte in eurer Heimatstadt den Zusammenhalt dieser sonderbaren Gemeinschaft in Freud und Leid erleben. Und ich möchte gern ein Teil von euch sein. Bitte

nehmt mich in eure Familie auf. Ich werde euch nicht zur Last
fallen. Ich möchte nur die Gewissheit, verlässliche Freunde zu
haben und die Illusion einer Familie."
Gloria beugte sich nach vorn und drückte ihre Titten auf dem Tisch
breit. Zischend fuhr sie die erschrockene Marokkanerin an:
„Mina! Es ist keine Illusion. Wir SIND eine Familie! Wenn du das
nicht verstanden hast, bist du noch nicht für uns bereit."
Mina entschuldigte sich wortreich für ihren Fauxpas. Jedenfalls
wolle sie hier bleiben und auf unsere gelegentlichen Besuche
warten. Alle erklärten sich einverstanden und Sandy, die wie
selbstverständlich die Rolle der Hauptfrau übernahm, erklärte ihr
unsere Regeln.
Gloria nahm mich beiseite und fragte mich, ob ich es für richtig
halte, diese Person aufzunehmen. Erstaunt fragte ich nach den
Gründen für ihre Ablehnung. Gloria hakte sich bei mir ein und zog
mich an den Rand des Abhanges. Sie zeigte auf das
gegenüberliegende Dorf, deren steinerne Hütten sich an den Hang
schmiegten, als ob sie Schutz suchten. Mit einer ausholenden
Bewegung erfasste sie anschließend die kahle, aber malerische
Bergwelt.
„Mina ist in dich verliebt. Das macht sie blind für die Wirklichkeit.
Sie wuchs in dieser Welt auf. Wie soll ich sagen …? Mina ist eine
wundervolle und geheimnisumwitterte Frau, die Blut geleckt hat.
Sie war an die Einsamkeit gewöhnt und plötzlich bekommt sie
Zuwendung von uns allen. Nein – auch das ist falsch ausgedrückt.
Mir fehlen einfach die Worte, Rolf."
Vage erahnte ich ihre Gedanken.
„Sag frei heraus was du denkst", forderte ich sie auf.
Gloria setzte sich auf einen Stein. Ein Gecko huschte aufgestört
davon.
„Lass unsere Familie so wie sie ist. Kein weiteres festes Mitglied.
Wir haben uns zusammen gerauft: Sandy, Susanne, Ablah, Ilona
und ich. Es reicht! Mina wird nie richtig dazu gehören. Sie soll hier
bleiben und ich bin mir sicher, dass sie es auch so plante. Nicht,
dass ein falscher Eindruck entsteht. Ich habe Mina sehr gern und

ich respektiere sie. Mina genoss deine gelegentlichen Besuche. Und so soll es auch bleiben."

Ja – ich musste ihr zustimmen. Mina, so lieb ich sie hatte, war keine Frau für eine Familie. Aber die Art von Gloria störte mich gewaltig! Ich zwang mich zur Ruhe.

„Gloria! Ich sagte Mina bereits, dass ich sie nicht liebe. Und ich hoffte auf eine Abkühlung ihrer Gefühle zu mir. Wie du schon sagtest, ist sie nicht für eine soziale Gemeinschaft geschaffen. Die Mädchen stimmten jedoch für ihre Aufnahme. Und ich bin nur der 6. Teil dieser Gemeinschaft. Womit wir beim eigentlichen Problem wären."

Ich holte tief Luft und schrie sie an:

„Was bildest du dir eigentlich ein? Du sitzt mit am Tisch, hörst dir alles an und machst ein freundliches Gesicht. Und danach spinnst du Intrigen. Du hast nicht den Arsch in der Hose, deine Meinung vor allen zu äußern! Soeben wurde unsere Gemeinschaft auf das Schändlichste verraten! Und das geht mir gehörig auf die Nüsse. Du akzeptiertest unsere Prinzipien wie jede hier. Und du bist es auch, die mir ständig in den Ohren liegt: Tu dies – lass Jenes. Aber das lasse ich mir nicht bieten. Komm!"

Mein Herz schlug mir bis zum Hals. Ich schwitzte und bekam beengende Angstzustände. Gloria sagte keinen Ton. Ich zog sie hinter mir her wie ein kleines Kind. Sie riss ihre Augen auf. Die anderen Frauen sahen uns bereits entgegen. Gloria stolperte – es interessierte mich nicht.

Am Tisch sahen uns alle entsetzt an.

„Ich stelle den Antrag, diese Frau aus unserer Gemeinschaft auszuschließen", rief ich am Ende meiner Kraft. Meine rechte Seite schmerzte und Sterne tanzten vor meinen Augen.

Sandy sprang auf:

„Bist du noch bei Trost? Warum sollten wir das tun?"

Gloria sagte keinen Ton dazu. Ich erläuterte ihnen meine Gründe. Dann nahm mich Nicole. Nein, sie fing mich auf, brachte mich in die Hütte und legte mich aufs Bett. Eine unendliche Müdigkeit überfiel mich.

Ich erwachte als Sandy mich streichelte. Nicole stand neben dem Bett mit ernstem Gesicht. Ich fragte, was los sei? Sandy wählte ihre Worte mit Bedacht. Gloria hätte ihre Gründe für ihr Verhalten überzeugend erklärt. Sie wollte aus Respekt vor Mina, diese nicht vor allen brüskieren. Sogar Mina sah am Ende ein, dass es mit der Familie nichts werden würde. Sie lebte schon zu lange allein und wolle auch allein bleiben. Ihre Liebe zu dir wäre sicher nur ein Strohfeuer. Immerhin würden wir ja oft kommen. Jedenfalls hätte ich furchtbar überreagiert und wieder einen leichten Anfall gehabt. Ich legte mich zurück und dachte nach. Ja – ich musste Abbitte leisten. Das hatte Gloria nicht verdient und ihr Verhalten war auch nicht so schlimm. Mir war rätselhaft, warum ich so aus der Haut fuhr. Zu gering war der Anlass. Ich bat Sandy Gloria zu mir zu schicken, um mich bei ihr entschuldigen zu können.

„Gloria ist auf dem Weg zum Flughafen. Ein Einheimischer fährt sie hin."

„Was?", schrie ich und sprang auf.

„Gloria verkraftete deine Behandlung schlecht." Sandy wurde leise. „Es war auch nicht schön von dir. Sie ist nicht beleidigt. Nur sehr enttäuscht."

Ich griff zum Handy und wählte Mehmet an. Er sollte Gloria am Flughafen abfangen und zurück bringen. Vor der Hüttentür am Tisch saßen meine Frauen. Keine sprach ein Wort. Nur Mina II brabbelte vor sich hin. Kleinlaut setzte ich mich zu ihnen und nahm meine Tochter. Sie hatten mir etwas zu sagen. Ihre Kritik war spürbar.

Susanne brachte es schließlich auf den Punkt:

„Rolf! War das der Anfang vom Ende? Was erwartet uns in Zukunft von deiner Seite? Gloria machte einen Fehler. Gut. Aber deine Reaktion war völlig überzogen. Und Gloria hatte Recht mit ihren Zweifeln. Im Überschwang der Gefühle bedachten wir nicht die Folgen. Mina sah es auch ein.

Rolf. Wir sind doch eine Familie. Du bist ein Teil davon. Wir hätten darüber reden können. Du aber, kommst gerannt, zerrst Gloria hinter dir her und schreist etwas von Ausschluss. Während du schliefst, berieten wir uns. Noch so ein Ding und wir schließen DICH aus. Sogar deine Frau sah es ein. Wir lassen nicht zu, dass DU uns auseinander bringst! Was kommt in Zukunft noch von dir? Steigt dir alles zu Kopf, oder was? Wir rauften uns zusammen und fühlen uns endlich wohl. Jeder, der die Harmonie stört, fliegt raus. Egal wer. Und wenn er zehnmal Rolf heißt! Sandy, was sagst du dazu?"

Meine Kleine wurde verlegen. Dann raffte sie sich auf:

„Susanne hat doch aber recht. Du wirst immer despotischer. Das mag am Anfang notwendig gewesen sein. Aber jetzt nicht mehr. Regle die Sache mit Gloria, dann such Jenny. Und danach ist Schluss. Du musst endlich zur Ruhe kommen."

Mir fehlte die Lust, etwas zu erwidern und mir fehlten die Argumente. Schweigend erhob ich mich, gab Susanne unser Kind und ging. Sandy lief hinter mir her. Doch ich wollte, ja musste allein sein.

Ich ging in einfach darauf zu und setzte mich schließlich nahe eines dornigen Gestrüpps auf einen umgestürzten Palmenstamm.

Sie wollten mich tatsächlich ausschließen! Es traf mich wie ein Schlag. Wie oft bot ich ihnen an, auszusteigen, um sie nicht länger meinen Launen auszusetzten. Garantieren konnte ich für mich selbst nicht mehr. Ich brauchte meine Frauen. Ein jede von ihnen. Die devote Ablah, die sanfte Susanne, die strenge Gloria, die lustige Ilona und selbstreden meine Frau. Meine Gedanken schweiften zurück zu den Anfängen. Jenny und die schüchterne Sandy. Ellen und Danny. Wirr gingen meine Gedanken durcheinander. Die Suche nach Jenny wollte ich abblasen. Es brachte nur Unruhe in unsere Gemeinschaft. Sie würden sie einfach nicht akzeptieren. Gerade weil ich so beharrlich auf einer Suche bestand.

So saß ich da, betrachtete die majestätische Bergwelt um mich herum und vergaß die Zeit. Plötzlich setzte sich jemand neben mich und legte seinen Kopf auf meine Schulter.

„Ich brauche dich. Ich kann dir einfach nicht böse sein.", hauchte dieser Jemand.

„Gloria, ich …"

„Psssst! Ist gut. Alles ist gut."

Dann versanken wir im Liebesspiel.

„Wie wir sehen, habt ihr euch wieder vertragen", rief Susanne erfreut bei unserer Rückkehr.

Ich bat alle an den Tisch.

„Mädchen! Mir ist vieles klar geworden. Ich brauche euch alle. Ohne euch wäre mein Leben sinnlos. Was wie eine Phrase klingt, ist mein voller Ernst. Ich bitte euch um Verzeihung. Gloria verzieh mir schon. Es war dumm von uns beiden."

„Hört, hört! Er braucht uns also. Und ich überschlug schon die Kosten der Scheidung", sagte Sandy lachend.

„Du wirst wohl frech, kleines Mädchen."

Ich hob sie von der Bank und trug sie in unsere Hütte. Schnell waren wir nackt. Sandy legte sich mit leicht angewinkelten Beinen auf das Bett. Sie öffnete sinnlich ihre Lippen etwas und schloss die Augen. Ich betrachtete sie wie schon so oft. Sie war ein Kunstwerk! Ausgewogen in allen Details. Und doch schwebte das Damoklesschwert des Todes über ihr. Zwischen den Beinen glänzte es silbern. Sie war für mich bereit, so wie ich für sie. Kurz hauchte ich einen Kuss auf ihre Lippen, um mich sogleich ihren straffen Alabasterbrüsten zu widmen. Sandy stöhnte auf, als ich ihre Nippel hart leckte. Sie walkte meine Hoden und umfasste meinen Schaft. Sie schwitzte und ihre Körperfeuchtigkeit empfand ich als Aphrodisiakum. Ihr Schweiß stank nicht, sondern roch nach purer Lust. Nur übertroffen vom erregenden Geruch ihrer Scheide. Ich öffnete vorsichtig die schon geschwollenen Schamlippen und naschte von dem Lustsekret, das verlangend aus ihr floss. Mit wollüstigem Stöhnen signalisierte sie ihre Bereitschaft mich aufzunehmen. Von diesem Augenblick an, übernahm mein Schwanz das Zepter und raubte mir jeglichen eigenen Willen. Ich bog ihre Schenkel weiter nach oben und drang genießend in sie.

Ihre feuchte Enge sog mich in sie. Langsam erhöhte ich die Schlagzahl und dankbar krallte sie sich in meinen Rücken. Plötzlich biss sie mir in den Hals um einen lauten Schrei zu unterdrücken. Spastisch zuckte sie ihren Orgasmus zu ende. Nun war es an mir zu kommen. Schnell zog ich mein Glied aus ihr und verspritzte meinen Samen über ihren Körper bis zum Unterkiefer. Ermattet sank ich neben sie.

„Warum gibst du mir nicht deinen Saft, Liebster?", fragte sie unschuldig. Sie war wieder das kleine Mädchen, das ich so unendlich liebte.

„Das weißt du doch genau", antwortete ich.

„Aber ich nehme doch die Pille. Und ich möchte spüren, wie du in mir kommst. Es ist doch so schön, wenn du so zuckst."

„Das nächste Mal, Liebes."

Wieder zurück, verkündete ich meinen Entschluss, Jenny nun doch nicht zu suchen. Ich stieß auf Unverständnis und Entrüstung. Ich solle endlich die leidige Sache hinter mich bringen. Und zwar zeitnah!

Carla setzte sich, nachdem wir gestartet waren und sie unsere Wünsche erfüllt hatte, mit Nicole zusammen. Sie schwatzten und kicherten. Ihre Sympathien waren unverkennbar. Sandy erwischte einen schlechteren Tag und ließ mich in Ruhe. Das gab mir die Gelegenheit, darüber nachzudenken, warum Frauen in sexuellen Dingen so leicht umschwenkten. Nicole hatte keinen Besamer und es stand auch in näherer Zukunft keiner in Aussicht. Von mir würde sie ihr Loch auch nicht gestopft bekommen. Das wusste sie noch vom letzten Mal. Also blieb als Alternative nur Masturbation oder eine Frau. Ähnlich erging es sicher Carla und den Pilotinnen. Wenn also eine Frau keinen Mann zur Hand hatte, wurde sie einfach lesbisch! Ich hätte damals lieber ein Astloch gefickt, als meinen Schwanz in den Arsch eines anderen Mannes geschoben. Selbst Sandy verlangte ab und zu nach Lesbensex. Trotzdem, oder vielleicht gerade weil sie mich hatte.

Frauen taten alles um begehrenswert und sexy zu erscheinen. Kurze Röcke ohne Slip. Prasselenge Jeans und ein zwei Nummern zu kleines Shirt. Die Nippel sollten möglichst ständig hart sein. Die Botschaft war klar: Seht her! Ich bin die personifizierte Sünde. Scharf wie Pumascheisse! Wenn dann doch mal ein Mann einen längeren Blick riskierte, erntete er entrüstete Blicke. Sofort wurde er als notgeiler Bock abgestempelt, der kleine Kinder fickte. Die Psyche der Frau ist eines der letzten großen Rätsel der Menschheit. Wie auch die Frage: Wie ficken Meerjungfrauen. Sollten sie machen. Ich war glücklicherweise aus dem Alter raus und blickte nicht mehr schönen Frauen hinterher. Ich lächelte bei dem Gedanken, als mein Über – Ich mir ins Ohr flüsterte: Kunststück! Du hast selbst einen Haufen wunderschöner Frauen im Haus. Ja, natürlich. Die Gleichen, welche mich gestern noch rauswerfen wollten! Wenn Jenny das noch erlebt hätte! Apropos Jenny. Ich hatte noch keinen Plan, wie ich vorgehen wollte. Mein Vorhaben stand schon lange fast. Und doch überstürzte ich alles. Und auch kräftemäßig war ich noch nicht wiederhergestellt. Eventuell sollte ich mir in Kairo erst eine Auszeit gönnen und mich akklimatisieren, ehe ich mich nach Abu Sir auf die Suche machte. Wiederum war Kairo eine verrückte Stadt mit ihren über 20 Millionen Einwohnern. Wo sollte da Ruhe herkommen? Durch das Fenster erblickte ich das blaue Mittelmeer. Winzige weiße Schaumkronen kennzeichneten den Weg einzelner Schiffe.

„Carla", schrie ich plötzlich, sodass Sandy aufschreckte. Ich hörte Stoff rascheln. Dann ertönte ein „Ratsch". Ein Reißverschluss wurde geschlossen. Sandy lächelte mich wissend an. So dumm war sie ja auch nicht.

Carla erschien mit rotem Kopf.

„Der Herr wünscht?", fragte sie außer Atem und einigermaßen verlegen.

„Frag vorn nach, wo wir uns befinden."

Sie wandte sich zum Gehen. Ich griff sie am Handgelenk und hielt sie zurück.

„Zeig mir deine rechte Hand, Carla!", forderte ich streng.

„Das geht aber dann doch zu weit, Chef."

Sie sah meinen Blick und hob zögerlich ihre Hand vor mein Gesicht. Sie roch streng nach Frau und glänzte wie eingeölt.

„Wie ich sehe, hast du dich eingecremt."

„Wir sind immer noch per „sie", schrie sie, entriss mir ihre Hand und ging nach vorn.

Sandy legte ihre Hand auf mein Knie.

"Warum bist du so geworden, Rolf. Es gefällt mir nicht. Das sind alles junge Dinger. Wo ist deine „Meerjungfrau" geblieben?"

„Ich weiß es nicht. Die alte Zeit ist wohl endgültig vorbei. Im Grund wolle ich sie nur etwas in Verlegenheit bringen."

„Gefällt dir diese Carla?"

„Sie ist ein hübsches Ding, fürwahr."

„Dann lass sie uns verführen! Wie in alten Zeiten." Verschmitzt lachte sie.

„Ja, Sandy. Wir holen noch einmal die stürmischen Zeiten zurück. Und ich habe auch schon eine Idee!"

Carla berichtete mir kühl, dass wir uns zurzeit nördlich von Algerien befänden. Ich nahm ihre Hand, sie ließ es zu. Sie besaß schöne, lange und schmale Hände und ich fühlte ihre Weiche und Wärme. Ihre Finger zuckten leicht. Die Nägel trugen eine dezente Lackierung. Carla wurde unruhig. Ich spürte ein Zittern. Sie war sich nicht im Klaren, was ich von ihr wollte. Die Versuchung war groß, ihr einen Kuss in die Handfläche zu hauchen. Jene Fläche, die sicher vorhin noch Nicole Spalte bearbeitet hatte. Inzwischen wurde es peinlich für uns zwei. Ich hätte mein linkes Ei gegeben, um ihre Gedanken zu erfahren. Carla zog ihre Hand auch nicht zurück, als ich mit dem Daumen ihren Rücken liebkoste. Plötzlich ließ ich sie los.

„Sagen sie bitte den Damen im Cockpit, dass sie uns nach Monastir bringen sollen."

Carla zog ihre Augenbrauen hoch und entschwand. Ich erklärte Sandy mein Vorhaben. Nur ein paar Tage relaxen. Sie nickte zufrieden.

„Du Rolf. Du hast Carla vorhin ziemlich durcheinander gebracht. In deinem Alter will das etwas heißen!"

„Die ließ es zu, weil ich sie bezahle Und das nicht schlecht."

„Nein, glaub mir. In diesem Moment hätte sie für dich alles getan. So etwas spürt eine Frau."

Die Landung verlief glatt und reibungslos. Ich bedankte mich bei der Besatzung und fragte, wo sie bis zum Weiterflug nächtigen wollten? Sie gaben sich bescheiden und zogen eine billige Absteige in der Nähe des Flughafens vor. Schließlich müssten sie sparen. Wir luden sie ein, mit uns zu kommen. Schnell kamen wir in Port El-Kantaoui an. In einem solchen Land geht es immer schnell, wenn man die richtigen „Argumente" hat.

„Na, das ist ja eine Überraschung!", rief ich, als wir „unser" Hotel betraten. „Haben sie dich degradiert?"

Eine schwarze Schöne stand hinter dem Tresen und spielte den Portier.

„Was wünscht der Herr?"

Ich spielte mit.

„Gnädige Frau. Ihr Gesicht sah ich schon einmal woanders."

„Tut mir leid. Ich trage mein Gesicht immer an der gleichen Stelle."

„Und was tun sie hier? Ich meine, eine Frau wie sie, hat sicher andere Aufgaben und Interessen."

„Es geht sie zwar nichts an, doch ich sage es ihnen trotzdem. Ich warte auf jemanden."

„Und auf wen?"

„Auf einen alten versauten Bock mit seinen geldgeilen jungen Hühnern."

„Und wenn er kommt? Was dann? Wie sind ihre Pläne mit diesem Typen?"

„Dann verlange ich, sofort von ihm gefickt zu werden. Oder er soll mir wenigstens das junge blonde Ding an seiner Seite zur Verfügung stellen."

Wir spielten ein Spiel, das nur Sandy verstand.

„Leider besitzt er nicht so viel Geld um sie zu bezahlen? Und die Blondine ist auch nicht immer willens, sich von einer Frau die Dose versilbern zu lassen."

„Dann soll er mir eine der zugeknöpften Damen in Uniform ausleihen."

Inzwischen lehnten wir Aug in Aug auf dem Tresen. Lasziv öffnete sie ihren, feucht glänzenden Mund. Fast erlag ich der Versuchung. Doch es war nicht der rechte Zeitpunkt, ihr einen Kuss auf die Lippen zu hauchen oder gar in ihren verführerischen Ausschnitt zu fassen.

Meinem Personal war sichtlich unwohl. Solche Reden in einem Luxushotel. Und mein Benehmen war das eines jungen gutaussehenden und selbstverliebten Burschen, und nicht das eines alten Mannes. Sie wussten nicht, dass wir schon öfter hier logierten. Ihre Minen drückten starke Verwunderung aus und Mara erging sich in lautem Gelächter.

„Dann suchen sie sich eine aus."

Ich deutete auf die drei. Das war dann doch zuviel. Empört drehten sie sich Richtung Ausgang. Ich beschloss die Farce zu beenden und stellte ihnen meine Freundin Mara vor. Erleichtert und verunsichert lächelten sie und reichten sich die Hände.

„Nun mal im Ernst, Mara. Was machst du hier. Ich denke, du bist eine große Nummer?"

Sie blickte sich nach allen Seiten um.

„Bisher war ich nur eine mittelgroße Nummer. Nun bin ich nur noch eine Nummer. Es geschah so viel seit deinem letzten Besuch."

„Du sprichst eine große Wahrheit gelassen aus!", bestätigte ich.

„Wir reden später. Du hast doch noch Zimmer frei?"

Hohntriefend lachte sie:

„Du kannst fast das ganze Hotel mieten. Wie gedenkt ihr denn zu nächtigen?"

Genüsslich drehte ich mich um. Dann teilte ich ein. Die Suite für Sandy und mich. Je ein Zimmer für Nicole und Carla und den restlichen Mädchen. In allen Augen erkannte ich Zustimmung. Ich ging umgehend mit Sandy wieder mein sündhaft teures Zimmer. Meine Kleine rannte sofort ins Bad, um sich frisch zu machen. Und wie der Zufall es so wollte, bot die Wanne Platz für zwei. Ich nahm Sandy nach dem Bad völlig unsensibel von hinten, während sie sich am Waschtisch festklammerte. Mich verlangte in diesem Moment einfach danach. Und Sandy sah es ein. Nicht ohne die

Frage, ob ich denn wieder Schmerzen in den Hoden hätte. Ihre Mutter war nicht verfügbar für einen schnellen Fick. Und Mara, die sicher genauso willig gewesen wäre, wollte ich nicht. Mara war sicher auch der Grund, warum Sandy mich noch schnell entsaften wollte, ehe ich mich mit ihr unterhielt.

„Rolf! Das Hotel trägt sich nicht mehr", begann die Schöne das Gespräch. Sie trug ihre langen, inzwischen braunen Haare offen und sie flossen über ihren Schultern auf die Titten. Ein legeres Shirt, passend in Gelb, ließ nur die Spitzen der Brüste erahnen. Umso reizvoller, weil nicht allzu sehr auf „geil" getrimmt, war ihr Körper. Sie konnte einen Mann schon erregen. Sandy sah das genauso und schmiegte sich an mich, um ihre Besitzansprüche zu demonstrieren.

„Mein Geschäftsführer ist ein verknöcherter Arsch", fuhr Mara vulgär fort.

„Das Hotel liegt in einer Hochburg der Jugend. Ideal zum Austoben. Einfach die Sau rauslassen."

Ich konnte mir eine Bemerkung nicht verkneifen:

„Du hast recht. Meine Susanne war auch voll begeistert. Die Sau rauslassen … Weißt du eigentlich, dass sie fast an dieser „Sau" gestorben wäre? Deine aufgeweckte Jugend füllte sie mit Drogen ab und vergewaltigte sie ständig. Ja – sie tobten sich gründlich an und in ihr aus. Und sie war sicher nicht die Erste und Einzige!"

Einige Gäste blickten mich herablassend an, weil ich sehr laut wurde. Mir schwoll der Kamm bei dem bloßen Gedanken an Susannes Martyrium. Sandy beschwichtigte mich, als sie meinen Wutausbruch sah. Schon wollte sie Nicole rufen. Mara blickte mich erschrocken an.

„Niemand tut es mehr leid als mir, Rolf. Wenn ich davon gewusst hätte, hätte ich mich um sie gekümmert und die Schweine zur Rechenschaft gezogen. Mit oder ohne Polizei."

Mit einer Handbewegung tat ich es ab. Sie erzählte mir daraufhin die alte Geschichte. Das Nobelhotel verkam zu einem halb ausgelasteten Pflegeheim, während ringsherum die billigen

Absteigen überfüllt wären mit jungen Leuten. Der Leiter wäre ein Gipskopf, der nicht mit der Zeit gehen möchte. Lieber entlässt er sein Personal. Wenn man … Und so weiter.

„Warum erzählst du mir das alles?"

Ich konnte mir denken worauf sie hinaus wollte.

„Weil du mich fragtest!", giftete sie zurück.

„Ich möchte mit meinen Damen baden gehen. Wie wird das Wetter heute, Mara?"

Enttäuscht seufzte sie auf und sagte kühl:

„So um die 33 Grad. Wünscht der Herr noch etwas?"

„Bitte lass uns einen Moment allein", bat Sandy Mara. Als sie gegangen war, fragte sie mich:

„Willst du ihr nicht helfen? Du könntest das Hotel retten."

„Mara benötigt Geld! Falsch. Die Geschäftsführung benötigt es. Nun habe ich ein gewisses Vermögen in Verwaltung. Doch es ist nicht allein meins. Es gehört uns allen! Außerdem werde ich einen Teufel tun, um den Untergang zu verschleppen. Warum auch. Ein Hotel ist viel zu komplex für mich. Wenn ich investiere, möchte ich was davon haben. Sandy, hier geht es nicht um lumpige 20000 Euro! Hier geht es um Millionen! Das ist mir eine Nummer zu groß und zu unübersichtlich. Ich werde kein Geld in eine Sache stecken, von der ich nichts verstehe. Ich könnte Mara höchstens einen Job bei Ablah vermitteln. Ich rede mit ihr."

Nun möchte ich Sandy nicht als dumm bezeichnen. Aber sie verstand meine Argumentation nicht. Die Komplexität eines solchen Vorhabens erschloss sich ihr nicht. Warum sollte ein Hotel kaufen anders sein, als ein „Trödeleck"? Diese Frage las ich auf ihrem Gesicht.

„Dann gib mir meinen Anteil. Ich werde Mara unterstützen. Wieviel Geld haben wir denn?"

Ich seufzte auf:

„Warum hast du so einen Narren an dieser Mara gefressen? Aber bitte: Unser Konto steht bei etwa 40 Millionen. Fast alles gehört Susi und Gloria. Wir zwei besitzen fast nichts. Und ich werde einen Teufel tun, um das Hotel zu retten. Außerdem würde Mara nicht viel davon haben. Sie ist nur eine Angestellte. Und jetzt ist Schluss damit."

„Ich wollte doch nur auch einmal jemandem helfen?", erwiderte sie kleinlaut.

„Das ist sehr löblich von dir. Aber in diesem Fall nicht angebracht!"

Da sah ich meine Belegschaft um die Ecke biegen. Ich fragte sie, ob sie nicht mit mir ans Meer wollten? Zu meiner Verblüffung schüttelten alle ihre Köpfe. Sie hätten nichts zum Anziehen. Kurz entschlossen bot ich ihnen Hilfe an. Sofort begannen meine Hühner mit Gackern. Ich bat Mara, ihnen einen Laden zu zeigen. Sandy ging mit, um alles zu bezahlen.

Am Strand nahm ich mir Mara zur Seite, während die Mädchen im Wasser tollten. Sie legte sich neben mich, stützte sich auf ihre Unterarme, schloss die Augen und schüttelte lasziv ihre Haare aus. Ich verglich sie mit Ablah. Der Typ war der gleiche. Ein schmales Gesicht, bronzene Haut, super Figur. Mara strahlte eine eher reife Erotik aus, während Ablah die Sinnlichere gab. Meine Augen wanderten an ihrem Körper entlang. Und blieben an ihrem Bikinihöschen hängen. Selbiges hatte sich zwischen ihre Schamlippen gedrängt und ich fühlte sofort meine Badehose eng werden.

„Und nun zieh mich bitte wieder an", forderte sie lächelnd, ohne ihre Augen zu öffnen. Ertappt wie ein Schuljunge stotterte ich: „Dann leg dich doch nicht so hin, wenn du nicht bewundert werden möchtest!"

Mara drehte sich auf den Bauch. Nun fiel mein Blick von der anderen Seite auf die zwei Wölbungen ihrer Spalte.

„Mara! Was willst du von mir. Umsonst erzählst du mir doch nicht von euren Schwierigkeiten."

„Ich weiß es nicht. Irgendetwas erhoffte ich. Keine Ahnung was. Ich habe nur Angst vor der Zukunft!"

„Du bist Geschäftsfrau, bist mehrerer Fremdsprachen mächtig, siehst sehr gut aus … was willst du?"

„Ich habe die Schnauze gestrichen voll. Das ganze Getue im Hotel. Ich habe keine sinnvolle Aufgabe mehr. Aber wenn …"
Sie brach abrupt ab. Ich forderte sie auf, sich zu artikulieren. Mara legte sich spontan mit ihrem Oberkörper auf mich. Sie kam mir mit ihren Lippen so nahe, dass ich in Versuchung geriet.
„Mit deinem Geld wäre es möglich, meinen Chef abzulösen. Ich könnte es umstrukturieren. So viele Ideen spuken in meinem Kopf herum. Animation, Discos, junges Personal …"
Aufgeregt spielte sie mit meinen Ohren. Ihr Atem roch nach Minztee. Tief blickte ich in ihre, vor Aufregung glänzenden schwarzen Augen, und zwischen meinen Beinen regte sich mein Zeugungsorgan.
„Nein Mara. Kurz und bündig. Aber ich mache dir ein anderes Angebot. Wenn du möchtest."
Ich erlag der Versuchung und griff an ihren Hintern.
„Sofort runter von meinem Mann!", schrie eine kindliche Stimme. Sandy erahnte wie immer solche besonderen Augenblicke. Sie stand da wie ein Racheengel. Und schön wie die Sünde. Ihre nassen blonden Haare schmiegten sich an ihre Brüste und der nasse Tanga betonte ihr Fötzchen mehr, als das er es verbarg. Selbst Mara, welche sich von mir heruntergewälzt hatte, zollte ihrer Schönheit schweigend und mit offenem Mund Respekt. Nein, ich brauchte keine andere Frau! Und ich brauchte im Moment keine Eifersüchteleien.
„Mara. In Dresden gibt es ein Restaurant …" Ich erklärte ihr die Sachlage mit Ablah. Mara könnte mit ihrer Erfahrung Ablah während ihrer Schwangerschaft vertreten.
„Du würdest mich mit nach Deutschland nehmen und mich einstellen?", fragte sie nachdenklich. Sie spielte dabei mit meinen Nippeln und vergaß Sandy dabei. Die tolerierte es stillschweigend.
„Nein Mara. Ich kann dich nur vermitteln. Das Lokal gehört Ablah. Sie ist viel jünger als du und wäre dann deine Chefin. Würdest du das akzeptieren können?"
Mara nickte zögernd. Ich zog mein Handy, tippte eine Nummer ein und reichte Mara das Teil.

Nach einer Weile zog sich ihr Mund breit und sie stellte sich vor. Sie läge mit mir am Strand und möchte sie etwas fragen. Ich fand diese Äußerung mehr als kontraproduktiv. Aber egal. Sollte sie machen. Weiter konnte ich dem Gespräch nicht folgen, weil sie immer mehr ins Arabische verfielen. Währenddessen verwöhnte mich nun Sandy mit Zärtlichkeiten. Durch den Stoff meiner Hose fühlten sich ihre Fingerspitzen anders an. Erregender! Warum auch immer? Es dauerte nicht lange und meine Eichel erblickte das Tageslicht. Neugierig lugte sie über den Bund, wer ihr wohl diese Aufmerksamkeit zukommen ließ. Sandy tupfte mir einen Tropfen von der Spitze und lachte mich schadenfroh an. Mara entging das Schauspiel natürlich nicht. Da wir in einer relativ touristenarmen Zone lagen, schob sie nun den Bund nach unten, klemmte ihn unter meinen Hoden fest und massierte mich, während sie noch telefonierte. Nun lachte ich Sandy an, ehe ich mich hingab. Kurz bevor ich kam, nahm Mara ihre Hand vom Glied und bot es generös Sandy an. Eine noble Geste, wie ich fand. Sandy schob noch drei Mal meine Vorhaut hin und her. Dann spritzte es in satten Schüben aus mir heraus. Ich hatte noch nicht ausgezuckt, da bedeckte Sandy mein Teil schon wieder.

Mara reichte mir mein Handy und fragte:

„Warum so zaghaft, meine Kleine?"

„Ich bin nicht deine Kleine. Das solltest du dir merken!", zischte diese zurück.

Mara gab mir einen Kuss:

„Deine Ablah möchte es mit mir versuchen. Aber nur, weil du mich vermittelt hast. Denn du wärst ihr „Herr". Was hast du denn für ein Verhältnis zu diesem Mädchen?"

Ich musste wieder einmal klare Fronten schaffen und Ablah schon vorab schützen.

„Ablah ist für dich kein „Mädchen". Sie wird deine Chefin sein. Das solltest du dir vor Augen führen, ehe du das Angebot annimmst! Denk gründlich darüber nach. Noch einmal zum Mitmeißeln: Ablah zählt 21 Jahre und wird dir Anweisungen geben, weil ihr das Lokal gehört und sie dich dann bezahlen wird.

Ich verlange von dir Respekt gegenüber ihrer Person und unser Verhältnis geht dich einen feuchten Dreck an", antwortete ich streng.

Sandy irritierte mich etwas, indem sie Mara die Zunge heraus streckte.

„Gut, ich habe verstanden", antwortete Mara und wandte ihren Blick zum Meer. „Ich werde mich danach richten und akzeptiere die junge Frau als meinen Boss."

„Nun denn", fuhr ich fort. „Dann kündige und fliege nach Marrakesch. Ich gebe dir das nötige Kleingeld für den Flug. Gehe dort zum „Riad Osran" und richte Mehmet schöne Grüße aus. Er wird dich ins Gebirge fahren. Ich gebe dir zusätzlich ein paar Euro als Aufwandsentschädigung für ihn mit. Dort wartest du auf mich."

Sie blickte mich entgeistert an.

„Du solltest aus der Sonne gehen. Am Samenstau kann es ja nicht mehr liegen. Was soll ich in Marokko im Gebirge?"

„Mach einfach was ich sage. Oder mach nicht. So jedenfalls, lautet mein Angebot."

„Du bist ein geheimnisvoller und seltsamer Mann. Ein Arschloch – vielleicht. Ein Spinner – auf jeden Fall. Nichts geht bei dir auf normalem Wege. Du bietest mir eine Stelle in Deutschland an und forderst mich gleichzeitig auf, dafür nach Marokko in die Pampa zu fahren. Ohne Erklärung. Einfach so. Für dich ist es selbstverständlich, dass alle ohne zu hinterfragen, deinen wirren Forderungen Folge leisten. Du bist ein Irrer, ein Despot und Macho. Aber glücklich die Frau, die dich zum Manne hat."

Sandy wurde größer. Ich ließ ihre Einschätzung meiner Person so stehen. Vielleicht hatte sie ja recht. Mara fragte noch, ob ich sie nicht hinfliegen könne. Ich verneinte diese Frage kategorisch.

Nicole trat herzu und besah sich meinen Oberkörper.

„Rolf! Das Zeug da ist nicht das, was ich denke, oder?"

„Denk was du willst."

„Ich bin für deine Gesundheit verantwortlich. Und du lässt dir ohne meine Überwachung in der prallen Sonne den Schwanz polieren. Das kann tödlich für dich sein."

Ich wurde langsam ärgerlich:

„Das nächste Mal kannst du mir einen von der Palme schütteln und mir dabei den Blutdruck messen."

„Oh, nein. Kein Sex mit dir steht im Arbeitsvertrag. Ich werde nur zusehen und deine Vitalwerte kontrollieren. Oder du bezahlst mir das Doppelte."

„Okay! Ich bezahle dir das Dreifache. Dann möchte ich zusehen, wenn du Carla die Fotze versilberst. Und ich werde mit meinem Schwanz deine Temperatur messen."

„Du bist ein Schwein! Aber abgemacht. Doch wisse: Ich möchte nicht das jemand denkt, du bezahlst mich für Sex."

Sie zog dabei ihr rechtes Lid nach unten.

Missmutig legte ich mich zurück in den Sand. Ich rutschte verbal in alte Zeiten ab. Und ficken wollte ich sie nicht wirklich.

„Überleg dir was du sagst! Dieses Schwein bezahlt dich fürstlich! Ich gebe dir auch den versprochenen Lohn – ohne Sex. Werde mit Carla glücklich."

Sandy zog mich energisch ins Wasser, um mir meinen eingetrockneten Samen abzuwaschen und den Disput zu beenden.

Vom Wasser aus sah ich Mara am Strand liegen. Und noch etwas sah ich: Nicole hockte neben ihr und sabberte förmlich.

Sandy legte sich neben mich und eröffnete den Abend im Zimmer mit einem Wunsch:

„Duuu, Rolfiii! Ich möchte wieder einmal mit einer Frau."
Dabei kraulte sie mir lustlos die Eier.

„Dann bitte! Es sind doch genug im Angebot. Scheinbar sind alle Frauen „bi". Nimm dir eine Pilotin. Oder vielleicht Nicole?"

„Du würdest mich einfach so abgeben?"

„Warum soll ich dir etwas verweigern, das ich früher für mich als selbstverständlich ansah. Mit mir ist in dieser Beziehung nicht mehr viel los. Ich sage nur „Alter Mann"."
Ich leckte ihr die Nippel bis sie stöhnte.

„Ich habe eine Idee. Nicole und Carla schlafen nebenan. Ich gehe rüber und sage, Carla würde von dir gewünscht. Du wolltest sie doch vernaschen."
Sandy entschwand in luftigem Outfit, das jeden Eunuchen feucht werden lassen würde.

Ich stellte mich nackt mit dem Rücken zur Tür ins Zimmer. Es klopfte und ich bat sie herein.

„Ah, Carla. Entschuldige bitte mein Outfit. Ich wollte dich etwas fragen."
Langsam drehte ich mich zu ihr um. Ihr Blick ruhte auf meinem Schwanz und Carla wurde unruhig. Ich sah mich getäuscht, den Grund ihrer Unruhe in meinem Geschlechtsteil zu vermuten.

„Findest du es nicht etwas unverschämt? Was soll das verdammte Theater? Hältst du mich für dumm?"
Überrascht antwortete ich:

„Nun, ich halte dich für nicht dümmer, als andere Frauen auch."

„Frechheit! Du erlaubst, dass ich wieder gehe."

„Bitte bleib. Ich ziehe mir auch etwas drüber. Ja, ich gebe zu, dass die Anmache ziemlich plump war. Setz dich zu mir. Möchtest du einen Likör?"
Ich zog meinen Slip an und goss zwei Gläser voll.

„Versuchst du es nun mit Alkohol?", fragte sie, nun wieder lächelnd.

Carla trug ein luftiges geblümtes Kleidchen, das ich eigentlich schon aus der Mode hielt. Drunter leuchtete schwarze Unterwäsche. Ich wollte sie nicht länger als nötig checken, um sie nicht noch mehr zu verunsichern. Carla setzte sich zu mir, nahm ihr Glas und kippte es hastig hinter. Ihr Kleidchen verrutschte bei dieser hastigen Bewegung und gab den Blick auf wohlgeformte Beine frei.

„Carla! Bitte entschuldige mein Verhalten." Ich überlegte, wie ich ein Gespräch in Schwung bringen könnte.

„Ich lebe mit mehreren Frauen zusammen, von denen fast alle meine Töchter sein könnten. Das funktioniert nur durch gegenseitiges Vertrauen und Ehrlichkeit in allen Dingen des Lebens. Auch in sexueller Beziehung. Deshalb möchte ich ehrlich zu dir sein. Meine Frau besitzt eine lesbische Ader und sie hatte Lust auf eine Frau. Deshalb ging sie zu Nicole und bat dich zu mir. Also gönne den beiden noch ein paar Minuten. Du arbeitest nun schon einige Zeit für mich und wir sind uns noch nie näher gekommen. Ich meine, ich weiß fast nichts von dir. Als ich letztens im Flugzeug deine Hand hielt, wurde mir erst bewusst, was du für eine bezaubernde Frau bist."

Ich gab ihr Zeit, meine Worte zu verdauen. Carla goss sich einen Schnaps nach und sagte:

„Ich habe dir schon einmal einen runtergeholt! Das mache ich dir nicht zum Vorwurf, weil ich es gern tat. Mich verwundert nur, dass du mich erst als Frau erkanntest, als du flüchtig meine Hand gehalten hast."

„Carla, wenn ein Mann Druck hat, würde er es sich auch von einer Schimpansin besorgen lassen. Da liegt keine Erotik drin. Aber ich versichere dir, dass ich jede Sekunde, in der ich deine Hand berühren durfte, intensiv genossen habe. Jede Faser meines Körpers konzentrierte sich auf diesen Berührungspunkt. Die Wärme und Zartheit deiner Haut, die Feingliedrigkeit deiner Finger. Das leiseste Zucken deiner Hand registrierte ich in meinem Hirn. Carla, du bist sehr jung und ich weiß nicht ob du mich verstehst. Sicher hältst du mich für einen senilen Greis. Aber diese

Berührung deiner Hand empfand ich als erotischer, als alle Handjobs dieser Welt. Deshalb wollte ich dich näher kennenlernen. Und nun kannst du mir eine runterhauen."

Ich hielt ihr meine rechte Wange hin.

„Und was wolltest du mir damit sagen? War das eine Rechtfertigung deiner billigen Anmache? Ich lasse mich nicht so einfach von einem alten Mann poppen."

Carla lief zur Tür. Die Hand schon auf dem Drücker, drehte sie sich noch einmal zu mir um.

„Auch ich genoss deine Berührungen. Ich fühlte mich so seltsam. Und ich schämte mich für diese Empfindungen."

Ich bat sie zu bleiben und zog demonstrativ ein Shirt über. Sie blieb und schüttete ihr Herz aus. Von einer glücklichen und behüteten Kindheit erzählte sie. Von der Schönheit ihrer Heimatstadt, die ihr schließlich zu klein wurde. Über ihre Anfänge als Stewardesse, als alle Piloten Jagd auf sie machten.

Und über ihre gemischten Gefühle vor dem Vorstellungsgespräch bei einem reichen alten Snob, der sich junge Frauen „hielt". Sie lächelte bei der Beschreibung ihrer Gedanken, als sie mich und meine Frau das erste Mal zusammen sah. Das kindliche, bildschöne Mädchen und der reife Herr. Und als sie unsere Familie insgesamt zu Gesicht bekam, begriff sie, dass ich nur ein Teil davon war. Der Dominantere zwar, aber eben kein Sklavenhalter. Sie bat mich, ihr unsere Beziehung zu erklären. Ich holte die zweite Flasche Likör und für mich Bier. Dann begann ich aus meinem Leben zu erzählen. Vom Altenpfleger, der inzwischen mit einem Privatjet durch die Welt jagte. Und von meinen Frauen. Sandy, der blinden Susanne und all den anderen. Carla hatte sich an mich gelehnt, wie ein Kind an seinen Vater und hörte zu. Der Grund für diese unerwartete Intimität lag wohl weniger an meiner Ausstrahlung, als an meinem Likör. Ich beschrieb ihr meine Mädchen. So verging die Zeit bis sich die Tür öffnete und Sandy mit zerzaustem Haar eintrat. Augenblicklich löste sich Carla von mir und erhob sich leicht schwankend. Ich schenkte ihr ein verabschiedendes Lächeln und nickte ihr zu. Nein – ich würde Carla nicht ficken, sondern sie so respektieren wie sie war. Die alten Zeiten hatten sich endgültig verabschiedet.

Einen richtigen Plan hatte ich noch immer nicht. Nachdenklich blickte ich auf die unter mir davon ziehende Landschaft. Was soll ich auch planen? Zunächst galt es, meinen Tross in Kairo unterzubringen. Ich beobachtete Carla. Sie richtete einen Imbiss für uns an. Ich fand es im Nachhinein gut, sie etwas von meinem Leben wissen zu lassen. Sie bemerkte meine Aufmerksamkeit und lächelte mir zu. Sandy schlief neben mir und schnarchte leise. Meine kleine Frau träumte sicher etwas Schönes. Denn ab und an zuckten ihre Mundwinkel zu einem Grinsen. Wie würde sich unser Verhältnis ändern, wenn ich erst Jenny gefunden hatte? Diese Frage stellte sich mir schon lange und ich bekam jedes Mal Angst vor der Antwort. Warum aber? Weil sich mein Wesen geändert hatte! Ich fickte keine Meerjungfrauen mehr! Mein Innerstes sehnte sich nach Ruhe und Harmonie. Jenny bedrohte diesen frommen Wunsch massiv. Dennoch musste ich dieses leidige Thema aus der Welt schaffen. Und wenn es nur ein klärendes Gespräch wäre. Oft fragte ich mich, ob ich sie noch lieben würde. Ich kam zu keinem Ergebnis.

Carla bat uns, uns für die Landung anzuschnallen. Ich blickte aus dem Fenster und erkannte am Horizont die ewigen Pyramiden. Majestätisch, schweigend und bedrohlich.

Der Flughafen beherbergte wie immer ein Sammelsurium unterschiedlichster Individuen. Gelangweilte Urlauber, telefonierende Geschäftsleute, die ihre Koffer hinter sich herzogen, in Burkas gehüllte Frauen, welche ihre Kinderschar besänftigten und Polizisten, die mit bösen Blicken das Treiben beobachteten. Kairo war ein Schmelztiegel der Nationen und der Glaubensrichtungen. Moslems, Christen, Hindus, Juden – alle vereinte ein Ziel: Überleben in diesem Moloch Kairo! Und genau das machte diese verrückte Stadt aus! Wer fragte hier schon nach dem Schicksal einer Person? Wie viele verschwanden hier tagtäglich, ohne dass ein Hahn danach krähte? Über allem lastete, einer Käseglocke gleich, eine schwüle, drückende und schmutzige Hitze, die einem sofort den Schweiß aus allen Poren trieb. Kairo schmorte im eigenen Dunst. Tödlich für Leute mit

gesundheitlichen Problemen. Lebensgefährlich für Menschen mit Herzproblemen. Mich überkam ein Gefühl, dass ich so noch nicht erlebte und mich schreckte. Angst um mein eigenes Leben!
In diesem Anflug von Realitätssinn nahm ich Nicole zur Seite und fragte:
„Bist du bereit, mir das Leben zu retten, wenn nötig?"
Sie nahm meine Hand und ernst versprach sie mir:
„Ich werde alles tun, damit du dich sicher fühlen kannst."
„Ich danke dir, Nicole. Bleib an meiner Seite bitte, ich ... ich habe Angst."
Sie sah mich zweifelnd an, erkannte aber, dass es mir Ernst war.
„Rolf! Du hältst mich für schnippisch und nachlässig. Unser Verhältnis war in der Vergangenheit sicher nicht so, wie es hätte sein sollen und wie ich es mir gewünscht hätte. Aber ich versichere dir aufrichtig, dass du bei mir in guten Händen bist. Nur übertreibe es nicht. Diese Luft hier gehört eigentlich verboten."
„Wir werden im Stadtteil „Giza" wohnen. Das ist höher gelegen und nicht ganz so giftig. Nicole, ich vertraue dir. Solltest du mich enttäuschen, bin ich tot. Überleg es dir genau. Noch kannst du zurück, wenn du dir nicht sicher bist. Wenn wir aber im Taxi sitzen, verlange ich von dir absolute Professionalität!"
Ernst sah sie mich an.
„Rolf, ich weiß, ich wusste es immer, dass ich nur eine Alibifunktion habe. Warum solltest du einer unerfahrenen, jungen Schwester dein Leben anvertrauen? Du hättest andere Möglichkeiten gehabt."
Ebenso ernst blickte ich zurück.
„Ich wählte dich, weil ich ein gutes Gefühl hatte. Und deine unbekümmerte Art tat mir gut. Ich nahm dich wirklich als Krankenschwester mit. Dein Arzt sicherte mir deine Kompetenz in Notfällen zu. Ich möchte nicht, dass du selbst an deinen Fähigkeiten zweifelst, hörst du? Nicole, ich habe plötzlich furchtbare Angstgefühle. Und ich schäme mich dafür. Das sage ich nur zu dir und ich bitte dich, mein Geständnis für dich zu behalten.

Bitte lass mich nicht an dir zweifeln. Und nun Schluss. Steig ins Taxi oder lass dich zurück fliegen."

Nicole wurde zum Profi, wie es der Arzt sagte.

„Ich danke dir für dein Vertrauen. Du musst dich für deine Gefühle nicht schämen. Angst ist sogar gut. Angst macht dich vorsichtig und überlegend. Ich werde für dich da sein. Das verspreche ich. Wenn du dich einmal aussprechen möchtest, ohne dein Gesicht zu verlieren, bin ich ebenfalls da. Ich würde mich sehr geehrt fühlen. Alles bleibt natürlich bei mir."

Nicole küsste mich auf die Wange und stieg in das wartende Taxi.

Der livrierte Portier am Tresen des exklusiven Hotels „Queen of Nile" machte einen irritierten Eindruck, als ich drei Zimmer verlangte. Eines für meine Frau und mich und zwei für meine Ärztin und meiner Flugzeugcrew. Ich trug ein Shirt und eine abgerissene Jeans, Sandy kleidete sich wie ein soeben erwachsen gewordener Teenager und Nicole betonte ihre sehr schmale Figur mit hautengen Klamotten. Einzig den übrigen Drei nahm man ihre Uniformen ab. Der Kerl sah sich schon nach Rausschmeißern um, ehe er sich besann. Er fragte, ob meine Frau und die Ärztin nachkommen würden? Ich erinnerte ihn daran, dass ihn das nichts anginge, stellte ihm aber meine Frau und meine Ärztin vor. Er begriff! Er sah in mir einen exzentrischen Millionär. Der Kerl schnippte drei Mal mit den Fingern und drei Ägypter erschienen. Sie verbeugten sich und griffen nach unserem Gepäck. Traditionell nahm ich kaum etwas mit. Auch Sandy hatte es nicht nötig sich „aufzudonnern", ebenso wenig Nicole. Also griffen sie sich unsere Reisetaschen und führten uns auf die Zimmer. Dort angekommen, rissen wir uns unverzüglich die verschwitzten Klamotten vom Leib und ließen Wasser in die Wanne. Ich bestieg als erster das kühle Nass. Sandy zelebrierte ihr Bad. Als sie ein Bein in die Wanne stellte, klaffte ihre Spalte vor meinen Augen verführerisch auseinander. Um diese Wirkung zu erhöhen, verharrte sie eine Weile in dieser Position. Natürlich füllte sich mein Schwanz sofort mit Blut und reckte seinen Kopf neugierig über die Wasseroberfläche.

„Hast du wieder Schmerzen in den Hoden?", fragte sie mit bedauernder Stimme.

„Sandy, du bist ein Miststück!", antwortete ich und begann, ihre Scham zu reiben. Noch ehe sie im Wasser war, wurde sie schon nass. Endlich setzte sie sich breitbeinig zu mir, sodass ich ihre Fotze mit meinen Zehen bearbeiten konnte.

„Erzähle mir von deiner Nummer mit Nicole", bat ich sie.

Sie schloss ihre Augen, um sich zu erinnern.

„Beide lagen auf dem Bett als ich das Zimmer betrat. Als Carla gegangen war, zog ich mich einfach aus. Nicole wollte protestieren.

Doch als sie meinen nackten Körper sah, besann sie sich. Ich stellte mich breitbeinig vor sie hin und zog frech meine Schamlippen auseinander. Ich betrachtete Nicole auf dem Bett. Sie lag nur in Dessous da und was ich sah gefiel auch mir. Nicole wusste was ich brauchte und sagte nichts. Sie streckte ihren rechten Fuß aus und begann, meine Spalte zu bearbeiten. Ich sehe den glänzenden Film auf ihrem Fußrücken noch deutlich vor mir."

Sandy machte eine Pause und griff sich zwischen ihre Beine. Sie wichste sich ihre Kliti hart und auch mich ließ die Vorstellung nicht kalt. Ich griff nun meinerseits mit Daumen und Mittelfinger an meinen Schwanz und begann zu reiben. Wann hatte ich mich eigentlich das letzte Mal selbst befriedigt?

Sandy fuhr derweil mit ihrer Schilderung fort und führte sich dabei einen Finger ein.

„Nicole drang mit ihrem großen Zeh in mich ein und ich sah, wie sich ihre Nippel versteiften. Meine Beine begannen zu zittern. Deshalb legte ich mich neben sie und entfernte ihr Höschen. Es war sehr feucht. Langsam glitt ich zwischen ihre Beine und kostete von ihrem Nektar. Meine Zunge erregte sie mehr als ich dachte. Und schon kurz darauf erzitterte ihr Leib und aus ihrem Fötzchen spritzte der Lustsaft heraus."

Nach diesen Worten kam meine Kleine mit Urgewalt. Unter ihren Zuckungen spritzte das Wasser aus der Wanne. Sie stieß sich drei Finger in ihr Innerstes. Während die andere Hand ihre Titten kneteten. Nur langsam beruhigte sie sich wieder. Ich nahm ihre kleine Hand und legte sie um meinen Schaft. Sie schob meine Vorhaut vor und zurück bis ich weiße Fontänen Richtung Decke schickte. Sie klatschten zurück auf die Wasseroberfläche und trieben davon.

„Und wie ging es weiter?", fragte ich atemlos.

„Das Übliche. Nicole besorgte es mir so, wie vorher ich ihr. Nur, dass wir es noch drei Mal wiederholten. Es tat mir sehr gut, wieder einmal eine Frau zu schmecken. Und du? Hast du es mit Carla getrieben?"

„Nein, Sandy. Ich muss mich damit abfinden, dass ich langsam zu alt bin. Wir unterhielten uns einfach nur. Ich möchte dir treu sein. Schluss mit dem Rumgeficke. Eine schöne und aufregende Zeit liegt hinter uns. Das ist vorbei."
Sandy lächelte.
„Du hast recht, Rolf. Lieben wir zwei uns. Das ist mehr als ich je erhoffte."

Nach einem opulenten Abendessen hoffte ich auf einen geruhsamen Verdauungsspaziergang an der Seite meiner Frau. Noch während ich mir den Mund am Tisch etwas putzte, sah mich meine Pilotin plötzlich scharf an. Das heißt, so überraschend kam es nicht. Schon während der Mahlzeit rutschte sie ständig nervös auf ihrem Stuhl herum.
„Chef! Ich möchte sie etwas fragen. Darf ich? Aber bitte nicht böse sein!"
„Nur zu!", ermunterte ich sie.
„Warum machen sie das? Sie bezahlen uns überdurchschnittlich gut. Sie kaufen uns Klamotten. Sie nehmen uns mit in ihre Hotels und bezahlen die Übernachtungen. Sollte es länger dauern, geben sie uns auch noch Taschengeld. Und warum wir? Ich meine, bei solchen besonderen Einsätzen werden zumeist männliche Kollegen bevorzugt. Bitte nennen sie uns ihre Gründe für ihre Entscheidungen."
Ich lehnte mich zurück und trank einen Schluck von dem Gesöff, welches sie hier Bier nannten. Die Pilotin hatte den Daumen drauf. Ihre Frage war nicht so leicht zu beantworten. Ich wusste es selbst nicht! Ich betrachtete ihre gespannten Gesichtszüge. Sie war mir sehr nah. Blondes halblanges Haar umrahmte ein fein geschnittenes Gesicht. Intelligente blaue Augen warteten auf meine Antwort. Die Jüngste war sie nicht mehr, aber ihre, von der südlichen Sonne gerötete Haut, umspannte ihren schmalen Körper wie Samt. Entfernt könnte ich mir Sandy in zehn Jahren so vorstellen. Nur, dass meine Frau einen Kopf kleiner war. Noch nie sah ich diese Frau, in deren Hände ich unser Leben legte, als Objekt

der Begierde. Die Fragende sah wirklich sehr gut aus.
Dementsprechend antwortete ich:
„Egoismus! Reiner Egoismus! Ich umgebe mich gern mit schönen
Frauen."
„Nein, dieses Macho-Gehabe nehme ich ihnen nicht ab."
Die Pilotin blickte mich lauernd und verächtlich an. Meine profane
Antwort beleidigte wohl ihre Intelligenz. Ich versuchte, mich an
ihren Vornamen zu erinnern.
„Stefanie. Ich gab schon immer jungen Frauen eine Chance. In
ihrem Job müssen Frauen stark um Anerkennung kämpfen. Ich
ging bewusst das Risiko ein, Berufsanfängerinnen zu engagieren.
Jeder ihrer männlichen Kollegen tippte sich an die Stirn, als ich sie
anforderte. Mein Vertrauen in sie wurde nicht enttäuscht. Sie alle
drei machen ihren Job sehr gut. Warum sollte ich ihre Leistung
nicht honorieren? Zudem sehen sie sehr gut aus und ich muss mich
ihrer Begleitung nicht schämen."
„Tut mir leid. Damit gebe ich mich nicht zufrieden. Das machen
andere auch. Nicht viele, aber es gibt solche Exzentriker, die
glauben, sie tun der Welt damit einen Gefallen wenn sie dumme
Weiber engegieren. Doch diese sind anders! Außerdem ist mein
Name Stella. Hinter ihrem Verhalten steckt mehr. Carla deutete
etwas an."
Die glaubte doch tatsächlich, ich bezahle sie so gut, um sie ins Bett
zu bekommen! Nicht mit mir!
„Hören sie, Stella. Was auch immer Carla andeutete: Ich
entschuldigte mich bei ihr und es ist nichts passiert. Wenn ihnen
mein Verhalten nicht gefällt und sie Angst um ihre Tugend haben,
steht es ihnen frei zu kündigen. Glauben sie mir, ich bin nicht auf
sie angewiesen. Sie müssten es doch inzwischen gemerkt haben!"
Langsam wurde es mir zu dumm.
„Was bildet ihr dummen Gänse euch eigentlich ein", ereiferte sich
nun Sandy. „Mein Mann behandelte euch mehr als gut bisher. Und
das macht ihr ihm zum Vorwurf? Ist das euer Dank für die gute
Behandlung? Er ist euer Chef! Jeder andere hätte euch in diesem

Moment ohne Diskussion entlassen! Rolf, du musst dich nicht rechtfertigen. Erlaube bitte mir, sie rauszuschmeißen."
Erschrocken blickten sich die Frauen an. Die Copilotin lenkte ein: „Ich glaube, sie haben uns gründlich missverstanden. Und wofür haben sie sich denn bei Carla entschuldigt? Sie schwärmte regelrecht von ihrer Art. Wir fühlen uns mehr als wohl in diesem Job. Wir wollten nur wissen, warum sie so zugänglich und umgänglich sind. Das ist doch nicht die Regel! Bitte entschuldigen sie dieses Missverständnis. Es lag keineswegs in unserer Absicht, sie zu brüskieren. Nie würden wir ihnen Sexismus unterstellen, wenn sie das meinen."
Wieder war es an Sandy mich in Schutz zu nehmen:
„Das will ich auch gehofft haben. Wir alle lieben unseren Mann. Weil er eben so ist. Er besitzt ein großes und gutes Herz. Alle seine Frauen würden ihr Leben für ihn geben. Ich lasse ihn hier nicht beleidigen. Und wem seine Art nicht gefällt, dem kratze ich eigenhändig die Augen aus."
Ich legte meine Hand beschwichtigend auf ihre Schulter.
„Also meine Damen. Nun muss ich mich bei ihnen entschuldigen. Vergessen wir den Vorfall. Ich dachte nur … Wissen sie, ich habe Geld. Nicht durch mein Verdienst. Als ehemaliger Altenpfleger verdient man gerade mal die Miete. Das nur nebenbei. Ich bin nicht der Typ, der seine Macht auskostet. Warum soll ich meine Angestellten in billigen Kaschemmen unterbringen, während ich selbst im Luxus schwelge. Nehmen sie es einfach so an. Und nebenbei bemerkt, schmeichelt ihre Schönheit wirklich meinem alten Ego. Haben sie weitere Fragen?"
Stella lächelte mich an:
„Nein, Chef. Ich kann ihnen im Namen meiner Kolleginnen versichern, dass wir sehr stolz auf unseren Chef und den Job sind. Sie sind einfach ein guter Mensch. Die bedingungslose Liebe ihrer jungen Frau qualifiziert sie zum besten Mann, den wir kennen. Noch einmal entschuldige ich mich für das Missverständnis. Gerne würden wir mehr von ihnen erfahren. Sicher haben sie ein bewegtes Leben hinter sich."

„Nun gut. Warum nicht? Wir sitzen in einem Boot. Fragen sie meine Frau, ob sie ein paar Schwänke zum Besten geben möchte. Aber glauben sie ihr nicht alles. Sie übertreibt gern."

Ich erhob mich und ging an die Bar. Nicole folgte und fragte nach dem morgigen Tag. Sandy lobpreiste mich inzwischen gestenreich, wie ich vermutete.

Ich hatte eine gewisse Angst vor Morgen. Zusammen mit Sandy und Nicole würde ich in Abu Sir, einem Ort 30 Kilometer südlich von Kairo, nach diesem Pflegeheim suchen und Jenny hoffentlich finden. Zumindest hoffte ich auf eine Spur von ihr. Jenny konnte sich ja sonst wo aufhalten.

chweigend nahmen wir unser Frühstück auf dem Zimmer ein. Ein Taxi wartete schon vor der Tür des Hotels. Ich erbat mir einen Fahrer, der gut Deutsch sprach und eventuell als Dolmetscher fungieren könnte.

„Du zitterst ja richtig, Rolf", sagte Sandy besorgt. Meine emotionale Anspannung war riesig. Ich hatte Angst! Angst vor der Wahrheit, nicht vor Jenny! Ich stand auf, schraubte eine Flasche Cognac auf und nahm einen großen Schluck.

„Wie kannst du jetzt saufen? Ich verbiete dir, Schnaps zu trinken."

Sandy war erwachsen geworden und fand sich in der Rolle als Ehefrau immer besser zurecht. Der Gedanke entlockte mir ein Lächeln. Eigentlich brauchte ich keine Jenny. Alle hatten recht. Ich hatte eine liebe Frau und ein Kind mit einer anderen lieben Frau. Und Ablah war sicher auch schwanger. Als Jenny mich verließ, lebten wir nur mit Sandy zusammen. Ellen erschien am Horizont und ich glaubte in ihr einen Ersatz zu finden. Jenny wusste nichts von meinen Frauen. Ich lebte inzwischen ein völlig anderes Leben als damals. Als sie auf meine Briefe und Anrufe nicht mehr antwortete, brach auch ich den Kontakt ab.

„Sandy! Du bist eine schlaue Frau geworden. Deine Meinung bedeutet mir sehr viel. Was meinst du? Soll ich die Suche abblasen? Wollen wir nach Hause fliegen und Jenny vergessen?"

Ich blickte in ihr Gesicht. Und wieder stellte ich fest, dass es reifer und fraulicher geworden war. Irgendwie vermisste ich diesen kindlichen Ausdruck.

„Rolf, du hast kalte Füße bekommen. Hast Angst, du könntest enttäuscht werden. Stellen wir beides gegenüber. Wenn wir zurückfliegen, erwartet dich ein ruhiges Leben zwischen Dresden und Marrakesch und dich liebende Frauen, die alles tun, damit du keine Jenny brauchst. Aber deine innere Unruhe bliebe.

Setzen wir die Suche fort, ist eine große Enttäuschung möglich. Jenny lebt vielleicht mit einem ägyptischen Arzt zusammen und lacht dich für deine Sorgen aus. Oder sie fand ihre Berufung in dem Heim und hat andere Sorgen als dich. Natürlich ist es genauso gut möglich, dass ihr tatsächlich etwas zugestoßen ist und sie Hilfe

braucht. Du rettest sie und nimmst sie mit zurück. Deine anderen Frauen akzeptieren sie nicht und Jenny reagiert aggressiv auf sie. Sie meldet alte Besitzansprüche auf dich an und stänkert ununterbrochen. Ein ewiger Krieg bricht los und du wirst der Verlierer sein. Verärgert und ausgestoßen ziehst du dich auf dein Landgut in Marokko zurück, gehst täglich in deine Sexhöhle und lässt dir einen langen grauen Bart wachsen. Auf jeden Fall ist viel Ärger vorprogrammiert. Das sind die Fakten. Wenn du deine Familie liebst, pfeifst du auf Jenny und fliegst mit uns zurück!"
Sie warf mir ihre Befürchtungen mit ernstem Gesicht an den Kopf.
„Was hat dir Jenny eigentlich getan, dass du sie so schlecht machst? Du versuchst, sie mir mit Gewalt auszutreiben. Früher verbrachtet ihr jede zweite Nacht zusammen im Bett. Du kennst ihre Fotze besser als ihr Gesicht. Und jetzt ...", schrie ich ärgerlich.
Sandy lachte mich an:
„Womit die Frage ja geklärt wäre."
Mir ging ein Licht auf. Sie kitzelte mit ihrer Einschätzung meine Gefühle für Jenny aus mir heraus und vertrieb meine Zweifel. Was hatte ich nur für eine kluge Frau! Ich nahm sie in meine Arme und küsste inbrünstig ihre vollen Lippen.

Unsere Fahrt führte uns zunächst vorbei an den ewigen Pyramiden. Nicole trug ein Köfferchen bei sich. Ich wagte nicht nach dem Inhalt zu fragen, weil er mir sicher mein Alter und meine Anfälligkeit offenbarte. Die Häuser der Stadt wurden von erbärmlichen Hütten abgelöst. Wir fuhren durch Palmenwäldchen, an kärglichen Äckern und ausgetrockneten, zugemüllten Kanälen vorbei. Langsam an Luxus gewöhnt, wurde mir die Armut des Landes erschreckend bewusst. Sicher starben die Alten hier eher an Hunger, als an ihren Gebrechen. Und wer keine Angehörigen mehr hatte, verendete auf der Straße. Ich fragte mich, wer das Projekt wohl finanzierte, wenn Jenny kaum Mittel aus Europa anforderte? Neben ihrem plötzlichen Schweigen blieb die Finanzierung ein großes Rätsel. Hier jedenfalls, konnte sich niemand einen solchen Heimplatz leisten. Vielleicht existierte es schon nur noch auf dem

Papier? Eine Karteileiche sozusagen, und Jenny war die einzig echte Leiche. So vieles schien möglich.

Aus dem Radio dudelten arabische Weisen, welche der Fahrer lautstark mitsang. Mir ging die Musik gehörig auf den Sack. Obwohl ich gern diese Musik hörte, wenn der Rahmen stimmte. Auf der Rückbank unterhielten sich Sandy und Nicole. Ich verstand nichts bei all dem blechernen Krach aus der Konserve. Ein Eselkarren hielt uns unnötig auf. Dadurch fiel mein Blick auf einen alten Mann. Er sah heruntergerissen, hungrig und krank aus. Er wartete nur noch auf den Tod. Seine Angehörigen setzten ihn wohl morgens an einen schattigen Platz und holten ihn abends wieder ab. Im Grunde bewunderte ich ja den Familiensinn in islamischen Ländern. Und ich sprach mich immer gegen unnötige lebensverlängernde Maßnahmen aus. Aber das konnte es auch nicht sein! Ich bat den Fahrer kurz zu halten, stieg aus und reichte dem Alten 200 Pfund. Ein Vermögen hier – für mich das Trinkgeld für einen Kofferträger. Der Alte sah mich entgeistert an und drehte die Banknote erstaunt in den Händen. Wieder in dem Taxi klärte mich der Fahrer über die hiesigen Verhältnisse auf. Vom Kampf ums tägliche Überleben erzählte er. Von der hohen Kindersterblichkeit, die hier normal wäre.

Und von den Alten, die sich selbst als „Last" fühlten und in Hinterzimmern dahinvegetierten. Dennoch führten die Menschen ein zufriedenes Leben. Sie kannten es nicht anders und es wäre von Allah gewollt.

Ich fand das alles zwar sehr traurig, aber nicht zu ändern. Maximal könnte ich dem Heim ein paar Euro spenden.

Endlich bog er von der Hauptstraße rechts ab in Richtung Memphis. Von der einstigen mächtigen Metropole Men-nefer, Hauptstadt Unterägyptens, blieb nicht viel übrig. Nur deren Totenstadt Sakkara thronte noch westlich des Nils. Die Stufenpyramide konnte ich schon in der Ferne erblicken. Abu Sir lag etwas abseits. Ein unscheinbares Dorf mit einer großen Vergangenheit. Warum für den Bau des Heimes gerade dieses Nest ausgewählt wurde, bleibt ein Rätsel.

Der Fahrer hielt an einem Fleischerladen, an dem Schafshälften in der prallen Sonne hingen und Köpfe toter Schafe die Käufer anstarrten. Sandy verzog angeekelt den Mund und blickte weg. Wild gestikulierend, eben nach arabischer Sitte, erklärte der Verkäufer den Weg. Nicht ohne ein Bakschisch zu verlangen. Nach fünf weiteren Minuten fuhren wir auf das Gelände des Heimes. Es befand sich inmitten eines Palmenwaldes, der die Sonne etwas abhielt. Sogar ein kleiner Swimmingpool lud zum Bade ein. Ich holte tief Luft und stieg aus. Ich bat den Fahrer zu übersetzten und versprach ihm reichen Lohn. Eine junge Schwester schaute nach dem Rechten.

Sie fragte nach unserem Begehr und als der Fahrer den Namen „Jenny" nannte, rannte sie entsetzt ins Haus. Nun betrat eine Matrone die Bühne.

„Ich möchte zu Jenny", sagte ich und mein Fahrer übersetzte.

„Mein Name ist Rolf."

Als hätte ich ihr die Pest an den Hals gewünscht, fiel sie mit Worten über mich her. Der Fahrer hatte sichtlich Mühe. Er nahm sich aber die Zeit, sich zu sammeln und die Worte zu ordnen. Die Dame Jenny wäre für niemandem von außerhalb dieses Hauses zu sprechen und für Männer mit dem Namen „Rolf" schon gar nicht! Nun ging ich in die Offensive. Ich drängte sie in den Gang des Hauses und fragte, was sie sich heraus nähme? Natürlich wäre sie zu jeder Zeit für mich zu sprechen. Sie solle mich sofort zu ihr führen. Nur nebenbei bemerkte ich, dass Nicole sich derweil schon mit einer alten Frau beschäftigte und ihr den Zucker maß. Ich hatte wohl die richtige Wahl mit ihr getroffen. Nicole war ganz Krankenschwester.

Die Matrone schaute ängstlich in Richtung eines bestimmten Zimmers. Also ging ich zielstrebig darauf zu. Noch einmal baute sich die Frau vor mir auf, griff an meinen Oberarm und beschwor mich, Rücksicht auf Jenny zu nehmen. Sie wäre eine gute Frau und jede Achtung und Respekt wert. Ich bat Sandy vorerst vor der Tür zu warten, klopfte und trat ein. Ich schloss die Tür hinter mir und sah Jenny am Fenster stehen und hinaus schauen. Sie drehte sich nicht einmal um.

„Jenny! Ich bin es, Rolf.", flüsterte ich ängstlich.

Mein Herz aber, hüpfte vor Freude. Ihr halblanges braunes Haar lag auf ihren Schultern und ihre Figur hatte nichts von ihrer Formvollendung eingebüßt.

„Diese Palme da draußen, die so schief gewachsen ist. Weißt du, dass sie immer von den gleichen Vögeln besucht wird. Sogar zwei Ibisse kommen regelmäßig und turteln. Stundenlang stehe ich hier und hänge meinen Erinnerungen nach."

Ihre Stimme klang seltsam abwesend. Was sollte das? Natürlich rechnete ich damit, dass sie mir nicht sofort um den Hals fallen würde. Doch sie gönnte mir nicht einmal einen Blick. So stand ich an der Tür und wartete.

„Vor diesem Moment fürchtete ich mich. Ich wusste, irgendwann würdest du kommen. Und mit dir die Probleme. Du würdest Antworten verlangen und Rechenschaft für mein Verhalten fordern. Doch ich bitte dich, Rolf. Geh! Geh jetzt und vergiss mich. Und komm nie wieder."

Sie sagte es ohne Überzeugung in der Stimme und ohne mich anzusehen.

„Warum in aller Welt, schickst du mich wieder weg, Jenny? Nenn mir deine Gründe und wenn sie mich überzeugen, werde ohne ein weiteres Wort gehen. So lass uns doch reden. Ich kann nicht glauben, dass du mich einfach so abservierst. Nicht nach allem, was zwischen uns beiden gewesen ist!"

Jenny atmete tief durch:

„Dann sei es so!"

Langsam drehte sie sich um. Was ich sah, ließ mich zurückweichen. Vor Schreck stieß ich gegen die Tür und mein Herz setzte aus. Mit allem hatte ich gerechnet. Mit erkalteter Liebe, mit Hohngelächter und auch mit wütenden Schlägen. Aber nicht mit diesem Schock!

Ich sah ein entstelltes Gesicht! Narbenüberzogen und mit den typisch braunen Flecken transplantierter Haut. Auf dem ersten

Blick ein Monster! Ich wollte nicht glauben was ich sah. Niki Lauda war ein schöner Mann gegen Jenny.

„Jenny!", schrie ich gequält auf. Ihr Kopf sank nur resigniert auf ihre Brust. Mir trieb es die Tränen in die Augen. Ich rutschte an der Tür zu Boden. Es klopfte heftig an der Tür.

„Rolf? Was ist los? Mach sofort die Tür auf!"

Nicole sorgte sich offensichtlich.

„Nicht jetzt!", schrie ich. Dann raffte ich mich auf. Mein Verhalten war mehr als unangemessen. Jenny stand immer noch einfach da. Sie war sich ihrer Wirkung auf andere Personen durchaus bewusst und hatte sicher mit meiner Reaktion schon gerechnet. Mit einem Ruck hob sie den Kopf und sah mir trotzig in die Augen.

„Und jetzt verschwinde. Geeeeh! Und komm nie mehr wieder, hörst du! Nie mehr!", schrie sie mich an.

Ihr hysterisches Geschrei brachte mich wieder zur Vernunft. Langsam ging ich auf sie zu. Im Hintergrund hörte ich meine Mädchen besorgt an die Tür klopfen. Inzwischen fand ich meine Beherrschung wieder.

„Jenny. All die lange Zeit hatte ich Zweifel, ob ich dich noch liebte. Das gebe ich zu. Nun weiß ich, ich liebe dich noch immer. Egal was dir widerfuhr. Und jetzt sag du mir ins Gesicht, dass du mich nicht mehr liebst. Dann gehe ich sofort."

Aus Jennys verbrannten Augen rannen Tränen.

„Zwing mich bitte nicht zu lügen, Rolf."

„Ich verlange nur eine ehrliche Antwort."

Jenny reagierte ausweichend:

„Hier ist nun meine Heimat. Ich werde geachtet und niemand stört sich an meinem Äußeren."

„Sag, dass du mich nicht mehr liebst und ich gehe!", forderte ich nachdrücklich und nahm sie in meine Arme.

„Ich kann es nicht. Denn ich liebe dich noch immer. Ich wollte dich mit der Zeit vergessen, aber es gelang mir einfach nicht. Immer wenn ich aus dem Fenster sehe, stehen die Bilder des Glücks mit dir vor mir. Und ich verfluche den Tag, an welchem mich Eva überredete, hierher zu gehen. Wie konnte ich ahnen, dass es ein

Abschied für immer würde? Du weißt nun, wie ich aussehe. Unter Menschen kann ich mich nicht mehr trauen. Also ist es besser wenn du gehst. Mach es uns nicht so schwer, bitte. Bestimmt findest du eine andere, schönere Frau, mit der du dein Leben verbringen kannst."

Jenny begann zu schluchzen.

„Pscht! Ich lasse dich nicht mehr los. So viel ist geschehen und ich kann dich verstehen. Aber ich wäre ein Lump, wenn ich dich in dieser Lage einfach sitzen lassen würde. Erzähle mir, wie es dir erging! Wir haben alle Zeit der Welt. Und noch einmal: Ich liebe dich!"

„Und du verachtest mich nicht?", fragte sie zweifelnd.

Ich gab ihr statt einer Antwort einen Kuss in ihr entstelltes Gesicht. Es kostete mich starke Überwindung. Dieses ehemals schöne Gesicht mit den kecken Sommersprossen gab es nur noch in meinen Erinnerungen.

„Jenny! Ich müsste mich selbst anspucken, wenn ich dich – deswegen – ausgrenzen würde. Ich liebe dich noch immer und es bricht mir das Herz, dich so zu sehen. Ich meine nicht dein Gesicht, sondern deine Verfassung! Du brauchst meine Hilfe. Komm mit mir und gemeinsam ficken wir die Meerjungfrau. Hier gehst du doch zu Grunde!"

Jenny sah mir lange in die Augen. Ich ließ ihr die Zeit für eine Entscheidung.

„Ich werde dir von mir erzählen."

Sie wich aus, wollte sich nicht so schnell festlegen.

Wir nahmen auf einer Bank im Zimmer Platz.

„Ehe du beginnst, möchte ich dir meine Frau vorstellen. Bitte verzeih, aber ich wusste nichts von dir und musste davon ausgehen, dass du unsere Liebe verraten hast."

Sie sah mich erstaunt an:

„Du bist verheiratet? Wer ist es? Diese – Ellen, oder wie sie hieß? So bitte sie doch endlich herein."

In ihrem Ton schwang eher Neugier als Erschrecken.

Ich ging zur Tür und öffnete sie. Ich nickte Sandy zu und zögernd trat sie in den Raum. Sie erblickte Jenny und blieb abrupt stehen. Meine starke kleine Frau hatte jedoch ihre Gefühle im Griff. Sie rannte nicht schreiend hinaus. Nur kurz schreckte sie vor dem unerwarteten Anblick zurück. Sie stand da und Tränen rollten über ihre Wangen. Gleichzeitig wischte sie mit dem Handrücken die Nässe beiseite, ging zu Jenny und umarmte sie. Wie ich diese Frau bewunderte! Der Begriff „Mädchen" traf nicht mehr auf sie zu.
„Jetzt sag nicht, Rolf hat dich zur Frau genommen. Du bist so erwachsen geworden. Wie freue ich mich, dich zu sehen, Sandy. Aber bitte schau mich nicht so oft an. Aus mir wurde ein Monster."
„Ich hab dich lieb, Jenny", sagte sie nur.
„Sandy ist eine starke Frau geworden. Mehr als einmal half sie mir aus einer Krise. Die Hochzeit war nur folgerichtig. Sie ist kein kleines Mädchen mehr. Sie ist der Haushaltsvorstand und alle machen was sie sagt."
Jenny wollte sie küssen, entsann sich aber ihres Aussehens und zuckte zurück. Sandy jedoch, nahm ihren Kopf in beide Hände und drückte ihr einen dicken Schmatz auf die Lippen. Das war zuviel für Jenny und sie begann hemmungslos zu weinen. Schluchzend begann sie zu erzählen:
„Das Heim war gerade fertig gestellt und die ersten Bewohner zogen ein. Eines Tages fuhr ein Luxuswagen auf unser Gelände. Ihm entstieg ein Araber in feinem Zwirn. Er stank förmlich nach Geld. Und er sah auch noch sehr gut aus. Er verbeugte sich vor mir, gab mir einen Handkuss und erklärte sich umgehend. Von einem seltsamen Projekt hätt er gehört und von einer schönen europäischen Frau, die es leitete. Sakkara hätte er sich angesehen, und Memphis. Nebenbei erwähnte sein Führer dieses Haus. Die Einheimischen wären voller Lob für das Heim und die Frau würde wie eine Heilige verehrt. Lange Rede, kurzer Sinn.
Omar war ein Milliardär aus den Emiraten und suchte ein seltenes Steckenpferd. Er fand meine Ideen sehr gut und versprach finanzielle Unterstützung. Ich traf mich auch oft mit ihm und er führte mich in den Geldadel Ägyptens ein. Ja, ich schlief auch mit

ihm und müsste lügen, würde ich behaupten, ich hätte ihn nicht geliebt. Vertraglich sicherte er dem Haus monatlich eine nicht gerade kleine Summe zu. Wir waren nun nicht länger von Deutschland und den Almosen abhängig. Und ich konnte qualifiziertes Pflegepersonal einstellen und mittellose Alte aufnehmen. Es war eine sehr schöne Zeit. Eines Tages lud er mich zu einer Wohltätigkeitsveranstaltung in Kairo ein. Das Übliche halt. Geschäftsleute, Geldadel, Minister. Als wir danach zum Auto liefen, passierte es! Eine Bombe ging hoch. Omar riss es fast den gesamten linken Arm ab. Ich hatte die Wagentür zwischen der Bombe und mir. Nur mein Gesicht verbrannte. Der Schmerz war unerträglich und raubte mir das Bewusstsein."

Die Erinnerungen ließen Jenny verstummen und Sandy schlang ihre Arme um sie. Jenny atmete tief auf, um die Bilder aus ihrem Hirn zu verbannen.

„Anfangs konnte ich dir nur sporadisch schreiben. Ich hatte einfach keine Zeit. So viel war zu tun und zu organisieren. Und als ich mein Gesicht nach dem Attentat das erste Mal sah, wollte ich dir nicht mehr schreiben. Mir war klar, dass ich für die Welt tot sein musste. Es zerriss mir das Herz, dich so enttäuschen zu müssen. Doch ich konnte nie wieder nach Deutschland und zu dir zurück. Nächtelang weinte ich. Schließlich beschloss ich, dass das Heim hier mein Grab werden sollte. Verstehst du mich? Die Ägypter verehren mich, wie von Allah gesandt. Niemand stört sich an meinem Äußeren. Die Schwestern sind mir Freundinnen geworden. Und jeden Tag sitze ich stundenlang am Fenster und träume von meinem verlorenen Glück. Von den schönen Stunden mit dir und auch mit dem kleinen Mädchen Sandy, das ich einmal kannte. Doch du solltest mich nie so sehen. Und nun klopft es an meiner Tür und herein tritt mein Traummann. Ich hätte vorhin vor Scham fast in die Hosen gemacht. Und er bringt sogar seine Ehefrau mit. Sie sieht dem kleinen Mädchen sehr ähnlich, muss aber eine andere Person sein. Die Sandy die ich kannte, hätte anders reagiert!

Übrigens: Omar betrat nie wieder ägyptischen Boden. Aber sein Geld kommt regelmäßig. Hier ist nun meine Heimat. Ich gehe nicht mehr von hier weg."

Verlegen blickte ich zu Boden. Was sollte ich ihr sagen? Irgendwelche Plattitüden? Sandy half auf ihre Weise.

„Du gehst mit uns. Du versprachst, zurückzukommen. Seine Versprechen muss man halten. Und dein Gesicht bekommen wir wieder hin. Nicht wahr Rolf?"

„Sandy hat recht! Ich gehe hier nicht ohne dich weg."

Jenny lächelte, um gleich darauf wieder ernst zu werden.

„Ich werde nicht als Freak in Dresden herumlaufen. Und für eine OP fehlt uns das Geld. Ich glaube kaum, dass dein und mein Erspartes für so etwas reicht!"

Nun war es an mir, Jenny zu küssen. Ich spürte nur noch eine tiefe Liebe in mir. Kein Mitleid!

Jenny verlangte unsere Geschichte zu hören. Sandy setzte schon an, als ich sie bat zu schweigen. Es wäre nicht der richtige Ort. Morgen schon, sollte sie mit uns kommen. Sandy verstand und nickte mir zu.

„Jenny! Du sollst alles erfahren. Es ist eine fast unglaubliche Geschichte. Aber nicht hier, sondern an einem Ort, an dem auch du dich wohlfühlen wirst. Wir versprechen, dir zu helfen. Bereite die Übergabe an deine Stellvertreterin vor. Wenn es dir bei uns nicht gefällt, bringe ich dich persönlich zurück. Versprochen! Bist du bereit, noch heute mit uns nach Kairo ins Hotel zu kommen?"

Jenny überlegte:

„Ich gebe ja zu, dass ich eine tiefe Sehnsucht nach meiner Heimat habe. Noch mehr vermisste ich euch zwei. Bei einem anderen Aussehen würde ich sofort mitkommen. Ansa ist eingearbeitet. Mein Aufenthalt sollte ja eigentlich nur ein Jahr dauern. Aber ..."

„Das ist prima! Wir finden eine Lösung. Zuvor möchte ich dir meine Ärztin vorstellen."

„Du hast eine eigene Ärztin mit?"

„Nun ja. Eigentlich ist sie nur Krankenschwester. Meine
Gesundheit ist nicht mehr die Beste und ich wusste nicht, wie lange
meine Suche nach dir dauern würde."
Ich schrie nach Nicole. Die betrat das Zimmer und musterte Jenny
geringschätzig von oben bis unten.
„So sieht also das Objekt deiner Begierde aus", sagte sie kühl.
„Kannst du dich nicht ein Mal zusammenreißen?", herrschte ich sie
an.
Jenny legte eine Hand auf meinen Schenkel.
„Lass mal. Die Kleine gefällt mir. Alles ist mir lieber als falsches
Mitleid."
Nicole ging auf sie zu und betastete ihr Gesicht.
„Während meiner Ausbildung beschäftigte ich mich
interessenhalber mit Brandwunden. Ich sehe nichts, was nicht
wieder in Ordnung gebracht werden könnte. Nicht mehr ganz so
wie vorher, aber die Frau könnte wieder vorzeigbar werden. Und
ich sehe eine schöne Frau unter den Narben. Mit den nötigen
finanziellen Mitteln, kann der Frau geholfen werden. Das dürfte ja
für dich kein Problem darstellen, Rolf."
Jenny sah mich zweifelnd an und ich schnappte mir Nicole und
zog sie vor die Tür. Dort beschwor ich sie eindringlich, keinen Ton
von meinen finanziellen Verhältnissen und meinen Frauen zu
sagen.
Sie lachte mir nur frech ins Gesicht und wies zu Recht auf den
Privatjet hin, mit dem ich meine Angebetete sicher zurück fliegen
würde. Ich antwortete:
„Fick die Meerjungfrau!"
Zurück im Zimmer forderte ich Jenny auf, ihren Krempel zu
packen.
„Du möchtest mich Biest also wirklich heimführen. Ich komme
gerne mit, aber du musst mir helfen. Und was soll ich dann in
Dresden machen? Nur in unserer Hütte sitzen und Teppiche
knüpfen?"
Sandy rief vorschnell:
„Du kannst doch erst mal in Marok…"

Ich stieß ihr in die Seite.

„Ich kann dir etwas bieten, wovon du nicht einmal träumst. Du wirst sehen und verstehen. Alles zu seiner Zeit. Du glaubst nicht, welcher Stein mir vom Herzen fiel. Eine Weile glaubte ich dich verloren."

„Du HAST mich verloren! Es wird nie wieder so sein wie vorher. Mit mir wirst du nie wieder schlafen wollen. Und was ist mit „Marok...", Sandy?"

„Ich habe mich nur versprochen."

„Also gut. Ich komme mit. Doch ich verlange Garantien. Wenn ihr mich nicht mehr ertragt, möchte ich sofort wieder hierher gebracht werden!"

„Das wird nicht geschehen. Aber ich verspreche es dir. Und nun komm ..."

„Das geht nicht so schnell. Ich möchte drüber schlafen. Und dann muss ich alles übergeben. Ich möchte noch zwei Tage allein sein. Und wenn ihr mich dann immer noch wollt, so kommt wieder."

Das konnte ich akzeptieren. So kam es, das wir allein zurück nach Kairo fuhren – schweigend.

Im Foyer unseres Hotels stürmte Carla auf uns zu und verlangte zu wissen, wann es weitergeht. Ich herrschte sie an, uns in Ruhe zu lassen. Dann hörte ich noch, wie sie Nicole nach dem Grund meiner Verstimmung fragte. Doch auch die antwortete nicht.

Ich legte mich sofort mit Sandy auf mein Bett und schloss meine Augen. Vor mir erschien ein sommersprossiges Gesicht mit einem schelmischen Lächeln. Augenblicklich drängte sich ein total Verbranntes dazwischen.

Wenn Jenny mitkommen würde, stände es außer Frage, dass sie erst einmal bei Mina bleiben würde. Sollte sie aber hier bleiben wollen, hätte ich kein Recht auf sie. Jenny hatte sich eine neue Heimat geschaffen und in ihren Augen würde es in Dresden in einem einzigen Spießrutenlauf enden. Ihr Körper war noch perfekt und weckte einst die Begierde eines Ölscheichs. Jetzt besaß sie nur noch diesen Körper. Ihr Gesicht war quasi nicht mehr vorhanden.

Sie brauchte mich mehr denn je. Das wusste sie. Ja – verdammt – ich liebte sie immer noch!

Sandy legte sich auf mich:

„Was denkst du, Geliebter?"

Ich strich ihr die übliche Strähne aus dem Gesicht und blickte in ihre blauen Augen.

„Ich weiß nicht, was ich denken soll. Alles ist so kompliziert geworden."

Jennys größter Feind war sie selbst. Sie hatte große Angst vor der feindlichen Welt, die keine Normabweichungen duldete. Bis ich eine eventuelle OP organisiert hätte, wäre sie zu einem, von Selbstzweifeln zerfressenen Wrack mutiert. Sie benötigte einen Fixpunkt, der sie nicht bemitleidete, sondern respektierte. Einen Menschen, der nur für sie da wäre und sie beschützen würde. Ich selbst besaß nicht mehr die Geduld von früher. Es kam nur eine Person dafür in Frage.

Sandy kam mir zuvor:

„Rolf, wenn du erlaubst, werde ich mich um Jenny kümmern. Du hast so viel um die Ohren und bist manchmal sehr unbeherrscht. Außerdem bin ich eine Frau. Manchmal redet es sich unter Frauen leichter."

Ich freute mich über meine Kleine.

„Ja, Sandy. Du bist wirklich eine Frau durch und durch geworden. Klug und umsichtig. Ich setzte auf das richtige Pferd. Ohne dich wäre ich nur ein halber Mensch. Ich übertrage dir die Verantwortung für Jenny. Hilf du ihr, so wie sie damals dir geholfen hat. Führe sie in das Leben – in unser Leben ein."

Warmherzig blickte ich sie an und setzte hinzu:

„Ich danke dir, dass du mir gestattest, dich zu lieben."

Eng umschlungen schliefen wir ein. Ich schlief unruhig und träumte schlecht. Die Aufregung machte sich bemerkbar. Als ich mich früh erheben wollte, spürte ich einen dumpfen Schmerz in der rechten Schulter. Mir war übel und ich erbrach mich. Sandy stürzte aus dem Raum, um Nicole zu holen.

Die kam, noch in einem luftigen Negligé, sofort mit ihrem Köfferchen. Sie prüfte meine Vitalwerte und fragte, ob ich ausreichen trinken würde. Ich versicherte ihr, dass ich erst gestern Abend eine ganze Flasche Cognac getrunken hätte. Sie funkelte mich an. Die Zeit der Scherze wäre für mich vorüber, giftete sie und rief den Zimmerservice. Sie schrie förmlich nach drei Flaschen Wasser. Sandy saß neben mir und weinte still vor sich hin.

Nicole nahm meine Hand:

„Rolf. Du musst in ein Krankenhaus – sofort! Ich möchte einen Myokardinfarkt ausschließen können. Aber die Symptome sind eindeutig. Du stehst zumindest kurz davor."

„Nicole! Ich gehe nicht ins Krankenhaus. Es gibt etwas, das du noch nicht weißt. Wenn ich sterben sollte, dann ist das so und ich werde den Tod akzeptieren." Dabei blickte ich zu Sandy. Nicole bemerkte die Blicke.

„Was ist das für ein Geheimnis? Ich muss es wissen!"

„Also gut. Ist ja nun egal. Meine Frau wird bei der Geburt meines Sohnes sterben. Wenn ich vorher sterbe, wird sie leben."

Sandy warf sich schluchzend auf mich. Nicole zog sie ärgerlich wieder von mir herunter. Die ganze Szenerie war hollywoodreif.

„Ich verstehe. Versprich mir wenigstens, viel zu trinken. Zwei Flaschen sofort – eine in einer Stunde."

Sie zog ihr Handy und verschwand in ihr Zimmer. Sandy flößte mir umgehend Wasser ein. Nach einer Weile betrat Nicole wieder den Raum. Sie kontrollierte noch einmal meinen Blutdruck und schüttelte ihren Kopf. Hart wie eine verdiente Hebamme, sprach sie mich an:

„Du hast dich also entschlossen zu sterben. Und schiebst als Begründung deine Frau vor. Du bist ein Schweinehund! Es gibt genug Möglichkeiten deine Sandy zu retten, wenn die Prophezeiung überhaupt ernst genommen werden kann. Und das weißt du! Du hast deine Jenny gefunden und siehst noch mehr Probleme auf dich zukommen. Sie ist dir nicht, wie erwartet, freudig um den Hals gefallen. Jenny ist entstellt und wird Ärger machen. Das ist so sicher wie ein Furz auf der Toilette! Du hast nichts weiter als Angst. Angst vor der eigenen Courage. Früher wärst du die Sache einfach angegangen. „Fick die Meerjungfrau", so lautete doch dein Spruch? Was bist du nur für ein erbärmlicher Wicht? Sicher warst du einmal anders. Sonst würden deine Frauen dich nicht lieben. Ich frage mich sowieso, was sie an dir finden? Nein – du hast keinen Herzinfarkt. Du möchtest bemitleidet werden. Und die Verantwortung für Jenny abschieben. Ich hatte eine so hohe Meinung von dir, auch wenn es manchmal nicht so aussah. Und nun das ... . Trinke etwas mehr und dir geht es wieder gut. Du bist nur dehydriert. Und jetzt steh auf und hole deine Jenny. Vorher kannst du vielleicht noch deine Frau pimpern."

Ihre Frechheit verschlug mir die Sprache. Als ich sie wiederfand, stand ich tatsächlich auf.

„Was erlaubst du dir eigentlich? Was glaubst du, wer du bist?"
Ich wollte sie vor Wut schütteln. Stattdessen lief ich aufgeregt im Zimmer umher.

„Du nennst dich eine Krankenschwester? Eine schöne Hilfe bist du! Pack deinen Krempel und verschwinde. Sofort! Geh mir aus den Augen, du dreistes Ding!", schrie ich sie an.
Seltsamerweise lächelte Nicole. Und auch Sandy schmunzelte. Ich griff nach der Flasche Schnaps, welche noch immer auf dem Tisch stand, und nahm einen kräftigen Hieb. Meine Übelkeit war inzwischen verschwunden und auch der Schmerz.

Nicole stolzierte selbstsicher aus dem Zimmer.
Sandy setzte sich zögerlich neben mich und lotete meine Stimmung aus.

„Geht es dir wieder besser, Liebster?"
Mein Ärger war mit dem Schnaps verflogen und auch mein Leiden. Trotzdem sagte ich zornig:

„So eine Schnepfe! Was die sich heraus nimmt ...!"
„Sie hat aber doch Recht gehabt. Und sie heilte dich, indem sie dir schonungslos die Wahrheit sagte. Du hast Angst vor dem Kommenden. Jenny, so lieb ich sie habe, benötigt deine ganze Kraft, wenn du sie mitnimmst. Und diese Vorstellung bereitet dir

Sorgen. Du stelltest dir ein Leben in Ruhe und im Kreis deiner Lieben vor. Nun wird wieder einen neue Frau von dir abhängig sein. Und Jenny ist eine andere Frau geworden. Deshalb sage ich dir noch einmal: Ich kümmere mich um sie! Halte du dich da raus. Ich möchte auch einmal etwas Gutes für einen anderen Menschen tun!"

Ich nahm sie in meine Arme.

„Sandy, du tust ständig Gutes. Du merkst es nur nicht. Aber bitte. Du bist sicher die richtige Bezugsperson für sie."

Eine Weile kuschelten wir noch. Schließlich fragte Sandy, ob wir Nicole nicht etwas Geld geben sollten?

„Und für was braucht sie auf einmal Geld?", fragte ich zurück.

„Weißt du es nicht mehr? Du hast sie entlassen und möchtest sie nicht mehr sehen."

Mir fiel es wie Schuppen aus den Haaren. Natürlich!

„Ich glaube, eine Entschuldigung ist angesagt. Bitte schick sie zu mir, Sandy."

„Ohhh nein. Du gehst gefälligst zu ihr!"

Also klopfte ich wenig später an ihre Tür und trat ein. Nicole stand Abreisefertig im Zimmer. Automatisch suchte ich nach dem Schuhanzieher, mit dessen Hilfe sie sich in ihre Jeans gezwängt haben musste. Sie sah sehr gut aus. Einfach sexy, trotz ihrer schmalen Figur. Oder gerade weil sie so „griffig" war. Und das sagte ich ihr auch, weil ich meine Verlegenheit überspielen und irgendwie beginnen musste. Nicole tippte sich nur frech an die Stirn.

„Und deswegen belästigst du mich? Oder willst du mir auf diese billige Art etwas begreiflich machen?"

„Nicole, ich …"

Ganz nah trat sie an mich heran. Ihre Brüste berührten mich und ihr Mund öffnete sich leicht vor meinem.

„Möchtest du mit mir schlafen, du arroganter Feigling."

Nicole gab dem Gespräch eine völlig andere Richtung als von mir geplant. Sie brachte mich erneut an den Rand der Sprachlosigkeit. Ich war ein Mann, der von einer begehrenswerten Frau bedrängt wurde. Sie brachte mich völlig durcheinander. War nicht ich es, der Frauen nervös machte. Mein Gott! Nun wurde ich auch noch schüchtern.

„Eigentlich kam ich, um …"

„Sag nichts", unterbrach sie mich und schlang ihre dünnen Arme um mich. „Du musst dich nicht entschuldigen oder bedanken. Ich möchte dich in mir spüren. Sofort! Du hast mich entlassen und unser Vertrag besitzt keine Gültigkeit mehr. Nimm mich jetzt, alter Mann."

Nicole ging zurück und schälte sich wieder aus ihren Klamotten. Nackt legte sie sich mit geschlossenen Beinen wartend und fordernd auf das Bett. Ich betrachtete ihren übergroßen Venushügel mit den festen Lippen. Und mein Glied sprengte langsam meine Hose. Es wollte in die Freiheit.

Ich befand mich in einer Zwickmühle. Nebenan wartete meine Frau auf mich. Vor mir lag Nicole, nackt und bereit. Vergeblich suchte ich nach dem Schmerz und der Übelkeit von heute Morgen, und damit nach dem Alibi, diesen Kelch an mir vorüber gehen zu lassen. Ich fand nur dieses Stück pochendes Fleisch zwischen meinen Beinen. Dieser Fortsatz meines Körpers begann mir meinen Willen zu nehmen. Nicole gab mir die Zeit zum Überlegen. Ich musste eine Entscheidung treffen, und zwar bald. Schon spürte ich Nässe aus meiner Eichel sickern. Ich sah ihre kleinen festen Hügel, welche von rosa Nippel gekrönt wurden. Wie von selbst fielen meine Hosen und mein Schwanz sprang nach vorne. Und wie in Trance trat ich zu dem Teenager. Sie öffnete sich mir langsam, aber stetig. Nein, eine Hure war sie sicher nicht. Doch auch sie überfiel das Verlangen, von Zeit zu Zeit ausgefüllt werden.

„Komm … komm in mich" hauchte sie. Sie zog ihre gespreizten Schenkel nach oben und ihr Spalt klaffte weißlich schimmernd auseinander. Ich wollte in sie stoßen. Ihre Wärme und Enge genießen. Irgendetwas hielt mich zurück. Nicole griff nach meinem Steifen. Als sie meine Eichel mit zarten Fingern umschloss, kam ich wieder zu mir.

„Nicole. Ich kann nicht … es geht nicht … ich möchte nicht … du bist so hübsch und scharf … ich habe doch eine Frau, und …", stammelte ich und zog meinen Slip drüber.

Nicole schloss ihre Beine und griff ohne einen Ton zum Handy: „Sandy. Kommst du mal bitte rüber zu mir? … Ja, ist gut."

„Ich akzeptiere deine Entscheidung und finde sie gut. Du bist ein Mann geworden. Du fickst keine Meerjungfrauen mehr. Und das war kein Vorwurf oder Beleidigung. Nein – du bist der Mann geworden, vor dem ich Respekt haben kann!"

Nicole lag immer noch nackt da und spielte mit ihrer Scheide.

„Du sprichst wie eine erfahrene Frau. Und bist doch fast noch ein Kind. Woher nimmst du deine Sicherheit?", fragte ich.

„Ich bin halt so. Vielleicht bin ich keine gute Krankenschwester, aber ich werde eine gute Psychologin."

Sandy betrat die Bühne und erfasste die Situation sofort: „Er hat dich also nicht gefickt! Obwohl du eindeutig willig warst?"

„Du kannst stolz auf deinen Mann sein. Er liebt dich wirklich. Nun ist es jedoch so, dass er immer noch einen Steifen – naja – fast Steifen hat und ich eine feuchte Muschi. Bitte Sandy, mach mich glücklich!"

Damit öffnete sie sich wieder. Dieses Mal für meine Frau. Die ließ sich nicht lange bitten. Zuvor hauchte sie mir noch ein „Danke, Rolf" ins Ohr. Sie zog sich aus und hockte sich umgehend zwischen die weißen Schenkel von Nicole. Mir bot sie ihre festen Lippen unterhalb des Arsches an. Schnell drang ich in sie ein und im Rhythmus meiner Stöße leckte sie Nicole. Fast gleichzeitig kamen wir alle Drei und ich spritzte meinen Samen in das kleine Loch meiner Frau.

Nach der Erholungsphase fragte ich Nicole, warum sie mich so reizte. Erstens, als ich im Bett lag und zweitens, als ich in ihr Zimmer kam.

Wie im Krankenhaus hockte sie sich auf mich, da ja nun von mir keine „Gefahr" mehr ausging. Sie klemmte meinen Schwanz zwischen ihre Schamlippen und ich spürte immer noch ihren Saft auslaufen. Im Gegenzug spielte ich mit ihren kleinen Brüsten. Sandy lächelte nur dazu.

„Die Symptome, die du beschrieben hast, deuteten auf einen Infarkt hin. Und auf eine Dehydration. Ich war mir aber im Unklaren. Deshalb rief ich Mina an und fragte sie um Rat. Die wollte aber keine Ferndiagnose stellen, sondern überließ es mir." Nicole lächelte bei dem Gedanken.

„Mina sagte wörtlich, dass sie Vertrauen in meine Fähigkeiten hätte. Das war für mich eine besondere Ehre.

Ich wollte es darauf ankommen lassen. Meinem Erachten nach, hattest du nur eine psychosomatische Störung. Ich ging volles Risiko und brachte dich zur Weißglut, indem ich dir die Wahrheit ins Gesicht schleuderte. Nun bist du geheilt und ich hoffe richtig. Deine Jenny braucht dich und sie sehnt sich nach Hilfe. Nur kann sie es nicht artikulieren, weil ihr Stolz sie daran hindert. Ihr seid euch sehr ähnlich."

Ich kniff ihr in die Warzen.

„Du spieltest also mit meinem Tod? Egal! Und Danke! Aber warum legtest du es auf Sex an?"

„Mina sagte etwas von deiner veränderten Persönlichkeit. Sie würde spüren, dass sich in dir ein Wandel vollzogen hätte. Weg von den wilden Jahren. Ich wollte es testen. Und du hast den Test mit Bravour bestanden. Schon immer fragte ich mich, warum du eine so hübsche Frau ständig hintergehst."

Inzwischen war mein Schwanz wieder hart und auch Nicole rutschte unruhig auf und ab.

Ich hob sie sacht von mir herunter und drückte die Beine meiner Frau auseinander. Langsam, wie in alten Zeiten, drang ich in sie und genoss ihren zarten Körper. Nicole aber, gab sich neben uns den Dildo.

Nach einer erneuten Erholungsphase, sah ich wie Nicole nach dem Handy griff. Ich fragte, wen sie anrufe.

„Ich erkundige mich nach einem Flug."

„Wo zum Teufel, möchtest du denn hinfliegen?"

„Du hast mich entlassen! Erinnerst du dich?"

Ich nahm ihr das Handy aus der Hand.

„Bleib bei uns. Wir werden dich brauchen. Auch in Hinsicht auf Jenny. Ich setze mit dir einen neuen Vertrag auf. Nicht als Krankenschwester, sondern als Psychologin sollst du in meinen Diensten bleiben."

Nicole lachte und schmiss sich wieder auf mich.

„Das kostet dich aber etwas, mein Lieber!"

„Wirst du schon wieder frech?"

Langsam strich ich ihre schmale Taille entlang. Ja – Nicole war eine geiles Teil, Aber nicht mehr für mich.

„Noch eine Bitte habe ich. Ich möchte eine Zeit lang bei Mina bleiben und von ihr lernen. Darf ich? Biiiitte!"

„Ihr versteht euch wohl gut?"

„Mina ist einfach genial. Sie studierte nie Medizin. Und doch ist ihr Wissen Gold wert. Und ich werde dir ein Geheimnis verraten: Wir finden unsere Körper sehr anziehend. Wenn du verstehst, was ich meine."

„So ist das also? Aber natürlich darfst du bei ihr bleiben und alles – wirklich alles lernen."

Der Tag der Entscheidung brach an. Heute würde ich Jenny holen. Die Pyramiden vor meinem Fenster standen drohend und erhaben auf dem Plateau und stimmten mich nachdenklich. Sandy half mir. Jenny wäre nicht die Frau, die bis zum Ende ihres Lebens in einem stinkenden Kaff versauern möchte. Mit unserem Willen und unserem Geld könnten wir ihr ein neues Leben schenken. Ihr würde ihr Lachen fehlen und ihre unbekümmerte Art.

Der Taxifahrer erwartete uns bereits vor der Tür. Gemeinsam mit Nicole fuhren wir wieder in das Dörfchen. Ich hätte mir einen anderen Wagen organisieren sollen. Die Hitze und der Staub nahmen mir fast den Atem. Doch mit geschlossenem Fenster wäre es unerträglich gewesen. Sandy und Nicole flirteten währenddessen auf der Rückbank. Der gestrige Abend hatte sie wohl zu engen Freundinnen werden lassen. Ich dachte zurück: Nicole hatte mich auf die Probe gestellt. Wie sie so auf dem Bett lag, hätte selbst ein Eunuch einen Steifen bekommen. Ein kleines Miststück war sie schon. Doch musste ich meine Meinung revidieren. Ihre aufsässige Art hatte etwas. Gestern führte sie mir deutlich meinen veränderten Charakter vor Augen. Nicht nur in Bezug auf Sex, sondern auch meine Einstellung Problemen gegenüber. Ich mochte Nicole inzwischen nicht mehr missen. Eine Aufgabe für sie würde ich schon zu finden wissen.

Endlich bogen wir in den Hof des Heimes ein. Die Matrone saß mit einigen alten Ägyptern auf der Veranda und blickte uns feindselig entgegen. Ich verstand sie. Jenny wurde für sie wie eine Tochter, die es zu beschützen galt. Dann kam einfach ein wildfremder Mann und nahm sie ihr weg.

Jenny war nirgends zu sehen. Wenigstens begrüßen hätte sie uns können. Um Zeit zu gewinnen, schlenderte ich absichtlich langsam zu ihrem Zimmer. Würde sie mir folgen? Ich öffnete die Tür und Jenny stand wieder vor dem Fenster und zählte wohl die Vögel. Zu meiner Erleichterung sah ich die zwei Koffer auf dem Boden.

„Jenny, Liebste. Ich bin gekommen dich zu holen", sprach ich sie vorsichtig an. Sie drehte sich zu mir und wieder schockierte mich ihr Antlitz. Aber nur kurz.

„Ja, ich werde mit dir kommen, Rolf", sagte sie mit tränenerstickter Stimme und nahm ihre Koffer auf. Sie übergab die Leitung der Matrone und sie fielen sich in die Arme. Jenny versprach, wiederzukommen.

Danach verabschiedete sie sich noch gestenreich von den Alten und den Schwestern.

Das Taxi, ein alter Chevrolet, bot genügend Platz für uns alle und dem bescheidenen Gepäck. Schweigend fuhren wir in die Dunkelheit. Ich hatte meine Jenny wieder. Sie war schneller bereit mitzukommen, als ich dachte. Ich kannte sie als lebenslustige und pragmatische Frau. Zusätzlich zu ihrer zerstörten Schönheit, quälte sie sicher die Einsamkeit. Im Heim war sie eine Fremde. Jenny wollte leben und war doch in ihrer Freiheit streng limitiert. Und sicher hegte sie die Hoffnung, sich eines Tages wieder frei in der Zivilisation bewegen zu können. Sie verließ sich einfach auf mich und vertraute mir. Als ob sie meine Gedanken erraten hatte, flüsterte sie mir zu:

„Hilf mir bitte, Rolf. So wie du Sandy geholfen hast. Führe mich ins Leben zurück."

„Du bekommst Hilfe, Liebes", versprach ich ihr.

Unterwegs zum Hotel legte ich ihr auch Sandy´s Hilfe nahe. Sie erklärte sich einverstanden, da sie sah, wie sich die Kleine entwickelt hatte.

Mitten in der Nacht kamen wir vorm Hotel an.

„Du hast ein Zimmer in diesem Nobelhotel genommen", fragte Jenny erstaunt.

„Drei! Ich nahm drei Zimmer."

Jenny fühlte sich unwohl. Bei jedem Gast, der uns begegnete, versteckte sie ihr Gesicht.

Mit offenem Mund stand sie schließlich in unserer Suite.

„Du nahmst das teuerste Zimmer? Und noch zwei dazu? Warum, Rolf? Was geht hier vor?"

„Für dich war mir nichts teuer genug", antwortete ich ausweichend.

Sie setzte sich auf unser Bett. Jenny würde diese eine Nacht bei uns schlafen.

„Warum drei? Gut, eins für diese Nicole. Und das andere?"

„Ich habe noch drei Bedienstete. Die lernst du morgen kennen. Jenny! Seit deinem Verschwinden ist viel geschehen und ich werde dir alles erklären. Aber nicht hier. Das ist alles zu komplex und erfordert die Mithilfe anderer Personen. Bitte frag nicht."

Sie nickte. Ich fragte, ob es ihr etwas ausmachen würde, wenn sie mit uns die restliche Nacht verbringen würde? Jenny stimmte zu. Sandy kümmerte sich liebevoll um sie und als sie schließlich in Unterwäsche vor uns stand, überkam mich ein starkes Verlangen nach ihrem Körper. Ich sah wirklich keinerlei Brandnarben. Die befanden sich eben nur in ihrem Gesicht. Vorsichtig machte ich mir an ihrem BH zu schaffen. Ärgerlich riss sie sich von mir los.

„Lass das, Rolf. Ich bin hässlich und möchte das nicht."

Sandy stemmte die Hände in die Hüften und baute sich vor ihr auf. Sie musste nach oben schauen, da Jenny einen Kopf größer war als sie.

„Sag mal, was bildest du dir eigentlich ein? Du spinnst doch wohl. Du bist immer noch eine begehrenswerte Frau und unsere Freundin. Dein Selbstmitleid kannst du dir in den Arsch schieben. Oder geh wieder zurück in dein Palmenwäldchen!"

Jenny wirkte überrascht von diesem Ton.

„Was ist nur aus dem Mädchen geworden, das wir von der Puppenstube weg holten?"

„Eine selbstbestimmte, starke, junge Frau! Meine Frau!", antwortete ich lächelnd.

„Es scheint wohl so, dass du Sandy das Laufen beigebracht hast. Ich bin beeindruckt."

„So ist es nicht ganz. Sie zog sich selbst aus dem Sumpf. Mit einem eisernen Willen. Sie ist aber nicht die einzige Überraschung. Du wirst sehen."

Jenny streichelte Sandy:

„Ich bitte dich, Rücksicht auf mich zu nehmen und meine Situation zu respektieren. Ich kann mich nicht auf Sex konzentrieren, wenn ich mich selbst hasse. Hilfst du mir, Sandy?"

„Ich akzeptiere das natürlich. Und ich liebe dich. Du halfst mir doch auch damals. Und auch heute benötige ich noch Hilfe."

Ich sah mich gezwungen, etwas zu sagen:

„Sandy! Zieh dich nicht so runter. Du bist eine sehr selbstständige Frau und wirst von allen respektiert. Du brauchst keine Hilfe mehr."

„Von allen? Was habt ihr für Geheimnisse?", fragte nun wieder Jenny.

Ich wimmelte ab und verwies auf die frühe Stunde. Wenn wir zeitig weg wollten, mussten wir noch etwas schlafen.

Ich rief nach Carla.

„Wo, in Allahs Namen, sind die Mädchen, Nicole?", fragte ich, nachdem sich niemand meldete.

Die Gefragte blickte lustlos in die Runde und ging auf Jenny zu. Aus irgendeiner Tasche zog sie eine Dose und begann ihr Gesicht einzucremen.

„Das Zeug lässt die Narben etwas verblassen, Jenny. Ich darf doch Jenny sagen?"

„Rolf. Da hast du dir ja ein Juwel an Land gezogen. Natürlich sind wir per du. Ich weiß ja nichts von dir. Erzähl mal. Bist du eine Freundin von Sandy und warum bist du überhaupt mitgekommen?"

„Nein und ja. Rolf hat mich eingestellt und inzwischen bin ich wirklich eine Freundin von Sandy", antwortete sie unüberlegt.

„Was stimmt hier nicht?" Jenny sah mich erbost an.

Ich ging nicht darauf ein, sondern fragte Nicole erneut: „Also! Wo ist Carla?"

„Deine Angestellten sind schon zum Flugplatz, die Maschine startklar machen. „Vorauseilenden Gehorsam" nennt man so etwas wohl. Carla meinte, du würdest sicher mit dem ersten Schrei des Muezzins aufbrechen wollen."

„Welche Maschine?", fragte Jenny wie nebenher. Sie betrachtete sich dabei im Spiegel und nickte anerkennend. „Das Zeug hilft tatsächlich. Es sieht schon gar nicht mehr so schlimm aus. Die Dose musst du mir unbedingt überlassen. Danke, Nicole."

„Sie bereiten unseren Flug vor. Bitte Nicole. Geh nach unten und sag, dass wir auf dem Zimmer frühstücken möchten. Und sie sollen gleich die Rechnung mitbringen. Und dann sorge für ein Fahrzeug. Aber ein Angemessenes."

„Ich bin für deine Gesundheit zuständig und werde nicht dafür bezahlt, deine Dienerin zu geben."

„Wirklich ein Juwel. Die Kleine gefällt mir", lachte Jenny, während Sandy empört aufschrie.

„Du kleines freches Biest! Du schiebst jetzt deinen dünnen Arsch aus der Tür und machst, was dir aufgetragen wurde."

„Sag „Bitte"!"

„Raaaus", schrie Sandy. Nicole zeigte ihr den Stinkefinger und ging.

„Sandy, Sandy! Was ist nur aus dir geworden? Ich muss mich schon wundern." Jenny zeigte sich erfreut.

„Sie wurde das, was wir aus ihr machen wollten."

„Und diese „Mädchen"? Was sind das für welche? Warum stelltest du sie mir nicht vor?"

„Das werde ich, Jenny."

„Erzähle mir mehr von dieser Nicole. Wenn du schon nicht aus deinem Leben berichten willst."

„Warum nicht? Nicole ist so etwas wie eine Laune. Ich lernte sie im Krankenhaus kennen. Sie wirkte so erfrischend. Und noch etwas musst du wissen: Sie ist die Tochter deiner Schwester!"

Ich ließ es wirken. Jenny setzte sich auf einen Stuhl und dachte nach.

„Du trafst meine Schwester? Weiß Nicole, dass ich ihre Tante bin?"

„Nur wegen Nicole. Ein Zufall! Und es ist der Kleinen sicher herzlich egal, ob sie mit dir verwandt ist. Sonst hätte sie es dir sofort gesagt."

„Ich muss mit meiner Schwester reden, wenn wir wieder in Dresden sind. Ach, wie freue ich mich auf meine Heimat. Und auf unsere Wohnung, in der wir so glücklich waren. Und ich danke dir, dass du mich holst. Allein wäre ich nie zurückgekommen."

Sandy blickte mich fragend an und ich schüttelte mit dem Kopf. Ich wollte Jenny langsam an die Veränderungen heran führen. Nicole jedenfalls, erledigte die ihr aufgetragenen Aufgaben. Und nach einem reichlichen Frühstück, ließen wir uns zum Flughafen fahren. Für Jenny wurde es zu einer Tortur. Sie schämte sich für ihr Aussehen. Nicole blieb immer an ihrer Seite. Und natürlich Sandy. Jenny blieb vor der Anzeigetafel stehen und studierte sie. Schließlich stellte sie erstaunt fest, dass in den nächsten Stunden kein Flug auch nur in die Nähe unserer Heimatstadt ging. Ich winkte ab und bat sie in die V.I.P. Lounge.

„Hallo Chef. Schön sie zu sehen. Der Jet ist bereit. Wo möchten sie hin?", begrüßte uns Carla eine Stunde später.

„Du hast dir einen Privatjet samt Crew gemietet?" zeigte Jenny sich entsetzt.

„Nein, den habe ich nicht gemietet", beruhigte ich sie. „Der gehört mir. Ich habe ihn gekauft."

„Wer bist du wirklich?" Sie sah mich zweifelnd an. „Du bist doch nicht der Altenpfleger Rolf, der sich nicht an Frauen heran traute. Was wird hier gespielt. Ich lasse mich doch nicht von euch verarschen! Wo ist die „versteckte Kamera"?"

Ich küsste sie zärtlich. An ihrem Aussehen störte ich mich längst nicht mehr.

„Kennst du noch unseren Spruch? Fick die Meerjungfrau? Carla! Sag den Mädchen, sie sollen uns nach Marrakesch fliegen."

„Wünscht der Herr einen Zwischenstopp in Tunesien?"

„Nein! Direkter Flug, bitte."

Etwas enttäuscht führte sie uns zum Flugzeug und half uns auf die Plätze. Jenny schüttelte nur noch mit dem Kopf.

„Jetzt sagst du mir sofort, was wir in Marrakesch zu suchen haben! Und wie kommst du zu einem Flugzeug? Was ist hier eigentlich los?"

Jenny war verständlicherweise verwirrt. Sollte ich ihr die Wahrheit sagen? Nein, noch nicht. Sie wäre zu schockiert gewesen. Nicole lachte mich schadenfroh an. Ich hätte ihr etwas tun können.

„Jenny. In Marrakesch fand ich einen guten Freund. Und …"

In diesem Moment hörte ich Nicole:

„Einen Freund? Sein Schwiegervater ist …"

Ehe sie weitersprechen konnte, stand ich auf und zerrte sie beiseite.

„Wenn du nicht ab sofort dein Maul hältst, lasse ich in Tunesien landen und dann schaffe ich dich persönlich nach Port el Kantaoui. Dort übergebe ich dich den Vergewaltigern von Susanne. Was denkst du dir eigentlich dabei? Misch dich nicht mehr ein, verstanden!"

Nicole sah mich unbeeindruckt an:

„Was ich mir denke? Das will ich dir sagen: Die Frau erlebt gerade einen Kulturschock. Sie verlor nicht nur ihr Aussehen, sondern auch den Mann, den sie kannte und liebte. Und ein unselbstständiges Mädchen, welches plötzlich ein starkes Selbstbewusstsein entwickelt. Jenny rechnete sich eine einfache, aber glückliche Zukunft mit den beiden aus. Nun kommt der gleiche Mann daher und wirft ihr sein neues Leben brockenweise vor die Füße! Nicht nur, dass sie mit ihrer eigenen beschissenen Situation ins Reine kommen muss. Nein – der Mann und das Mädchen benehmen sich auch vollkommen anders. Bis Marokko haben wir noch lange Zeit. Klär sie auf. Sag ihr, dass du jetzt ein Millionär bist mit einem Haufen schöner Weiber. Schaff endlich klare Fronten!"

„Und ich dachte, du bist eine gute Psychologin. Wenn ich ihr das mit den schönen Frauen sage, kehrt sie gleich wieder um. Wenn ich ankündige, dass sie in ein paar Stunden im Kreise junger, hübscher Mädchen sitzen wird, bringt sie die Scham um den Verstand. So geht es nicht. Sie muss sie erst kennenlernen. Dann kann sie keinen Rückzieher mehr machen und wird sich mit ihnen arrangieren. Ich hoffe nur, dass meine Weiber mehr Mitgefühl haben als du. Du hältst ab sofort die Klappe, sonst lasse ich dich noch während des Fluges aussteigen, verstanden?"

Nicole nickte kleinlaut:

„So habe ich es noch nicht gesehen, Rolf. Entschuldige."

Zurück bei Sandy und Jenny erwarteten mich neue Probleme. Jenny bekam Angst. Alle würden sie in Marrakesch wie ein seltenes Tier anstarren. Ich verwies halbherzig auf ihre starke Persönlichkeit und sie könne auf die anderen scheißen. Diese Argumentation zog natürlich nicht. Sandy redete mit Engelszungen auf Jenny ein. Mit dem Ergebnis, dass diese anfing zu flennen. Oh Allah hilf, dachte ich. Nun wollte Niki etwas gut machen und flüsterte mir eine Idee ins Ohr. Ich fand sie gut und Jenny erklärte sich einverstanden. Umgehend stellte Carla eine Verbindung zu Mehmet her. Diesen bat ich, mir eine Burka zu versorgen und diese einer meiner Mädchen am Flughafen auszuhändigen.

Langsam wurde es mir zuviel. Ich zog einen Schlussstrich und bat alle, mir ein paar Minuten Ruhe zu gönnen.

So langsam bereute ich meine Entscheidung Jenny zu holen. Dabei fingen die Probleme erst an! Ich mochte noch gar nicht an den Augenblick denken, wenn ich ihr meine Frauen vorstellte. Das ich Sandy zur Frau nahm, hatte sie ja noch akzeptiert. Auch das ich irgendwie zu Geld gekommen war. Aber alles andere? Warum halste ich mir immer neue Probleme auf? Nun gut! Es begann mit Jenny und es sollte mit ihr auch enden.

In Marrakesch schickte ich Carla los, die Burka zu holen. Sie kam mit einem riesigen Paket zurück. Jenny zog es drüber und ging zum Spiegel. Zunächst erschrak sie.

„Ich sehe ja aus wie Belphegor! Wie können diese Frauen so etwas nur tragen?"

„Das ist eine Glaubensfrage. Aber vielleicht hätten wir für dich eine Ritterrüstung organisieren sollen."

„Ja, mach dich nur lustig über mich. Ich lasse das Ding jetzt an."

So kam es, dass ich mit einer Moslemfrau am Arm Mehmet begrüßte. Ich nahm auch ihn vorsichtshalber zur Seite und beschwor ihn zu schweigen. Sein „Aber" erstickte ich im Keim. Was im Nachhinein ein Fehler von mir war. Er fuhr uns also schweigend in sein Riad. Seine Gäste befanden sich allesamt auf Ausflügen.

Kaum hatten wir den Innenhof betreten, flog mir eine schwarze Schönheit an den Hals.

„Du bist endlich wieder da, Herr! Ich freue mich ja so. Und auch die Herrin ist mit."

Sie begrüßte auch Sandy überschwänglich.

„Wo ist denn nun eure sagenhafte Jenny? Habt ihr sie doch nicht gefunden?"

Jenny zog sich die Haube vom Kopf:

„Hier bin ich. Könnt ihr mir mal sagen, was hier los ist?"

Ablah schätzte sie ab, während Jenny sich die Burka vom Leib riss.
Ich war geschockt. Wo kam plötzlich Ablah her?
Diese entschied wohl für sich, dass Jenny keine Gefahr für sie
darstellte. Ablah verbeugte sich nach orientalischer Sitte und
begrüßte sie kühl:
„As-salam alaykom. Sei willkommen in unserer Familie."
Jenny, die Jahre in Ägypten verbrachte, verbeugte sich ebenfalls
und antwortete entsprechend:
„Wa Alykom As-slam."
Dann beugte sie sich zu mir und flüsterte leise, aber doch für alle
hörbar:
„Wer ist diese Person und warum nennt sie dich „Herr"?"
„Ablah ist die Tochter von Mehmet und Haifa, den Besitzern dieses
Riad", erklärte ich.
„Ach, sag bloß! Und du bist scheinbar schon sehr intim mit ihr. Du
scheinst oft hier zu logieren."
„Jenny. Es ist viel komplizierter. Lass uns einen Tee trinken."
Nun war es an Sandy, mich auf die Seite zu ziehen:
„Rolf, lass endlich die Katze aus dem Sack! Wie lange willst du sie
noch an der Nase herum führen?"
Ich gab mich geschlagen. Ablah's Erscheinen brachte meinen Plan
gründlich durcheinander.
Mehmet ahnte das Drama und bot uns lächelnd einen Nebenraum
an. Dort nahmen wir an einem großen Tisch Platz. Es stank hier
nach allem Möglichen. Aber wir fanden die nötige Ruhe für ein
Gespräch. Plötzlich tauchte auch Haifa das erste Mal auf. Sofort
umsorgte sie Jenny wie eine Mutter. Mehmet zog sie wieder mit
nach draußen.
Jenny verlangte nun, endlich meine Beziehung zu diesem Mädchen
zu erfahren.
„Jenny. Das „Mädchen" heißt Ablah! Und Ablah bekommt ein
Kind von mir."
„Ein Kind?" Fassungslos starrte sie mich sekundenlang an.
Danach Ablah. Ich ließ ihr die nötige Zeit, das Gehörte zu
verinnerlichen.

„Ablah ist meine Frau", fuhr ich fort. Wieder blickte Jenny entgeistert. Diesmal beobachtete sie die Reaktion von Sandy. „Aber ich denke...", wagte sie einen Einwand.
„Lass dir erklären. Sandy ist meine Frau vor Gott, wenn du so willst. Ablah ist vor Allah meine Frau."
„Das ist doch alles nicht wahr! Sag, dass du Scherze mit mir treibst! Und falls es wahr ist: Und wie kommst du zu einer Marokkanerin?"
Jenny nahm einen großen Schluck Sekt, den Mehmet inzwischen gebracht hatte.
Ja – wie kam ich zu dieser Schönheit? Ich wusste die genauen Abläufe selbst nicht mehr richtig. Das Leben nach Jennys Weggang war zu intensiv gewesen. Schlagartig veränderte sich alles! Die Dynamik der damaligen Zeit war kaum nachvollziehbar.
„Es fing eigentlich mit unserer Praktikantin Danny an. Du erinnerst dich sicher."
Jenny dachte nach. Das gab mir die Gelegenheit ihr Gesicht genauer zu betrachten. Unter der fleckigen und entstellenden Haut erkannte ich die feinen Züge ihres alten Gesichtes. Wenn Mina die war, für die ich sie hielt, hatte sie sicher eine Salbe. Wenn nicht, würde ich viel Geld bezahlen.
„Das war doch die Dürre, die so scharf auf dich war!"
Sandy amüsierte sich köstlich, als sie sah, wie Ablah ihre Augen verdrehte.
„Genau!", bestätigte ich. „Durch sie lernte ich ihre Mutter Ellen kennen. Von der hast du ja schon gehört. Und ihre Mutter trägt quasi die Schuld, das Ablah von mir schwanger ist."
„Oh Allah steh mir bei!", schickte ich still ein Stoßgebet Richtung Mekka. Und das war bitter nötig. Denn Jenny stand abrupt auf und verlangte, sofort zurück in ihr Kameldorf gebracht zu werden. Ich bat sie, sich wieder zu setzen. Sandy jedenfalls, hatte ihren Spaß und dachte nicht daran mir zu helfen. Jenny fand es an der Zeit, mir gegenüber Mitleid zu zeigen:
„Möchtest du nicht zu deiner Krankenschwester noch einen Psychiater einstellen? Der hätte hier sicher viel zu tun. Oder ich

stelle dir ein Zimmer in meinem Heim zur Verfügung. Bist du vielleicht schon in Behandlung? Wie lautet deine Diagnose? Du willst mir also ernsthaft erzählen, dass eine Frau in Dresden die Schuld daran trägt, dass eine andere Frau in Nordafrika von dir schwanger ist?

„So ist es!", antwortete ich. „Nachdem du über Nacht verschwunden warst, ging es uns nicht gut. Was sollte ich auch von dir denken? Erst später erfuhr ich von deinen Plänen. Ellen, die Mutter von Danny, half uns aus der Krise. Im Gegenzug machte ich ihre Ehe kaputt und Ellen blieb bei uns. Als Ersatz für dich praktisch. Sandy war noch nicht soweit und brauchte eine erfahrene Frau an ihrer Seite. Und ich … naja. Dann machten wir hier in Marrakesch Urlaub und Ellen blieb. Sie wollte Land und Leute kennenlernen. Dafür bat mich Mehmet, seine Tochter mit nach Europa zu nehmen und mich um sie zu kümmern."

„Das hast du ja gründlich getan! Wie ich bemerkte, hast du inzwischen ein gewisses Vermögen. Woher auch immer. Bist du dir sicher, dass diese junge Dame es nicht auf dein Geld abgesehen hat."

Jenny war immer noch entwaffnend ehrlich. Zum Glück befand sich auch Mehmet nicht in der Nähe. Dafür fuhr Ablah hoch.

„Was erlaubst du dir, du Zicke? Wir lieben uns!"

Demonstrativ setzte sie sich auf meine Beine.

„Kindchen! Du bist eine Schönheit und noch sehr jung. Da liegt der Gedanke doch nahe. Und außerdem habe ich nichts zu verlieren bei meinem Aussehen. Ich kann meine Gedanken unverblümt äußern."

„Ich bin nicht dein „Kindchen"! Ich bin so alt wie meine Herrin."

Ich musste schlichten. Wenn sie sich jetzt schon so beharkten, konnte das sehr nachteilig werden für unsere Beziehung.

„Bitte, Jenny. Reis dich etwas zusammen. Sosehr ich deine Ehrlichkeit schätze: Im Moment bitte nicht.

Ablah besitzt in Dresden ein gutgehendes Restaurant und ist nicht von meinem Geld anhängig. Sie ist mir sehr lieb geworden."

„Herr. Das Restaurant gehört doch unserer Familie." Ich sah sie nur scharf an und sie schwieg.

„Du lebst also mit Sandy, Ilona, Danny und – Ablah zusammen in unserer Wohnung?", fragte Jenny nach.

„Nein. Wir sind umgezogen. In unserem alten Haus wohnt nur noch Danny mit ihrem Freund. Inzwischen wohnen wir in einem eigenen – Mehrfamilienhaus. Da ist mehr Platz." Sandy kicherte wieder auf.

„Was willst du in einem so großen Haus?"

„Eigentlich ist es ja eine Villa auf dem „Weißen Hirsch"", setzte ich kleinlaut hinzu.

„Eine Villa in dieser vornehmen Gegend? Ich möchte sofort wissen, woher das Geld kommt. Du hast doch bestimmt hunderttausende Euro."

Nun kicherte auch Ablah.

„Ehrlich gesagt, besitze ich Millionen. Eva gab mir den Auftrag, mich um eine blinde Frau zu kümmern. Erst wollte ich dankend ablehnen. Sie stammte aus der höheren Gesellschaft und dementsprechend benahm sie sich. Doch dann nahm ich an, zumal mir Eva merkwürdigerweise volle Handlungsfreiheit zusicherte. Jener „Auftrag" entpuppte sich als Tochter, nein, eigentlich die Enkelin eines reichen Mannes. Ich brachte sie tatsächlich auf die Spur. Der Mann starb und vermachte mir zum Dank ein paar Millionen und seine Villa. Sie lebt mit uns zusammen."

„Und die arme blinde Frau sitzt jetzt allein in Dresden, während du dich auf die Suche nach einer hässlichen Frau machst. Du solltest dich was schämen, Rolf."

„Warum bist du nur so undankbar! Mein Herr fand keine ruhige Minute, weil er nichts von deinem Schicksal wusste. Er setzte sein Leben für dich auf Spiel um dich zu suchen!", ereiferte sich Ablah.

„Es reicht Ablah! Misch dich nicht ein", sagte Sandy.

„Ja, Herrin", war die knappe Antwort.

„Sandy scheint ja in der Hierarchie ganz oben zu stehen."

„Wirklich Jenny. Das ist sie", antwortete ich voller Stolz auf meine Kleine. Ich hatte plötzlich keine Lust mehr mein Leben vor ihr auszubreiten.

„Kurz und knapp, Jenny. Ich werde dir im Groben alles erzählen. Danach entscheide, ob du bei uns bleiben möchtest, oder nicht. Susanne, die blinde Frau blieb bei uns als Teil unserer Familie. Ich lernte noch unsere Nachbarin Gloria kennen. Sie plagte sich mit wieder anderen Problemen. Auch sie ist nun ein fester Bestandteil. Lerne sie selbst kennen. Unterhalte dich mit ihnen. Aber halte dich in Gottes Namen mit unbedachten Äußerungen zurück. Ich schätze deine Art und deine Offenheit. Nur im Augenblick sollst du dich beherrschen. Ich verspreche dir ein neues Leben im Kreis meiner Lieben. Keine wird dich nach deinem Aussehen beurteilen, sondern nach deinem Verhalten. Gewinne die Freundschaft meiner Frauen und du wirst dich wohlfühlen."

Jenny nickte.

„Darf ich dir eine Frage stellen, Ablah? Du bist eine selbstbewusste, sehr junge Frau. Warum bleibst du bei Rolf? Er ist ja schon etwas älter. Verstehe mich bitte nicht falsch. Ich entschuldige mich für meine unbedachten Äußerungen. Doch wenn ich mit euch zusammen leben soll, möchte ich euch verstehen lernen. Bei deinem Aussehen könntest du doch junge Männer zu Hauf haben. Noch dazu besitzt du ein Lokal."

Ablah blickte sie zunächst feindselig an. Doch dann besann sie sich: „Frag Sandy, warum sie meinen Herren heiratete. Sie ist in meinem Alter und noch hübscher als ich. Rolf vertraute mir einfach von Anfang an. Er gab mir mein Selbstvertrauen. Ich war frei in meinen Entscheidungen. Etwas, das ich hier nie haben würde. Er zeigte mir gegenüber Respekt und würdigte meine Arbeit. Deshalb schwor ich ihm bis an mein Lebensende zu dienen und ihm viele Kinder zu schenken. Ich brauche keine jungen Männer."

Ehe Jenny etwas erwidern konnte, rettete mich der Gong in Form von Haifa, die zu Recht darauf hinwies, dass es Zeit zum Schlafen wäre. Junge Frauen brauchten halt ihren Schlaf und erst recht alte Männer. Sie war eine gute Seele. Mehmet wiederum, hatte nur zwei Zimmer frei. Wir sollten uns die selbst einteilen. Ich konnte Ablah natürlich nicht mit Jenny schlafen lassen, als stand die Sache fest.

Voller Vorfreude ging ich mit Jenny nach oben. Ich wollte sie ficken! Und ich glaubte, ein Recht darauf zu haben. Ihren Körper spüren, innen wie außen. Sie war mir immer noch lieb. Sie hatte mich damals wachgeküsst und mir die erste Liebe meines Lebens geschenkt. Und ich empfand noch immer Liebe zu ihr. Gerade weil sie so aussah! Leider wurden meine Erwartungen vorerst enttäuscht. Jenny verschwand im Bad und schloss die Tür hinter sich! Früher undenkbar! Die Bombe zerstörte nicht nur ihr Gesicht, sondern auch ihr Selbstwertgefühl. Dennoch wollte ich es wagen. Wann würden wir wieder einmal allein sein? Nackt öffnete ich die Badtür und sah Jenny vor dem Spiegel stehen. Und ich sah ihre tadellose Figur mit den Grübchen auf den Arschbacken, unter denen sich auch zwei aufreizende Wülste anboten. Und im Spiegel sah ich ihre kleinen, festen Titten abstehen. Als meine Eichel an ihren zarten Hintern stieß, erhob sich mein Glied zuckend zwischen ihre Schenkel. Ich griff nach vorn und umschloss ihre Brüste.

„Bitte Rolf. Sieh in den Spiegel. Was siehst du?"

„Ich sehe nichts, was nicht begehrenswert wäre."

„Gib mir nicht das Gefühl bemitleidet zu werden. Du musst nicht mit mir schlafen und ich möchte es auch nicht!"

Tränen traten ihr aus den Augen.

„Ich bin ein Monster, eine Aussätzige, die vor der Welt fliehen muss!"

Statt einer Antwort trug ich sie zum Bett. Sanft küsste ich ihre Brüste. Sofort verhärteten sich ihre Nippel.

„Ich möchte das nicht, Rolf."

Ich zog meinen Finger durch ihre Spalte.

„Dein Körper straft dich Lügen, Jenny."

„Du hast recht. Ich möchte dich in mir spüren – ja. Aber schau mir dabei nicht ins Gesicht. Gib mir Zeit."

Sie drehte sich in die „Hündchenstellung" und bot sich mir an. Früher liebte sie es, hart genommen zu werden. Das konnte ich heute nicht tun. Ihre verletzte Seele verlangte nach Zärtlichkeit und Rücksicht. Geduld war das Gebot der Stunde. Langsam drang ich in ihr feuchtes Inneres. Sie stöhnte auf und kam meinen Stößen entgegen. Ich trieb sie in die Bewusstlosigkeit der Lust und legte sie auf den Rücken. Willig öffnete sie sich für mich und gemeinsam stöhnten und schrieen wir unseren Orgasmus in die Welt.

Außer Atem lagen wir nebeneinander.

„Kannst du mich wirklich noch lieben? Schau mich doch an."

Ich beschloss, nicht darauf einzugehen. Liebesschwüre nach einem Fick besitzen keinerlei Wert und sind meist der augenblicklichen Emotion geschuldet. Stattdessen blickte ich ihr in die Augen. Natürlich drehte sie ihr Gesicht zur Seite. Ich wurde ärgerlich:

„Lass das, Jenny! Was ist nur aus dir geworden. Wo ist die selbstbewusste Frau, die ich einst liebte? Sicher wirst du es nicht mehr in den „Playboy" schaffen. Du hast zwei Möglichkeiten: Entweder du gehst zurück in dein Kaff und vergräbst dich dort, von der Welt vergessen. Dort kannst du weiter deine Vögel auf der Palme zählen und den Ibissen beim Ficken zuschauen. Ehrlicherweise gestehe ich dir zu, dass du dort gebraucht wirst. Oder aber du bleibst bei uns, gewinnst meine Frauen für dich und wirst glücklich. Ich verspreche dir, dass ich alles dafür tun werde, um dein Aussehen wieder in einen akzeptablen Rahmen zu bringen. Hier bist du meiner und der Liebe Sandy´s sicher. Ich beschwöre dich, Jenny. Hör auf mit deinem Selbstmitleid! Das zieht bei meinen Weibern nicht! Ich erzählte ihnen so viel von dir und ihre Erwartungshaltung ist sehr hoch. Und dann bringe ich ein Waschweib angeschleppt, welches die Ungerechtigkeit der Welt verflucht. Werde die alte Jenny – selbstbewusst, witzig und charmant. Mit oder ohne Gesicht. Sandy wird dich unterstützen und in Schutz nehmen. Versprich es mir!"

Jenny weinte still vor sich hin. Einen Augenblick lang tat sie mir leid. Aber nicht länger!

„Verdammt nochmal! Ich – liebe – dich!", schrie ich sie an. Endlich drehte sie ihren Kopf in meine Richtung.

„Ich liebe dich doch auch, Rolf. Oh, wie ich euch beide vermisste. Ja, ich werde es versuchen mit deinen Frauen. Aber Sandy hat selbst Probleme. Wie sollte sie mir helfen können?"

Ich nahm ihren Kopf auf meine Brust.

„Du wirst dich noch wundern."

„Rolf – es ist schön bei dir zu sein. Schon morgen werde ich ein neues Leben beginnen. Du scheinst viel von deiner kleinen Orientalin zu halten. Sag mir wie sie ist."

Ich erzählte ihr ausführlich vom Wesen des sanftmütigen Mädchens. So verging fast der Rest der Nacht.

Am nächsten Morgen begrüßte ich Sandy und Ablah:
„Wie war die Nacht, Mädchen?"
„Nicht so laut wie bei dir, Herr. Aber sicher ebenso schön",
antwortete Ablah mit einem Augenzwinkern. Jenny beachtete sie
gar nicht. Ablah ignorierte sie einfach. Sandy bemerkte die
Spannung zwischen beiden Frauen. Sie wollte schlichten und hub
an:
„Ablah. Möchtest du Jenny nicht ..."
Ich unterbrach sie, indem ich eine Hand auf ihre Schenkel legte.
Jenny musste anfangen, sich Respekt und Freundschaften zu
erarbeiten. Es würde für sie ein langer und steiniger Weg werden.
Sie musste ihre frühere subtile Dominanz zurückgewinnen! Ich
hatte eigentlich ein gutes Gefühl. Wenn sie Ablah für sich einnahm,
gäbe ihr das einen unerhörten Schub.
Und richtig! Jenny blickte trotzig in Ablah's Augen:
„Auf ein Wort unter Frauen, Ablah. Bitte geh bitte mit mir zum
Diwan."
„Was wir zu bereden haben, können alle am Tisch hören."
„Also gut. Warum bist du so kühl zu mir. Ist es wegen meines
Aussehens? Du selbst bist bildschön. Ich wäre keine Konkurrenz
für dich. Warum also, willst du mich nicht akzeptieren? Wir
müssen uns ja nicht gleich um den Hals fallen, aber ..." Jenny
sprach ruhig und überlegt.
„Du möchtest es ehrlich? Natürlich möchtest du es ehrlich! Dein
Aussehen ist mir gleich. Ich bin die Letzte, die einen Menschen
nach seinem Äußeren beurteilt. Es ist etwas anderes."
Ihr Blick glitt zu Sandy, ehe sie fortfuhr:
„Erstens! Mein Herr – Rolf sprach davon, dass im Falle seines
Todes du unsere Familie führen solltest. Das kann ich nicht
akzeptieren. Sandy ist unsere Herrin! Sie wurde von allen gewählt.
Sie ist gütig und verständnisvoll. Sie bewies ihre Umsicht bei
vielen wichtigen Entscheidungen, als Rolf im Krankenhaus lag. Du
aber, wärst der Tod unserer Familie.
Zweitens. Rolf trägt die Verantwortung für uns Frauen und für
seine Kinder. Trotz aller Warnungen fuhr er nach Ägypten, um

dich zu suchen. Du kennst das Klima dort besser als ich. Er hatte zwei Herzinfarkte. Der dritte wäre für ihn tödlich gewesen. Unsere Familie aber, ist nichts ohne ihn. Irgendwann wird er sterben - gewiss. Doch er forderte den Tod geradezu vorzeitig heraus. Rolf pfiff auf unsere Liebe, nur um eine verflossene wiederzufinden. Drittens. Er lobte dich in den höchsten Tönen. Ohne dich gäbe es uns nicht. Nun gibt es uns aber. Wir wuchsen langsam und homogen zusammen. Jetzt sehe ich Unfrieden am Horizont. Unsere Familie ist zu komplex, um eine Fremde einfach so zu integrieren. Keine von uns kennt dich wirklich. Du drängst dich zwischen uns, nur weil mein Herr es verlangt."

Ablah lehnte sich zurück und verschränkte ihre Arme unter der Brust. Lauernd blickte sie in die Runde. Für mich gab es kein Zweifel mehr: Nicht nur Sandy war erwachsen geworden, sondern auch Ablah. Früher hätte sie Jenny demütig akzeptiert, einfach weil ihr Gebieter sie angeschleppt hatte. Sie wurde zur Frau und eines Tages wäre ich kein „Herr" mehr, sondern Rolf. Ihr neugewonnenes Selbstbewusstsein verbaute ihr aber auch eine eventuelle Rückkehr in die islamische Gesellschaft, in welcher die Frau zu dienen und zu funktionieren hatte. Sollte ich das nun gut oder schlecht finden? Ich beschloss, darüber später nachzudenken. Zunächst erwartete ich die Reaktion von Jenny.

Diskret und gastfreundlich goss uns derweil Haifa Kaffee nach. Jenny schlürfte einen Schluck und stellte die Tasse überlegend zurück auf den Unterteller.

„Zu Punkt eins, Ablah. Ich kam hierher, weil Rolf es so wollte! Er verriet mir nichts über seine Pläne und anfangs auch nichts über diese Familie. Als ich Sandy verließ und nach Ägypten ging, war sie ein junges, unerfahrenes und hilfsbedürftiges Ding. Wenn sie sich zu so einer starken Frau entwickelt hat, dass ihr sie als Familienoberhaupt haben möchtet, dann werde ich sie als ein solches akzeptieren. Damit habe ich kein Problem. Ich liebe sie immer noch als Freundin und wie eine Tochter.

Zum Punkt zwei. Woher sollte ich von seinen gesundheitlichen Problemen wissen? Diesen Punkt kannst du mir kaum zum Vorwurf machen!

Und schließlich drittens. Ja – es begann alles mit uns zwei. Und natürlich mit Sandy. Das ist aber lange her. In gutem Glauben ging ich nach Ägypten, um mir nach meiner Rückkehr mit den beiden ein neues Leben aufzubauen. Es kam, wie du sicher weißt und siehst, alles anders. Rolf und Sandy haben nun eine neue Familie, die ich voll respektiere, auch wenn ich sie noch nicht kenne. Was einmal war, ist vorbei – endgültig. Für mich ist es ein Neuanfang. Sieh mich an Ablah! Schau dir meine verbrannte Visage an! Sehe ich aus, als ob ich noch irgendwelche Ansprüche stellen kann? Mit meinem Gesicht verbrannten auch mein Selbstbewusstsein und jegliche Hoffnung, ein vollwertiges Mitglied der Gesellschaft zu sein. Alles was ich vom Leben noch erwarte, ist Freundinnen zu haben, die mich so akzeptieren wie ich bin. Und ich wäre stolz, wenn ich dich eine solche Freundin nennen könnte. Leg bitte ein gutes Wort für mich bei den anderen Frauen ein. Ich habe hier keine Lobby. Sandy und Rolf wären zu befangen, um glaubwürdig zu sein. Ist es denn zu viel verlangt, wenn eine Frau wie ich nach etwas Liebe verlangt? Wenn ihr mich aber ablehnt, gehe ich zurück und bleibe bis ans Ende meiner Tage in Abu Sir. Das verspreche ich."

Jenny liefen wieder die Tränen. Sie schwankte zwischen Hoffnung und Enttäuschung. Sie war psychisch am Ende. Die offene, ja aggressive Ablehnung der von mir als gutmütig bezeichneten Orientalin, traf sie scheinbar tiefer als ich dachte. Ehrlich gesagt, verwunderte auch mich die Feindseligkeit, mit welcher Ablah Jenny ablehnte in hohem Masse. Diesen Zug kannte ich in ihrem Charakter noch nicht. Der ständig vorgebrachte Zweifel an der Richtigkeit meiner Suche nach Jenny trug offenbar Früchte. Ablah sah ihre Welt, die sie sich aufgebaut hatte, von Jenny bedroht. Sandy wollte sich erheben um Jenny zu trösten. Ich hielt sie zurück. Diese Sache mussten die beiden allein ausfechten. Ablah kämpfte mit sich und fragte:

„Du akzeptierst unsere Entscheidung?"

Jenny nickte nur und wischte sich den Rotz von der Nase. Ablah griff in eine Tücherbox, ging zu Jenny und trocknete ihre Tränen. Das Eis schien gebrochen.

„Ich glaube dir. Dann sei meine Freundin, bitte", sagte sie sanft zu ihr. „Ich war zu hart zu dir. Aber du musst mich verstehen."

„Nun sind wir schon drei, die dich wollen, Jenny!", frohlockte Sandy. „Aber die härteste Nuss wird Gloria sein."

Jenny lächelte Ablah an:

„Wenn es für dich keine Zumutung darstellt, würde ich dich gern umarmen, meine Freundin."

Nach deren Freundschaftsbekundungen, zu denen übrigens Haifa beifällig nickte, zog mich Ablah zur Seite:

„Herr, auf ein Wort, ehe wir zu Mina fahren. Diese Mara. Warum schicktest du sie zu mir? Es geschah doch nicht aus dem Grund, den ich mir denke?"

„Sie ist also tatsächlich hier aufgetaucht! Was sollte denn das für ein Grund sein?", fragte ich zurück. Ihre schwarzen Augen funkelten mich an und ich roch ihren Atem, der einen leichten Minzgeruch verströmte.

„Hast du auch mit ihr geschlafen und möchtest etwas gut machen?", fragte sie direkt.

„Du hättest ihr nicht zusagen brauchen, Ablah. Die Entscheidung oblag allein dir! Mara suchte für sich eine Lösung und ihr beschissenes Hotel wollte ich nicht kaufen. Sie ist im Management fit und ich dachte mir, sie wäre etwas für dein Lokal. Mara beherrscht die deutsche Sprache und sieht entsprechend aus. Sag ihr, dass du es dir anders überlegt hättest, und ich lass sie sofort zurückfliegen."

So langsam wurde ich ärgerlich! Ich kannte Ablah so nicht. Ich liebte sie in ihrer zurückhaltenden Art und ich dachte an die Worte ihres Vaters. Das Mädchen benötigte eine Zurechtweisung! Wie zur Bestätigung meiner Überlegungen, sagte sie hochnäsig:

„Herr, du weichst mir aus und meine Frage hast du auch nicht beantwortet! Schliefst du mit dieser Mara?"

Ihr aufsässiger Ton gefiel mir nicht.

„Es reicht, Ablah!", herrschte ich sie an. „Was glaubst du eigentlich wer du bist? Wenn du ein Problem mit Mara hast, dann rede mit ihr oder schick sie zum Teufel! Wenn aber ich dein Problem bin, steht es dir jederzeit frei, zu gehen. Von Anfang an gab ich dir die Möglichkeit, dein eigenes Leben zu leben. Du bist Besitzerin einer gutgehenden Kneipe und auf meine Hilfe nicht mehr angewiesen. Ich war so stolz auf dich und ich liebe dich auch. Wenn du es aber vorziehst, mir Ärger zu machen, gehen wir in Zukunft getrennte Wege. Mara als Grund vorzuschieben, um mit mir Schluss zu machen, finde ich mehr als primitiv. Oder ist es etwas Anderes? Du solltest dir deine Wortwahl in Zukunft überlegen! Eifersüchtige Frauen brauche ich nicht an meiner Seite. Hast du mich verstanden? Erst gehst du Jenny an, dann mich. Und ich werde mich nicht vor dir rechtfertigen!" Die letzten Worte schrie ich fast. Wie ein begossener Pudel stand sie vor mir. Ein Häufchen Elend. Den Kopf gesenkt und schluchzend. Ich hob ihr Kinn und blickte in tränenfeuchte Augen. Ablah riss sich los und rannte auf ihr Zimmer. Natürlich hatten die anderen unseren Disput mitbekommen. Laut genug war ich ja. Ich sah Mehmet Ablah nachlaufen.

Minutenlang herrschte Schweigen. Der Springbrunnen plätscherte sanft vor sich hin. Ein verdammt lautes Moped unterbrach die wohltuende Stille unangenehm.

„Was sollte das eben?", fragte Sandy nach einer Weile streng.

„Ich bin mir nicht sicher, ich kenne Ablah kaum", meinte Jenny. „Aber ich sah ein schwer verliebtes Mädchen, dass dazu auch noch eifersüchtig ist. Kam dir nie der Gedanke, dass das Mädchen Gefühle hat? Du beschriebst sie mir als sanftmütig und devot. Kein anderer als du trägt daran schuld, wenn sie ein neues Selbstbewusstsein entwickelt hat. Nicht anders als bei Sandy. Du selbst merkst es vielleicht überhaupt nicht. Ich „weckte" damals einen schlafenden Riesen, der mit Frauen umgehen kann, wie kein Zweiter. Und heute bedarf ich deiner Hilfe. Die alte Jenny gibt es nicht mehr. Deshalb bitte ich dich und Sandy um Hilfe. Aber im

Augenblick solltest du dich um die Mutter deines Kindes kümmern. Du hast sie verletzt. Sie ist sehr jung und du überschätzt sie. Ihr Charakter ist noch nicht so fest, wie es scheinen mag. Und noch etwas: Ich freue mich auf deine anderen Frauen. Vor allem auf die blinde Susanne."

Jenny lächelte mich nach diesen Worten an. Sie wusste noch nicht von der Wunderheilung Susannes. Sie hätte mir auch nicht geglaubt. Jenny sollte zunächst Mina kennen lernen.

Aber ich musste ihr recht geben. Aus Mädchen wurden Frauen! Ob in Marokko oder in Deutschland. Ablah war ein Kind des alles beherrschenden Islam in Nordafrika. In Deutschland mutierte sie zu einer respektierten Frau. Und sicher war, dass sie von Männern begehrt wurde! Ich nahm mir vor, darüber einmal mit Vera zu reden. Jedenfalls schien sie konsequent bei uns, respektive bei mir bleiben zu wollen.

In diesem Moment betrat Ablah in Begleitung ihres Vaters den Raum.

Mit gesenktem Kopf und unter dem strengen Blick ihres Vaters sprach sie mich an:

„Ich möchte mich für mein Verhalten entschuldigen und bitte dich, Herr, mich nicht zu verstoßen. Es wird nicht wieder vorkommen."

Mehmet nickte beifällig. Nein, ich hatte mich bei Ablah zu entschuldigen. Aber nicht hier! Mehmet würde es nicht verstehen. Ablah schwor vor Allah, meine Frau zu sein. Sie hatte ihrem Herrn zu gehorchen! Und ich musste den Despoten geben. So wenig mir die Rolle des Paschas stand – ich musste sie spielen, so wie es ihr Vater mehrfach gefordert hatte. Ablah hatte ich mit der Zeit als untertänige, fleißige und unauffällige Frau lieben gelernt. Aber sie begehrte auf! Wie alle in letzter Zeit aufbegehrten. Ich wurde nur noch als Teil der Familie, und nicht mehr als „Führer" gesehen. Nichts besaß mehr Gültigkeit. Die mir lieb gewordenen Charaktere meiner Mädels blieben nichts als Erinnerung. Auch Ablah entschuldigte sich nur, um ihrem Vater zu Willen zu sein. Vielleicht erschrak sie auch über sich selbst.

Während ich meinen Gedanken nachhing, stand Ablah abwartend vor mir. Schön wie die Sünde, in ihrer reinen Unschuld.

„Und was ist, wenn ich dich verstoße?", fragte ich.

Ruckartig ging ihr Kopf nach oben. Mit dieser Möglichkeit hatte sie offensichtlich nicht gerechnet. Verwirrt sah sie mich an, dann ihren Vater. Ich beschloss, die Charade zu beenden:

„Würdest du mir deine Stadt zeigen? Von Marrakesch sah ich noch nicht viel. Sicher kennst du schöne Ecken."

Vor der Tür empfing uns die Kakophonie einer orientalischen Großstadt. Eselgeblöcke, Stimmengewirr, geschäftiges Treiben, Kindergeplärre und die Geräusche von vielen hundert Handwerkern, die ihrer Kunst wie vor hunderten Jahren nachgingen, vermischten sich mit dem gerade beginnenden blechernen Geschrei der Muezzins aus mehreren Moscheen. Marrakesch besaß sein eigenes Flair. Aufregend für Europäer und gewohnt den Einwohnern. In den sehr engen Gassen der Medina war ein schnelles Fortkommen unmöglich. Keiner beachtete den anderen. Jeder hatte nur sein eigenes Ziel vor Augen. In Marrakesch musste man aufgewachsen sein, um sich in diesem Gewirr enger und gleichaussehender Gassen zurechtzufinden. So wie Ablah! Zielstrebig führte sie mich und sie fühlte sich wohl. Hier war ihre Heimat und nicht in der europäischen Großstadt Dresden. Sie grüßte hier, gab ein freundliches Wort dort. Endlich bog sie in eine Seitengasse von einem Meter Breite und öffnete ein verschnörkeltes, uraltes Tor. Es knarrte verdächtig und vor meinen Augen entfaltete sich ein kleiner, aber feiner Park. Wohltuende Ruhe empfing uns. Wir tauchten in dieses kleine Reich der Sinne ein. An einem blau-weiß gekachelten Springbrunnen ließen wir uns nieder. Ablah's Augen bekamen Glanz, als sie, sich erinnernd, in die Runde blickte. Sie war ein Kind dieser Stadt und würde es bleiben! Ich betrachtete sie, während Ablah ihren Erinnerungen nachhing. Ihr schmales Gesicht mit dem dunklen Teint, eingerahmt von tiefschwarzem Haar, konnte einen Mann schon um den Verstand bringen. Ich konnte der Versuchung nicht wiederstehen, meinen Arm um ihre schmale Taille zu legen. Ablah wirkte ungewöhnlich zerbrechlich und schutzbedürftig. Abwesend begann sie zu erzählen:

„Vor vielen hundert Jahren gehörte dieser Garten einem reichen Kaufmann. Leider steht sein Palast nicht mehr. Aber es geht die Kunde, dass sein Haus, reich mit Gold ausgeschmückt, das Schönste unter Allahs Sonne war. Er nannte sieben Frauen, eine lieblicher als die andere, sein Eigen. Die Legende erzählt, dass er von seiner Lieblingsfrau vergiftet wurde, weil er ständig auf Reisen fremdging. Hier an diesem Brunnen starb er qualvoll. Noch im Sterben verfluchte er seine Frauen. Selbige nahmen sich tatsächlich ihr Leben neben seinem Leichnam, denn alle liebten ihn sehr und wollten ohne ihren Herren nicht mehr leben."

Ablah plätscherte im Wasser, ehe sie fortfuhr:

„Herr! Ich überschritt meine Kompetenzen und lehnte mich gegen dich auf. Es ist dein gutes Recht mich fortzujagen."

Sie rutschte auf die Knie und umklammerte meine Beine:

„Herr! Ich habe deine Ungnade verdient. Schon als ich deine Jenny beleidigte. Schließlich ist sie deine Vertraute. Und dann gab ich dir unangemessen Widerwort. Ein undankbares Weib bin ich, deiner Gnade nicht wert. Bestrafe mich nach deinem Gutdünken. Schlag mich, aber lass mich bitte in deiner Nähe bleiben. Ich bitte dich demütig! Du hast mich immer mehr als gut behandelt. Und außerdem …"

Ich schnitt ihr das Wort ab und zog sie wütend hoch. Sie setzte sich auf meine Beine.

„Ablah. Hör auf, dich zu erniedrigen. Mit deinen Vorwürfen und Bedenken hattest du recht! Du hast Angst, dass Jenny unsere Gemeinschaft ruiniert. Dazu möchte ich dir folgendes sagen: Ich ging davon aus, dass sie noch die Alte ist. Sie war eine sehr starke Persönlichkeit und verstand sich darauf, auf andere Menschen Einfluss zu nehmen. Pragmatisch und offen in allen Fragen, zog sie damals auch mich in ihren Bann. Es ist richtig: Ohne sie wäre ich immer noch ein kleiner „Hans Wurst". Doch ich fand eine veränderte Frau, die mir schon fast fremd ist. Der „Unfall" in Kairo brach sie. Jenny ist nun eine gezeichnete Frau, die meine – nein unsere Hilfe benötigt und sucht. Verstehst du mich?"

Ablah nickte:

„Ich werde sie lieben lernen."

„Sandy wird sich um sie kümmern. In dir soll sie eine Freundin haben. Ich weiß noch nicht, wie Susanne und Gloria reagieren werden. Sprich du bitte mit ihnen und mit meinen Worten."

Ablah nickte wieder zur Bestätigung.

„Zum nächsten Punkt. Wie drücke ich mich am besten aus …? Mit deiner Bescheidenheit und deinem Fleiß hast du damals mein Herz erobert. Gleichzeitig verlangte ich zu viel von dir. Ich stieß dich ins kalte Wasser mit dem Lokal. Mir war egal, was aus der Kneipe wird. Hauptsache du hattest eine Aufgabe. Doch du nahmst die Sache sehr ernst. Folgerichtig und der Not gehorchend, hast du dich entwickelt. Aus dem einfältigen Mädchen aus dem Orient wurde eine starke Frau in Europa. Ich ziehe meinen Hut vor dir. Du verdienst meinen vollen Respekt und den Respekt deiner Eltern. Sie können stolz auf dich sein, so wie ich es bin. Sicher umschwärmen dich junge Männer. Du verkörperst die Traumfrau schlechthin! Aber du hängst dich an einen alten Mann, der auch noch fremdgeht. Deine Eifersucht ist keine Aufsässigkeit, sondern ein Beweis deiner Liebe. Und ich habe mich mit deiner Wandlung abzufinden, weil ich daran die Schuld trage. Ich habe dich um Vergebung zu bitten. Verzeih mir, wenn ich dich vernachlässigt habe. Ich liebe dich!"

Sie legte ihre Arme um meinen Hals:

„Jetzt weiß ich wieder, warum ich dich liebe, Herr. Das erleichtert es mir eine Frage zu stellen: Darf ich dich in Zukunft „Rolf" nennen?"

Ich hatte etwas in dieser Art befürchtet.

„Aber gerne. Und du vergiftest mich nicht?", fragte ich mit einem Lächeln.

„Warum sollte ich dich vergiften?" Ablah blickte mich dumm an.

„Weil du mich an diesen Ort brachtest und mir die Legende als Warnung erzähltest."

„Ja – du bist immer noch der alte Esel. Und der Vater meines Kindes. Und nun gehen wir zurück. Ich sehne mich nach Sandy und nach Susanne und Gloria. Einfach nach meiner FAMILIE. Jenny aber, werde ich Freundin sein. Und was Mara betrifft: Ich mag sie und ihre Art. Sie erzählte mir von eurem Verhältnis und bat mich um Verzeihung. Ich wollte es nur von dir persönlich noch einmal hören. Ich plane ein zweites Restaurant. Und Mara soll es übernehmen. Allerdings fehlen mir noch die nötigen Mittel."

„Das freut mich zu hören. Ich habe alles Geld der Welt und werde euch ein zweites Restaurant kaufen. Keine Frage!"

„Ich möchte aber nicht immer von dir abhängig sein."

„Kleines Dummerchen. Du bist meine Frau. Allah ist unser Zeuge. Du wirst bis an mein Lebensende von mir abhängig sein! Ich will es so! Und nun führe mich."

Ablah nahm meine Hand und zerrte mich durch das Gewühl. Ein Eselkarren versperrte uns den Durchgang. Während der Eselbesitzer das störrische Tier lautstark verfluchte, besah ich mir gelangweilt die Auslagen eines heruntergekommenen Musikladens an.

Die Cover in den Auslagen blickten den Betrachter vergilbt und von der Sonne ausgeblichen entgegen. Die arabischen Bestseller sagten mir absolut nichts. In einer Ecke lag allerdings eine CD von AC/DC – „Highway to Hell". Das Album erschien vor etwa 30 Jahren und so sah auch die CD aus. Und dann sah ich sie liegen! Ich traute meinen Augen kaum. Die Neue von „Steelsax"! Ich schrieb mich ja noch immer mehr oder weniger regelmäßig mit ihrem Frontmann und erinnerte mich an das Konzert, vor dem wir die Gruppe trafen. Bill war fasziniert von uns und vor allem von Susanne. Die lebte zu dieser Zeit noch in Dunkelheit. Jedenfalls fragte er uns, ob er einen Song über uns schreiben dürfe. Und nun sah ich, dass er uns sogar das Album gewidmet hatte. Nein – mir wurde diese Ehre allein zuteil. Groß und deutlich las ich den Titel: „The three Girls Man". Ein Mann saß auf einem Ledersessel und drei schöne Frauen umschwärmten ihn. Ich musste sofort dieses Teil haben! Ablah sah mich nur fragend an, als ich sie bat, mir ein Exemplar dieses Silberlings zu kaufen. Ich hatte keine Lust darauf mit dem Typ zu feilschen, den ich durch die schmutzige Scheibe hinter dem Tresen stehen sah. Im Laden überkam mich eine spontane Idee und Ablah kauft auf meinen Wunsch zwei CDs.

„Der Titel könnte sogar auf dich zutreffen", sagte sie auf der Straße.

„Der Titel betrifft mich!", antwortete ich knapp. Inzwischen übermannte sich mir ein seltsames Gefühl. Die unbarmherzige

Hitze, zusammen mit dem Gestank und den Abgasen forderten ihren Tribut.

„Wie soll ich das auffassen?", fragte sie nach.

„Wir trafen damals die Band und ich beeindruckte sie stark. Vor allem Susanne. Sieh her. Hier der Song „Susan". Er ist eindeutig Susanne gewidmet. Ich erzähle dir später davon. Bitte bring mich kurz zu Ellen."

Ehe ich am Riad klingelte, schrieb ich noch eine Widmung auf eine der CDs. Ellen war damals beim Konzert dabei.

Die pummelige Alia öffnete und ihr Gesicht erstrahlte, als sie mich erkannte. In gebrochenem Deutsch bat sie mich, einzutreten. Ich aber reichte ihr nur die CD mit dem Hinweis auf Ellen und ging.

Nach ein paar Metern rief Ellen persönlich nach mir und bat mich, doch nicht so nachtragend zu sein.

Ich wandte mich nicht einmal um. Ihr ging es gut. Und sollte sie Probleme haben, würde ich es von Mehmet erfahren. Dann war meine Hilfe selbstverständlich. Doch nicht jetzt! Aus einem Grund den ich nicht begriff, fühlte ich mich persönlich beleidigt von ihr. Die nächste Ecke schaffte ich noch. Dann wurde mir schlagartig schwindelig. Ich musste mich an eine Hauswand lehnen. Ablah schrie auf, als sie mich sah. Ohne lange zu überlegen riss sie mir die Geldbörse aus der Tasche und wedelte mit einem Schein. Ich bemerkte noch wie sie mich zusammen mit einem Eseltreiber auf einen der typischen flachen Wagen legte und roch Kamelscheisse. Dann versank die Welt um mich herum in Dunkelheit.

Hustend kam ich wieder zu mir. Ich öffnete meine bleiernen Lider und sah, wie mich drei Augenpaare erwartungsvoll anblickten.

„Da ist er ja wieder. Den bringt so leicht nichts um."

Die Stimme gehörte natürlich Nicole. Sandy küsste mich und Ablah streichelte mich mit verheulten Augen. Ich lag in meinem Zimmer im Riad.

„Bin ich im Himmel? Ich sehe drei Engel", sagte ich.

„Wenn du tot wärst, würdest du drei Teufel sehen. Wie oft sagte ich dir schon, du sollst mehr trinken. Ehe du das nächste Mal aus dem Haus gehst, möchte ich vorher bezahlt werden."

„Du wirst wohl frech, du dürres Ding", rief ich und zog Nicole auf mich.

„Das geht nun aber zu weit!", ereiferte sich nun meine Frau und zog Nicole von mir. Ich wollte mich aufrichten, aber Sandy drückte mich wieder nach unten.

„Da wird es wohl heute nichts mehr mit Susanne und Gloria, was?", fragte ich. „Was ist eigentlich passiert?"

Ablah berichtete, dass ich an der Hauswand nach unten rutschte. Sie kaufte kurz entschlossen einen Eselkarren und brachte mich zurück. Nicole hatte sich sofort meiner angenommen und mir schluckweise Flüssigkeit zugeführt. Sie erkannte auf den ersten Blick was mit mir los war. Allah sei Dank hatte ich keinen neuen Infarkt.

„Wie ich sehe, habt ihr mich ausgezogen. Denkt ihr, ich habe kein Schamgefühl?"

„Du hast penetrant nach Kamelmist gestunken!".

„Alle raus, außer Sandy!", befahl ich und die Damen traten ab. Nur Nicole machte zuvor noch den „Scheibenwischer".

Meine Kleine wusste was sie mir schuldig war und was ich erwartete. Sie zog sich wirkungsvoll vor mir aus. Sie präsentierte sich nackt vor mir wie auf einem Sklavenmarkt. Mein Blick glitt von ihren wirren langen Haaren abwärts, blieb kurz an ihren halb geöffneten Lippen hängen, um sogleich zu ihren vollen straffen Brüsten zu wandern. Ihre Nippel stellten sich erwartungsvoll auf. Eine Ewigkeit war seit dem letzten Sex mit ihr vergangen! Meine Wanderung nahm weiter den Weg nach unten und meine Augen tasteten ihre Schamlippen ab. Voll und fest lugten sie durch das gelbe Gestrüpp und verlangten geteilt zu werden. Meine Hände wollten das feste Fleisch fühlen, meine Zunge ihren Nektar aufnehmen und mein Glied in ihre wonnigen Tiefen vordringen. Stolz erfüllte mich, dieses Kunstwerk der Natur meine Frau nennen zu dürfen. Dehydriert oder nicht. In diesem Moment und nicht später verlangte alles in mir nach ihrem Körper, welcher immer noch die Erotik eines spätpubertären Mädchens ausstrahlte. Sandy fuhr sich nervös durch ihre Spalte. Natürlich sah sie mein verlangendes Glied in die Höhe ragen. Der kleine Schlitz meiner Eichel sonderte ebenso Feuchtigkeit ab wie ihre Scheide.

„Mach mir das „kleine Mädchen", bitte", forderte ich. Sandy legte sich gehorsam neben mich und erwartete meine Berührungen. „Liebe machen" nannten wir das vor nicht allzu langer Zeit. Ich begann mit Händen und Zunge ihren Körper zu erkunden, als wenn ich sie das erste Mal sah. Hals, Nippel, Bauchnabel – jeden Zentimeter ihres Traumkörpers befreite ich vom Schweiß. Ihr Körper war für mich ein Gottesdienst. Ihr Geruch ein Gebet. Sandy begann zu stöhnen, noch ehe ich ihren Paradiesgarten auch nur berührt hatte. Sie griff nach meinem Glied und begann zu reiben. Sanft entzog ich mich ihr und legte mich zwischen ihre Schenkel. Bereitwillig zog sie sie nach oben und außen, um mir den Zugriff zu erleichtern. Die geschwollene Spalte klaffte vor mir auf und ihre vorwitzige Klitoris verlangte nach Liebkosung. Ihr strenger Geruch nach „Frau" vernebelte mein Bewusstsein. Wohldosiert leckte, saugte und küsste ich ihren Garten. Sandy´s Atem ging schwer und endlich sah ich ihre Vagina kontrahieren. Unermüdlich presste sie ihren weißen Saft hervor. Dieser Anblick ließ mich meine Beherrschung verlieren und ich kam über und in sie. Noch während sie zuckte, nahm ich von ihr Besitz. Sie krallte sich in meinen Rücken – unkontrolliert schlugen ihre Beine – ihr Orgasmus wollte nicht enden. Spitz schrie sie ihre Lust in mein Ohr. Und nach einer gefühlten Ewigkeit der Ekstase gab ich ihr, laut stöhnend, wonach es sie verlangte. Ich erlöste sie von ihrem süßen Leid und gemeinsam zuckten wir uns aus.

Erschöpft und schweißnass lagen wir nebeneinander. Wie liebte ich alter Narr doch dieses Mädchen! Manchmal sehnte ich die alte Zeit zurück. Nur mit Sandy und Jenny zusammen in der alten Wohnung. Morgens würde ich die alte Linde grüßen und danach zu Ilona Einkaufen fahren. Alles endgültig Geschichte. Sandy war eine andere, Jenny änderte sich und auch ich. Wir erfuhren eine ereignisbedingte Evolution. Könnte ich die Zeit zurück drehen, würde ich auf Geld und Frauen gern verzichten. So lieb ich Susi und Gloria auch hatte. Nur um Mina II täte es mir leid. Plötzlich klopfte es. Die Tür öffnete sich und herein trat Jenny. Sie stammelte eine Entschuldigung und sagte verlegen, sie hätte uns gehört. Jenny tat mir augenblicklich unendlich leid. Ich rückte ein wenig zur Seite und klopfte auf die freie Stelle. Zaghaft zog sie sich aus, legte sich neben mich und kuschelte sich an meinen Körper. Ja, ich liebte sie noch immer. Und wenn sie gehen musste, weil sie meinen Frauen nicht genehm war, wäre alles Makulatur und ich würde mit beiden die Familie konsequent verlassen! Jenny benötigte Hilfe. So, wie die anderen auch. Sie sehnte sich wie ich nach den alten Zeiten und wusste doch, dass sie endgültig vorbei waren.

Am Frühstückstisch erwartete mich schon Nicole, samt zwei Flaschen Wasser und einer Kanne Minztee. Streng zeigte sie auf den gegenüberliegenden Platz. „Du trinkst artig mindestens das Wasser. Eher gehst du mir nicht aus dem Haus!"

„Wie redest du mit meinem Mann?", empörte sich Sandy.

„Du bist mal ganz still! Nach eurem Fick gestern Abend müsste er eigentlich noch mehr trinken".

Sandy griff sich theatralisch an ihr Herz und stellte sich entsetzt:

„Was nimmst du dir eigentlich heraus? So ein loses Mundwerk! Nichts ist vorgefallen!"

Ablah lächelte und Mehmet meinte, einige Gäste hätten sich beschwert.

„Nicole. Nur weil du so hübsch und unwiderstehlich sexy bist, habe ich dich noch nicht entlassen. Und …"

Sandy unterbrach mich empört: „Die und sexy? Die ist dürr und hat nicht einmal Titten!"

Ich lachte in mich hinein, dann fuhr ich fort:

„Für deine fortwährenden Insubordinationen bezahle ich dich nicht. Aber ich stimme dir in allen Punkten zu."

Bissig sagte sie:

„Deine Schmeicheleien kannst du dir schenken! Und bis jetzt sah ich noch keinen Cent von dir! Ich bin nur noch hier, weil ich etwas gegen junge Witwen habe, die mich zum Dank beleidigen!"

Jenny lachte plötzlich hell auf. Endlich! Ihr Lachen war Balsam für meine Ohren. So lachte die alte Jenny. Sie taute endlich auf!

„Nicole, du gefällst mir wirklich. Frech und unbekümmert. Was gäbe ich dafür, bei euch bleiben zu dürfen".

„Werte Dame, leider gehöre ich nicht zu dieser Sippschaft. Und du weißt schon noch, dass wir verwandt sind!".

Die Erinnerung an ihre Schwester ließ Jenny abrupt verstummen. Inzwischen hatte ich bereits eine Flasche geleert. Nun sprach Niki mich ernst und direkt an:

„Rolf. Ich bin jung und unerfahren. Und Psychologie war nie mein Lieblingsfach. Aber ich sehe hier deine junge hübsche Frau, die ohne dich nicht leben kann. Daneben steht eine weitere Frau, für die du der Mittelpunkt ihres Lebens bist und die dein Kind trägt. Dort in der Ecke - schau genau hin - sitzt eine vom Schicksal gebeutelte Frau, die alle ihre Hoffnungen auf dich setzt. Oben in den Bergen warten Susanne mit deiner Tochter und Gloria darauf, dass du sie endlich wieder in den Arm nimmst. Nein, du bist kein Übermensch. Aber du trägst Verantwortung. Ob es dir gefällt oder nicht. Geh bitte nicht so leichtfertig mit deinem Leben um. Tu mir den Gefallen und hör auf das kleine, freche Mädchen. Es fällt mir nicht leicht, aber auch ich habe den alten Mistkerl gern!".

Ich sah sie mir lange an. Nicole gefiel mir nicht nur nach dem Äußeren. In mir reifte ein Entschluss. Da keiner der Anwesenden ein Wort sprach, ging ich davon aus, dass sie auf eine Reaktion warteten. Nacheinander blickte ich sie alle an. Ablah lehnte an einer bunt verzierten Säule. Jenny saß erwartungsvoll auf einem Korbsessel. Selbst Mehmet und Haifa, die ja quasi zur Familie gehörten, erwarteten ein Statement von mir. Selbstredend Sandy, welche die eigentliche Leidtragende bei meinem Tod wäre. Dachte ich noch vor kurzem, ich wäre nicht mehr wichtig, da sich die Frauen um sich selbst kümmerten, belehrte mich diese Göre eines Besseren.

Demonstrativ leerte ich auf Ex die zweite Flasche lauwarmes Wasser und rülpste laut. Sollten alle etwas von meiner Tortur haben.

„Ich mache dir ein Angebot, Niki. Bleib bei uns. Du besitzt das medizinische Grundwissen und Mina die Erfahrung. Geh bei ihr in die Lehre. Ihr würdet euch prima ergänzen. In Zukunft werden wir alle eure Hilfe brauchen. Später bitte ich dich, unser Frauenhaus in Dresden zu übernehmen und für unsere Gesundheit zuständig zu sein. Bilde dich bitte auch in Kinderkrankheiten fort. Ich bezahle jeden Lehrgang. Ein Kind habe ich schon. Und Ablah wird sich mit einem nicht begnügen. Ehe wir in die Berge aufbrechen, hebe ich noch Geld ab und zahle dich aus. Es liegt in deiner Entscheidung, ob du einen neuen Vertrag mit uns eingehst. Aber hungerleiden wirst du sicher nicht. Wie denkst du darüber? Wie denkt ihr alle darüber?"

Ich schwenkte meinen Arm in die Runde. Alle nickten beifällig.
„Ehe ich dir antworte, bitte ich deine Frau um ihre Meinung. Sie ist die Vertreterin der Frauen".
Sandy wurde, wie immer bei so viel Aufmerksamkeit, verlegen.
Aus den Augenwinkeln sah ich Jenny die Mundwinkel verziehen.
Sie konnte den Wandel ihres ehemaligen Zöglings noch nicht recht glauben.
„Ich sähe dich gern bei uns. Vielleicht kannst du mir ja helfen?"
„Wobei, Sandy? Du glaubst an Komplikationen?" fragte Nicole erstaunt.
Sandy schüttelte nur mit dem Kopf. Sie wollte im Moment nicht über ihren vorhergesagten Tod reden.
„Also gut. Ich werde dir antworten."
Nicole wägte ihre Worte ab. Ich erwartete wieder irgendeine freche Rede. Doch ich sah mich getäuscht.
„Insgeheim erhoffte ich mir ein solches Angebot. Ich fühle mich wohl und angenommen bei euch. Es erfüllte mich immer mit Traurigkeit, wenn ich an das Ende unserer Reise dachte und ich wieder in einem Klinikum verschwinden müsste."
Der sonst so beherrschten jungen Frau wurden die Augen feucht:
„Ja, sehr gern nehme ich das Angebot an."
Sie stand auf und umarmte alle der Reihe nach.
„Aber ich stelle Bedingungen", fuhr sie anschließend fort, nachdem sie ihren Rotz geräuschvoll hochgezogen hatte. Ich hob meine Augenbrauen. Niki verfiel sofort wieder in ihren gewöhnungsbedürftigen Ton.
„Keinen Vertrag! Weiter …"
„Halt, einen Augenblick bitte", gebot ich. Einer plötzlichen Eingebung folgend, bat ich Sandy die Verhandlungen mit Nicole weiter zu führen. Es würde sie selbstsicherer machen, Jenny außerdem zeigen, wieweit ihr ehemaliger Zögling war und ich war entschlossen, nach und nach Verantwortung auf Sandy zu übertragen. Mein Vertrauen wuchs mit meiner Liebe zu ihr. Wie erwartet zeigte sich meine Frau nicht gerade amüsiert darüber. Ich wartete auf das unvermeidlich „Warum gerade ich?", doch sie

blickte einfach nur unsicher in die Runde. Ich, und sicher nicht nur ich, war gespannt, wie meine Kleine auf das dreiste Gebaren unserer Medizinerin reagieren würde.

„Also gut, Nicole. Fahre fort." Sandy hatte sich stolz in ihrem Stuhl aufgerichtet. Und Jenny beobachtete sie gespannt. Man sah Nicole an, dass sie mit dieser Wendung nicht einverstanden war. Trotzig lehnte sie sich zurück und verschränkte die Arme unter ihren kleinen Titten.

„Wie gesagt, kein Vertrag. Und kein Geld! Ich würde mir schäbig vorkommen, nähme ich auch nur einen Cent. Ihr kommt dafür für meinen Lebensunterhalt auf. Im Gegenzug verspreche ich, dass ich mich voll in den Dienst der Sache stellen werde." Deutlich konnte jeder den geringschätzigen Ton heraus hören. Nicole liebte Sandy, keine Frage. Aber nicht, wenn sie über ihre Zukunft entscheiden sollte. Sie waren gleichaltrig und sie wusste um Sandy´s Probleme.

„Und noch etwas. Ich möchte frei sein in meinen Entscheidungen!"

Sandy räusperte sich und sah ihr Gegenüber streng an. Auch ihr war Nicole's Ton in den Hals gefahren. War sie eingeschüchtert? Verübeln könnte ich es ihr nicht.

„Zunächst solltest du dich eines anderen Tones befleißigen! Mein Mann scheint deine Frechheiten zu tolerieren - ich aber nicht!" Wirkungsvoll legte Sandy eine Pause ein, bis Nicole begriff und zustimmend nickte.

„Ich verlange absolutes Engagement von dir. Du bist in Zukunft erweiterter Teil unserer Gemeinschaft und besitzt somit auch keine uneingeschränkte Handlungsfreiheit. Dein Leben wird sich unseren Bedürfnissen anpassen. Das mein Mann dir ein solches Angebot machte, ist ein Vertrauensbeweis. Enttäusche uns niemals, hörst du! Dir wird es bei uns gutgehen. Du bist attraktiv. Wenn du einen Freund findest, steht es dir frei zu gehen. Du bekommst dann eine fürstliche Abfindung von mir persönlich. Unabhängig davon richte ich dir mit deiner Erlaubnis ein Konto ein, auf das du nach Beendigung unseres Verhältnisses zugreifen kannst. Ich persönlich werde dir in Zukunft deine Aufgaben zuteilen. Das war's fürs erste von mir. Bist du damit einverstanden?"

Nicole sah mich fragend an. Da ich keine Reaktion zeigt, nickte sie Sandy zu: „Es sei wie du sagst. Ich werde mich in allem nach dir richten!"

In Sandy's strenges Gesicht kam Leben. Sie lächelte und sagte: "Ich freue mich so, dass du bei uns bleibst. Wir werden Freundinnen sein. Aber du musst auch auf mich hören."

Sandy hatte sich endgültig von mir abgenabelt. Diese Erkenntnis war für mich nicht neu, aber so deutlich war es mir noch nie bewusst. Sie übernahm sogar unaufgefordert Verantwortung. Zumindest das war neu.

„Ablah", rief sie plötzlich. Die Gerufene trat auf sie zu. „Ja, Herrin?"

„Ist alles zur Abfahrt bereit? Und nenn mich doch nicht immer „Herrin"!"

„Wir können los. Und du bist DOCH meine „Herrin"!"

Das Gewusel begann. Alles lief plötzlich durcheinander. Sandy hielt mich am Arm fest:

„Habe ich es richtig gemacht? Rolf, so sag doch!"

„Ich hätte es nicht besser sagen können. Du brauchst mich nicht mehr. Kümmere dich also um Nicole und um Jenny. Meiner Unterstützung bist du sicher."

Stolz ging sie zu Nicole und unterhielt sich scherzend mit ihr. Ich aber, sah ihr nachdenklich hinterher. Wenn sie sich ihrer selbst bewusst wurde, konnte ich sie leicht verlieren.

„Du hast aus ihr tatsächlich eine Frau gemacht. Meinen Respekt."

Jenny trat an mich heran. Ich blickte in ihr, vom Feuer zerfressenes Gesicht und ließ es mir nicht nehmen, ihre Wangen zu liebkosen.

„Sie wurde von selbst zur Frau, Jenny."

Sie lächelte wissend:

„Du hast Angst, sie zu verlieren? Dann bist du kein guter Frauenkenner. Sie tut es für dich! Deutlich erkannte ich ihre Unsicherheit vorhin. Ihre Liebe zu dir ließ sie über sich hinauswachsen. Sie weiß, du bist gesundheitlich angeschlagen und möchte dir deshalb helfen. Du kannst ihrer sicher sein! Die Kleine hat mir den Rang abgelaufen."

„Meinst du? Vielleicht hast du ja recht. Und deshalb sage ich auch dir, was ich auch den anderen Frauen sagte: Eine jede von ihnen habe ich gern. Ja, ich liebe sie, wie ich dich liebe. Aber sollte sich eine zwischen Sandy und mir drängen wollen, oder uns auseinander, kenne ich keine Freundschaft mehr!"

„Liebe dein kleines Mädchen. Ich habe überhaupt nichts mehr zu verlangen, außer etwas Respekt und Zuneigung von deinen Frauen und dir. In Ablah habe ich offensichtlich eine Freundin gefunden. Nun kann ich es kaum erwarten, deine blinde Susanne und Gloria kennen zu lernen."

Während der Fahrt ins Gebirge, überkam mich die Sehnsucht nach Susanne und Gloria. Und natürlich freute ich mich auf meine Tochter. Nein, ich sehnte mich nach Ruhe im Kreise meiner Lieben. Tief in mir drin spürte ich ein Verlangen nach Harmonie. Nun, da ich meine letzte Aufgabe erfüllt sah, hoffte ich auf eine gemäßigte Zukunft. Ich würde mich zurück nehmen und der Jugend das Zepter überlassen. Dabei dachte ich vor allem an Sandy, Ablah und Susanne. Zunächst mussten sie aber Jenny integrieren.

Nachdenklich blickte ich aus dem verstaubten Fenster auf die vorbeiziehenden Palmen. Tausend Gedanken gingen mir durch den Kopf. In der Ferne standen die Berge wie eine Wand. Bedrohlich und geheimnisvoll. Und doch wunderschön! Vielleicht sollte ich mein Domizil auf Dauer hier aufschlagen. Marokko schien mir ein sicheres Land zu sein. Warum eigentlich nicht? Die Mädchen konnten sich in Dresden ihr eigenes Leben einrichten. Wenn nur Sandy bei mir blieb, und natürlich Jenny. Der Kreis würde sich schließen.

Ablah unterhielt sich mit ihrem Vater auf Arabisch. Das Mädchen hatte ihre Bestimmung gefunden und würde ihren Weg gehen. Meine „Frau vor Allah" war glücklich. Auch Mehmet zeigte nonverbal seinen Stolz auf seine Tochter. Ich konnte seine Handlungsweise in Bezug auf das Mädchen noch immer nicht verstehen. Was trieb ihn, mir seine Tochter nahezu aufzudrängen? Ablah war jung, schön, intelligent und erfolgreich. Sie hätte in Dresden alle Möglichkeiten für einen sozialen Aufstieg. Aber nein …

Mehmet hielt an, da eine Ziegenherde über die Straße getrieben wurde. Die Berge waren schon ziemlich nahe herangerückt und auf einer Weide beobachtete ich eine Herde Kamele beim Grasen. Wie fremd dieses Land uns Europäern doch war!

Meine Kleine lehnte an mir und schlief, während sich die beiden anderen leise unterhielten. Ab und an hörte ich meinen Namen. Meine Gedanken gingen zu Sandy. Sie verlangte nach einem Kind. Eine Frau sehnte sich eben nach Nachwuchs, denn es lag in ihrer

Natur! Ich selbst war mir da nicht so sicher. Nicht, weil ich Angst um ihr Leben hatte. In langen Gesprächen mit Nicole versicherte diese mir immer wieder, dass heutzutage keine Frau mehr bei der Geburt starb. Mina litt sicher unter Alpträumen. Und ich gab Niki leichten Herzens Recht. Trotzdem gefiel mir der Gedanke nicht. Nein, ich wollte kein Kind von meiner Frau! Sie sollte so bleiben wie sie war. Sandy erschien mir selbst noch immer wie ein Teenager. Und so wollte ich sie haben – für immer! Bis zum Schluss!

Ich alter Narr ging straff auf die 60 zu. Die letzten Jahre meines Lebens brauchte ich Sandy einfach! Ein Kind würde nur stören. Andererseits hätte ich kein Recht, es ihr verwehren. Ein Kind wäre ein Meilenstein auf ihrem Weg zur Frau.

Wo war eigentlich meine „Meerjungfrau" geblieben? Es gab eine Zeit, da hätte ich es genommen, wie es kam. „Inschallah", wie der Moslem sagt. Sandy … meine kleine Sandy!

Langsam dämmerte ich weg.

Unsanft wurde ich aus meinem traumlosen Schlaf gerissen. Wir waren in unserem Tal angekommen und die Mädchen warteten schon auf mich, um den Aufstieg zur Hütte in Angriff zu nehmen. Einige einheimische Kinder umringten uns und von weitem grüßten ihre Eltern. Nach langer Zeit akzeptierten sie die seltsamen Europäer. Ich brachte Geld in das Dorf. Schon der Bau meiner Hütte half vielen über den Winter und in diesem armen Land wurde jeder Cent dankbar angenommen. Vor mir lag der steinige Aufweg. Auch hier musste eine Idee her. Ein Aufzug vielleicht? Den Weg selbst wollte ich unverändert lassen. Aber solche Probleme lagen in der Zukunft.

Sandy stand mit Jenny unter einer Palme im Schatten. Der kalte Bergbach kühlte angenehm die Umgebung. Frauen wuschen ihre Wäsche darin und schwatzten und ab und zu warf uns eine einen freundlichen Blick zu. Sie hatten sich an unsere Anwesenheit gewöhnt und tolerierten uns. Selbst Mina traute sich nun manchmal ins Dorf, ohne Angst zu haben, beleidigt oder angegriffen zu werden.

„Mädchen, rafft eure Röcke. Was ist los?", fragte ich, als ich sah, wie sie zögerten. Den Grund erkannte ich sofort. Jenny! Sie rührte sich nicht vom Fleck und Sandy redete auf sie ein.

„Jenny, wovor hast du Angst?", fragte ich.

„Es ist so schön hier", antwortete sie ausweichend.

„Wir gehen jetzt da hoch." Ich zeigte nach oben und erkannte Mina mit meiner Tochter auf ihren Armen oben stehen. Sie erwarteten uns schon sehnsüchtig.

Sandy nahm Jenny an die Hand und zog sie hinter sich her.

„Du hast nichts zu befürchten, komm …"

Wir begannen endlich den Aufstieg. „Mutti!", schrie Sandy plötzlich und rannte die letzten Meter den Berg hinauf. Neben Mina stand plötzlich Ilona. Jenny lächelte. Das vertraute Gesicht gab ihr neuen Mut.

Zunächst begrüßte ich meine Tochter und gab Mina einen Kuss. Ilona schüttelte nur kurz meine Hand und blickte Jenny ausdruckslos an.

„Was haben sie dir angetan, Mädchen?", fragte sie und erwartete doch keine Antwort. Schweigend nahm sie Jenny in ihre Arme, da bei dieser die Tränen flossen. Ich schob es auf die Freude, eine alte Bekannte begrüßen zu können.

„Wo kommst du plötzlich her, Ilona?", fragte ich überrascht.

„Ich hielt es nicht mehr aus. Man sagte mir, du kämst hierher. Also habe ich alte Frau mich auf die Socken gemacht, um Jenny in meine Arme zu nehmen. Und hier bin ich nun."

„Es ist schön, dich hier zu wissen, Schwiegermutter. Aber ich brauche Jenny einen Moment."

Ilona nickte wissend:

„Susanne und Gloria haben die ganze Zeit über spekuliert. Von einer „Tussi" war die Rede. Und von einer affektierten Person. Wie Weiber halt so sind, wenn sie sich langweilen. Am Ende aber, waren sie sich einig. Wenn ein Mann wie du sein Leben für eine Frau aufs Spiel setzt, kann sie so schlecht nicht sein. Und ich erzählte viel von dir, Jenny."

Jenny nahm die brabbelnde Mina II:

„Das ist also dein erstes Kind, Rolf. Es kommt nicht nach dir, denn sie ist sehr hübsch. Hattest du keine Angst, dass sie blind geboren wird?"

„Susanne wurde durch einen Unfall blind. Und außerdem … Komm, ich stell sie dir vor."

Jenny holte tief Luft und folgte mir.

Meine Grazien saßen am Tisch vor unserer Hütte. Ihr Feingefühl riet ihnen wohl, nicht gleich auf uns zugerannt zu kommen. Jenny drückte fest meine Hand.

„Hallo, erst mal. Darf ich vorstellen: Das ist Jenny. Jenny, hier sind Susanne und Gloria."

Jenny ging zum Angriff über. Ich hoffte nur, sie wägte ihre Worte mit Bedacht ab.

„Du bist also die blinde Susanne und die Mutter dieses hübschen Mädchens? Rolf schwärmte ja geradezu von dir. Ich nehme ihm nur zwei Dinge übel. Erstens bist du nicht blind. Und zweitens erwähnte er mit keinem Wort deine Schönheit. Es freut mich, dich kennen zu lernen."

Susi blieb zunächst eine Antwort schuldig und musterte Jenny unverhohlen. Jetzt, aus der Nähe, sah sie erst richtig ihr entstelltes Gesicht. Susanne wiegte nachdenklich ihr Kind.

„Was auch immer Rolf erzählte, es war sicher die Wahrheit. Ja, ich lebte lange Zeit in Dunkelheit. Aber mit seiner Hilfe machte Mina mich sehend. Und ich sehe nun, dass Rolf gut daran tat, auf die Suche nach dir zu bestehen. Sei willkommen."

Susi lächelte Jenny an. Dann wandte sie sich Mina II zu. Jenny reichte nun Gloria die Hand.

„Wenn ich es nicht besser wüsste, würde ich dich doch tatsächlich für die große Gloria halten. Sei gegrüßt."

Gloria erwiderte ihren Händedruck und sagte lächelnd:

„Da du es ja sowieso erfährst: Ja, ich bin die Sängerin. Das heißt, ich war sie. Ich stieg aus, um mit dieser Familie zu leben. Uns alle vereinen Schicksalsschläge. Und ich sehe in dir auch eine gezeichnete Frau. Ich gebe zu, ich war von Anfang an gegen die Suche nach dir. Aus unterschiedlichen Gründen. Doch nun glaube ich, Rolf tat das Richtige – wie immer. Der Kerl hat einfach einen Riecher, wann jemand Hilfe benötigt. Setzt dich doch bitte zu uns und erzähle. Weißt du …"

Ich ging. Keiner nahm noch Notiz von mir. Ich fühlte mich sehr einsam plötzlich. Ilona tratschte mit ihrer Tochter und Mina mit Nicole. Aber wo war Ablah? Mein Blick ging in die Runde. Dort, am Abgrund sah ich zwei schmale Rücken, über welche langes glänzend schwarzes Haar floss. Wie ein Blitz durchfuhr mich die Erkenntnis, dass ja Mara auch noch anwesend sein musste. Aber hatte die in Tunesien nicht braunes Haar gehabt? Ich verlor langsam die Übersicht. Egal. Ich ließ sie sitzen und ging in meine Hütte. Dort warf ich mich auf ein Bett, nachdem ich mich von meinen durchgeschwitzten Klamotten befreit hatte, und stierte an die Decke. Im Geiste zählte ich die Frauen durch. Sandy, Ilona, Ablah, Susanne, Gloria, Mara, Mina II, Mina und Nicole. Gott sei Dank hatte ich wenigstens mein Personal in Marrakesch gelassen. Mehmet war so freundlich, ihnen ein Zimmer zur Verfügung zu stellen. Neun Frauen, eine schöner wie die andere. Jenny besaß immer noch diesen Körper, dessen Erotik mich schon immer faszinierte. Jedenfalls benötigte ich einen größeren Jet, wollten alle auf einmal zurück nach Dresden. Hatte ich nun das Ziel meiner Wünsche erreicht? War ich am Ende meiner jahrelangen Suche nach Glück? Oder begannen meine Probleme erst jetzt? Ich dankte Gott für Sandy und Susanne, ich dankte Allah für Ablah.

Ilona unterbrach meine Gedanken, ehe ich wehmütig wurde.

„Hier bist du also?"

Ilona trug ein legeres Shirt, unter dem die schweren halterlosen Brüste bei jeder Bewegung baumelten. Ihre immer noch tadellose Figur zwängte eine hautenge Jeans ein. Ilona konnte sich mit jüngeren Frauen durchaus noch messen. Es war ihre reife Erotik, die mich schon entzückte, als ich sie damals beim Wäscheaufhängen sah.

„Wo ist meine Frau und deine Tochter?", fragte ich in depressivem Ton.

„Die albert mit den anderen Mädchen rum."

„Dann schließ die Tür und zieh dich bitte aus. Ich möchte mit einer Frau kuscheln. Mir ist einfach danach – bitte!"

Ilona nickte, schloss die Tür ab und zog ihr Shirt über den Kopf. Sie trug nichts darunter und ihre Brüste hingen durch, als sie sich aus ihren Hosen schälte. Mir war im Moment nicht nach Sex. Und doch würde ich mich nicht dagegen wehren, wenn sie es darauf anlegte. Gerade mit der Ältesten meiner Frauen erlebte ich den Akt anders und musste noch nie Rücksicht nehmen. Sie schmiegte sich an mich:

„Du hast wieder Angst vor der Zukunft, habe ich recht?"

Sie streichelte sanft meine Brust. Es tat mir in diesem Augenblick gut.

„Ich fühle so eine Leere in mir."

„Nun, da alles scheinbar vollbracht ist, musst du für klare Fronten sorgen. Sortiere deine Frauen aus. Welche möchtest du um dich haben? Mit denen berate dich. Hier geht es nicht mehr nur um dich. Deine Familie hat ein Eigenleben entwickelt. Du bist jetzt nur noch ein Teil. Die Zeit deiner alleinigen Führung ist vorbei. Und es ist gut so! Du brauchst Ruhe."

Ilona fuhr mittlerweile die Konturen meines Gliedes im Slip nach. Ob mit Absicht oder nur aus Gewohnheit war nicht zu erkennen.

„Noch heute werde ich mit ihnen reden. Es müssen Entscheidungen getroffen werden, wie es weiter geht. Ich werde mich mit Sandy, Ablah, Susanne, Jenny und Gloria an einen Tisch setzen. Auch du sollst dabei sein, Ilona. Bitte richte ein Essen und sag den Mädchen Bescheid. Ich möchte, dass die Genannten meine Familie bilden."

Ich stöhnte auf.

„Und noch eins: Bring es endlich zu ende. Mit der Hand oder mit deiner Spalte."

Gekonnt hatte sie mich subtil bearbeitet. Mein Schwanz schmerzte inzwischen vor Härte. Ilona zog den Slip nach unten und begann mit wechselnder Geschwindigkeit zu reiben. Ich bemerkte, wie sie sich zwischen die Schenkel fuhr.

„Rolf. Eigentlich wollte ich es ja nicht mehr machen. Aber lass es uns noch einmal zusammen tun. Ich halte es nicht mehr aus. Ich möchte dich in mir spüren."

Ohne meine Antwort abzuwarten, hockte sie sich über mich, griff nach meinem Schwanz und setzte ihn an. Sie ließ mich bis zum Anschlag in ihre feuchte Grotte eindringen und entlockte mir ein wohliges Stöhnen.

„Musst dich … nicht … zurückhalten. Spritz …alles in … mich. Ich koooomme!"

Ilona zuckte auf mir wie in epileptischen Anfällen. Auch ich bäumte mich auf, krallte meine Hände in ihre Titten und gab die Säfte zurück, die sie vorher auf meine Oberschenkel gespritzt hatte.

„Das tat gut. Ich bin zwar alt, aber meine Fotze ist noch voller Leben. Seit einer gefühlten Ewigkeit besorge ich es mir schon selbst."

„Du musst dich nicht entschuldigen, Ilona. Es ist immer wieder schön mit dir. Jetzt aber schnell. Berufen wir die Versammlung ein."

Nach einer Blitzdusche ging Ilona Essen vorzubereiten. Ich räumte noch etwas auf, da betrat Sandy die Hütte.

„War es schön mit Mutti?"

„Du wusstest davon?" Ich war ehrlich erstaunt.

„Ja, ich schickte sie schließlich zu dir. Deine Niedergeschlagenheit entging mir nicht."

„Es macht dir nichts aus?"

„Sie ist doch meine Mutti. Sie braucht es auch manchmal. Und sie ist erfahrener als ich."

Ich ließ das so stehen und ging mit ihr hinaus. Draußen nahm mich Jenny in Empfang:

„Rolf, ich möchte mit dir reden. Hast du einen Augenblick Zeit für mich übrig?"

Ich nickte und zog sie zur Bank vor der Schlucht.

„Was hast du auf dem Herzen, Jenny?"

„Ich möchte einfach nur mit dir allein quatschen."

Jenny wollte ihren Kopf auf meine Schulter legen, zuckte aber zurück. Ich zog sie sanft zu mir. Was war aus dieser so selbstbestimmten dominanten Frau geworden? Als ich sie kennenlernte, das heißt, intim mit ihr wurde, strotzte sie vor Tatendrang. Ich konnte mir nicht vorstellen, dass allein ihr Gesicht für diese Wandlung verantwortlich war. Warum sprach sie sich nicht aus?

„Unsere kleine Sandy ist so erwachsen geworden. Ich kann es nicht glauben, und doch ist es so. Dabei ist sie in ihrem Inneren immer noch ein Kind."

„Sie ist geworden, was sie werden wollte. Ich bin unsterblich in sie verliebt. Bitte verzeih mir, Jenny."

„Da gibt es nichts zu verzeihen. Auch ich habe mich verändert. Aber eher zum Negativen. Ich erlebte in Abu Sir ... ach, lassen wir das. Du hast die richtige Wahl getroffen. Auch Sandy liebt dich über alles. Sie drohte mir sogar mich umzubringen, wenn ich dich abspenstig machen sollte."

Jenny lachte und schmiegte sich noch enger an mich. Wie eine Katze schnurrte sie unter meinen Streicheleinheiten.

„Ja, es ist mit uns wie in einem billigen Groschenroman. Überhaupt spielte sich mein Leben wie einem Film ab. Das habe ich nur dir zu verdanken."

Jenny ging nicht darauf ein.

„Und Susanne ist dir sicher auch treu ergeben. War sie wirklich blind? Wie genau bist du an sie gekommen?"

Ich dachte nach. War sie mir wirklich treu? Konnte ich mich auf sie verlassen?

„Susanne ist ein arrogantes junges Ding. Sie war wirklich blind und Eva bat mich um Hilfe für sie ..."

Ich erzählte die Story von Susanne, ihrem neuen Leben an unserer Seite und verschwieg auch ihren „Ausstieg" nicht. Ich erzählte, wie ich sie in der Hütten von Mina fand und eigenartigerweise fing Jenny an zu schluchzen. Ich wollte nicht glauben, dass sie so zart besaitet war und das Schicksal von Susanne sie so mitnahm.

„Was ist los, Jenny? Du birgst ein Geheimnis in dir. Es ist nicht nur dein Aussehen, das dich so verändert hat. Bitte erzähle …"

Nach langer und reiflicher Überlegung begann sie:

„Du hast recht. Es ist vielleicht besser, wenn ich es endlich loswerde.

Der Anfang in Abu Sir begann schleppend. Das schon stehende Gebäude war nicht mehr zu retten und musste abgerissen werden. Ein Neues sollte gebaut werden. Es fehlte an Geld und Baumaterialien. Unter Hilfe der evangelischen Gemeinde Kairo und mit den wenigen finanziellen Mitteln aus Deutschland konnte der Bau schließlich beginnen. Die Einheimischen waren schnell auf unserer Seite und halfen nach Kräften, auch ohne Bezahlung. Anfang schlief ich noch jede Nacht in einem nahegelegenen Hotel. Später blieb ich auf der Baustelle und verbrachte meine Nächte in einer Hütte aus Palmwedeln."

An dieser Stelle stockte Jenny. Ich ließ ihr Zeit. Nach Frauenart fragte sie mich plötzlich zusammenhanglos:

„Sag, Rolf. Liebst du mich wirklich. Gleich was war?"

„Wie kannst du fragen? Hätte ich dich sonst gesucht?"

Ich blickte in ihr vernarbtes Gesicht. Ihre tränenfeuchten Augen erwiderten meinen Blick. Unendliche Qual las ich daraus. Was war ihr widerfahren?

„Jenny. Du musst nicht weiterreden."

Ich küsste sie.

„Eines Nachts, so gegen morgen, hörte ich ein Rascheln. Zunächst dachte ich an eine Schlange. Aber ich entdeckte nichts dergleichen. Das Geräusch hatte einen anderen Grund. Ein junger Ägypter warf die Decke am Eingang zur Seite und stellte sich vor mir auf. Verächtlich blickte er mich an. Ich schlief fast nackt bei dieser Wärme. Unter Verwünschungen hob er seinen Kaftan und präsentierte mir sein erigiertes Glied. Dann warf er sich auf mich und riss mir meinen Slip vom Leib. Ich hatte ihm nichts entgegen zu setzen, er war zu stark für mich. Nur schreien konnte ich, bis er mir etwas dreckigen Stoff in den Mund stopfte und mir die Arme nach hinten bog."

Wieder unterbrach sie sich. Sie litt unter diesen Erinnerungen. Ihr Körper zitterte in meinen Armen.

„Es tat so weh, als er in mich eindrang und ich war der Ohnmacht nahe. Ich hoffte nur, dass es schnell vorbei war. Und es war schnell vorbei! Ehe er sich in mir ergießen konnte, zog ihn jemand von mir herunter. Zwei Bauarbeiter hatten wohl meinen ersten Schrei gehört und nach dem Rechten gesehen. Sie brüllten den Kerl an und schlugen ihn zusammen. Inzwischen tauchten noch mehr Männer mit Knüppeln auf und schlugen auf meinen Vergewaltiger ein. Blut spritzte und Hirnmasse … Sie schlugen ihn tot wie einen räudigen Hund. Es war fast noch schlimmer als die Vergewaltigung. Eine Frau kümmerte sich um mich. Dieselbe, die dich nicht zu mir lassen wollte. Ich brauchte Wochen, um das Erlebte zu verarbeiten. Schon damals spürte ich meine Veränderung. Nie wieder würde ich mit dir Meerjungfrauen ficken! Und dann kam noch …"

Jenny konnte nicht weiter reden. Ein Weinkrampf schüttelte ihren Körper. Hilflos wie selten blickte ich mich nach Sandy um. Sie spürte doch sonst immer besondere Situationen! Und wirklich rannte sie mit wehenden Haaren auf uns zu.

„Rolf, was ist hier los? Du hast so entsetzt geschaut."

Mit einem Blick erfasste sie die Situation.

„Was hast du mit ihr gemacht? Verschwinde!", fauchte sie mich an. Natürlich war ich mir keiner Schuld bewusst. Aber dankbar und nachdenklich ließ ich die beiden allein.

Das Tal lag im Dunklen, obwohl der Nachmittag noch nicht wirklich alt war. Ein seltsamer goldener Schimmer hob die Konturen der schroffen Bergspitzen hervor. Trotzdem kühlte die Luft kaum ab. Meine Mädchen saßen im Bikini um den Tisch. Einzig Ilona schämte sich und trug ein leichtes Sommerkleid. Wohlwollend glitt mein Blick immer wieder zu meiner Frau. Sie trug, passend zu ihrem langen blonden Engelshaar, wenig schwarzen Stoff um Brüste und Scham. Sie sah noch immer mehr nach Kind, als nach Frau aus. Aber auch Susanne hatte die

Schwangerschaft nicht geschadet. Dicke Titten versuchten das Oberteil zu sprengen und ein wenig Zärtlichkeit durch meine Lippen zu erhaschen. Gloria wiederum, trug einen Einteiler. Sie musste sich nicht verstecken mit ihrem reifen Körper. Und Jenny versuchte ihr zerstörtes Gesicht mit einem fast nicht vorhandenen Bikini vergessen zu machen. Und endlich trat auch Ablah aus der Hütte. Meine orientalische Schönheit ließ es sich nicht nehmen, in Wettstreit mit Susi und Sandy zu treten. Sie zelebrierte quasi ihren Auftritt. Mit ihrem neuen Selbstbewusstsein kam auch die Eitelkeit einer Frau, die sich ihrer Schönheit bewusst war. Vor sich her trug sie gekühlten Sekt und speziell für mich ein Bier.

Niemand sprach ein Wort, während Ablah ausschenkte. Jede hing ihren eigenen Gedanken nach.

Ich selbst dachte an Nicole. Sie flehte mich förmlich an sie mit in den „erlauchten" Kreis aufzunehmen. Sie wollte nicht begreifen, dass sie immer noch nur den Status einer Angestellten innehatte. Ihre Augen funkelten vor Wut und Enttäuschung, aber ich konnte und wollte sie nicht dabei haben. Es gäbe nur Streit und die „Familie" war schon größer als ich sie haben mochte. Schließlich schlich sie mit Mara von Dannen.

Mina mussten ähnliche Gedanken plagen. Sie blickte mich nur traurig an, bis ich sie in den Arm nahm und ihr tröstliche Worte ins Ohr flüsterte.

Sandy unterbrach das Schweigen. Selbstsicher begann sie die Beratung:

„Mädchen. Ich spreche heute das letzte Mal als eure gewählte Vertreterin. Die Karten werden heute neu gemischt. Rolf hat seine Mission beendet und wir müssen unsere Zukunft planen. Alle die hier sitzen, sollen in Zukunft unsere Familie bilden. Hat jemand Einwände oder Vorschläge?"

Gemurmel hub an. Gloria beugte sich nach vorn und legte ihre Titten auf den Tisch.

„Sandy. Bei aller Wertschätzung. Was soll das jetzt?"

Sandy schnellte nach vorn und tat es Gloria gleich. Nun lagen schon vier Brüste auf dem Tisch und zwängten sich aus der

Verschalung. Ich bemühte mich, ihnen nicht allzu viel Aufmerksamkeit zu schenken.

„Wir müssen zur Ruhe kommen. Die wilden Jahre sind Geschichte. Was wir nun brauchen, sind Pläne für die Zukunft."

„Wie hast du dir das vorgestellt, Rolf?", mischte sich nun Susi ein.

„Mich lasst aus dem Spiel. Die Angelegenheit betrifft ausnahmslos euch Frauen. Ich ordne mich in allem unter."

„Es betrifft auch dich! Ich habe ein Kind von dir und auch Ablah ist von dir schwanger." Susanne stocherte aufgeregt mit dem Finger nach mir ehe sie fortfuhr.

„Dann hast du wohl auch nichts dagegen, wenn wir deine Jenny nicht aufnehmen. Wir kennen sie doch eigentlich nur von deinen Erzählungen."

Das war mehr als starker Tobak. Zumal die anderen beifällig nickten.

Jetzt legte ich mich auf den Tisch. Auch ohne Titten.

„Jenny hat mehr Berechtigung hier zu sein, als manch andere. Nicht, weil mit ihr alles begann, sondern …"

Die Genannte schnitt mir das Wort ab:

„Die Einwände von Susanne sind berechtigt. Ich habe mich in eure Gemeinschaft gedrängt.

Euer Misstrauen ist gerechtfertigt. Lasst mich einfach in eurer Nähe sein. Ich fühle mich so wohl bei euch. Mit meiner Hackfresse weiß ich nicht wohin. Und in die Verbannung nach Ägypten möchte ich nun nicht mehr."

Im Grunde musste ich den Frauen zustimmen. Sie wussten nichts von der „neuen" Jenny. Und auch nichts von ihrem Problem. Doch Ehrlichkeit bildete eine Grundvoraussetzung für die Harmonie in der Familie!

„Jenny, leg die Karten auf den Tisch. Von Anfang an schätzten wir Offenheit und Ehrlichkeit. Das war schon unsere Maxime, als wir nur zu dritt zusammen waren. Du erinnerst dich sicher. Hier und jetzt erzählst du ihnen, was du mir gebeichtet hast!"

Jenny blickte mich flehend an, ich mitleidslos zurück. Dann begann sie stockend ihre Geschichte zu erzählen. Als sie geendet hatte,

hielt sich Susanne die Hand vor den Mund. Alle schauten sie betroffen an. Nach einer Schweigeminute sagte Gloria knapp:
„Sei willkommen in unserer Familie. Ja, du hast eine größere Berechtigung hier zu sein als ich."
Keine wagte mehr einen Einwand.
„Da wir uns nun endlich einig sind, fahren wir fort", meinte Sandy. „Ich spreche im Folgenden aus, was mein Mann denkt: Wir sind alles mehr oder weniger junge Frauen und Rolf kann und will nicht mehr so. Wir schworen aber damals, keinen anderen Mann zu dulden. Wie denkt ihr heute darüber?"
„Rolf ist mein Herr und niemand sonst!", so Ablah.
„Ich habe ein Kind von ihm und er machte mich zu der, die ich heute bin. Und von Männern bin ich geheilt – endgültig!" Susanne sah mir fest in die Augen.
„Wenn er es Ilona und mir ab und zu besorgt, sind wir zufrieden. Schluss, Aus, Ende."
Das war Gloria.
„Und wie steht es mit dir, Jenny?" hakte Susanne nach.
Die lachte überrascht auf:
„Iiiich? Das soll wohl ein Witz sein? Oder willst du dich lustig machen?"
„Du wirst deine Schönheit wiederbekommen. Ich sprach schon mit Mina. Diese war sehr zuversichtlich. Schließlich machte sie mich sehend und gab Rolf seine Potenz wieder."
Jenny drehte sich erstaunt zu mir:
„Du warst impotent?"
Ich nickte nur verschämt.
„Na, da habt ihr euch ja noch viel zu erzählen."
Plötzlich begann Sandy zu stottern:
„Gut. Wenn das geklärt ist, müssen wir … könnten wir …"
Sie war aus dem Tritt gekommen. Ich wunderte mich sowieso schon, dass sie einfach die Führung übernommen hatte. Meine Frau war noch nicht soweit. Trotzdem erfüllte sie mich immer wieder mit Stolz. Jetzt aber, musste ich ihr helfen.

„Wie ich dich kenne, Gloria, stellst du keine großen Ansprüche an die Zukunft. Deshalb bitte ich dich: kümmere dich um Susi und unser Kind. Ilona, dir übergebe ich unser Haus in Dresden. Such dir eine Reinemachfirma, oder wie die sich schimpfen."

„Wir benötigen niemand für diese Aufgabe. Wir sind genug Weiber, die sich langweilen werden.", meinte sie bissig.

„Dann eben nicht. Mach was du denkst. Geld spielt ja bekanntlich keine Rolle mehr. Nun zu dir Ablah. Du besitzt mittlerweile die deutsche Staatsbürgerschaft und ein sehr gut gehendes Lokal. Ich frage dich nun ernsthaft: Möchtest du jemals wieder nach Marokko zurück?"

Ihr Minenspiel glich dem eines gehetzten Tieres. Unsicher sah sie sich um.

„Du willst mich zurückschicken, Herr?"

„Wir waren beim „Rolf". Und ich schicke niemanden irgendwohin. Du bist eine freie Frau."

„Ich bin keine freie Frau mehr! Ich trage die Verantwortung für ein Geschäft und meine Angestellten. Ich bin mir ihrer Loyalität sicher und sie würden für mich durchs Feuer gehen. Mara, so perfekt sie auch erscheint, würden sie auf Dauer nicht akzeptieren.

Ich bin keine freie Frau mehr, weil ich ein Kind unter meinem Herzen trage. Von dem Mann, den ich über alles liebe und verehre. Und dem ich vor Allah geschworen habe, ihn nie zu verlassen.

Und nicht zuletzt bin ich keine freie Frau mehr, weil ich eine Familie habe, welche mich immer respektiert hat und für die ich in den Tod gehen würde. Diese Familie sehe ich hier am Tisch sitzen und nicht in Marrakesch im Riad. Und ich gehe nur zurück, wenn du mir ins Gesicht sagst, dass ich gehen soll!"

„Danke Ablah. Darauf wollte ich nicht hinaus. Ich wollte dich nur bitten, unser Kind in Deutschland aufwachsen zu lassen und zu erziehen. Und Gloria bitte ich erneut, sich um unsere Kinder zu kümmern. Seien wir doch ehrlich: Egal wie viele Kinder ich noch zeuge oder zeugen kann. Es sind nicht nur meine und die der jeweiligen Mutter. Es sind Kinder unserer Familie. Nicole wird von mir eine Anstellung bekommen. Sie wird vorher bei Mina ihre

Kenntnisse außerhalb des akademischen Bereiches vervollständigen und danach in Dresden für eure und meine Gesundheit sorgen. Sie ist noch sehr jung und unerfahren, gewiss. Aber sie wird reifen und wir wissen, was wir an ihr haben. Jenny biete ich an, vorerst hier zu bleiben. Mina wird ihr sicher helfen. Und wenn ihre Künste versagen, werden wir einen Schönheitschirurgen finden. Ich erinnere mich, von einem sehr guten am Bodensee gelesen zu haben. Das soll aber Jenny für sich selbst entscheiden.

Für mich verlange ich nur eins: Ich möchte mich zurückziehen. Ich bin müde. Für euch habe ich alles getan, was in meiner Macht stand. Viele Fehler habe ich begangen, aber ich denke, ich machte auch vieles richtig."

Ich blickte eine nach der anderen an. Keine sagte ein Wort. Alle schwiegen sie. Deshalb fuhr ich mit meiner Erklärung fort:

„Ich sehe euch und ich bin zufrieden und stolz auf euch, Mädchen. Ihr werdet euren eigenen Weg gehen. Nehmt mich bitte als euer Ehrenmitglied auf. Unser Geld werde ich von meinem Konto auf eines eurer Wahl überweisen. Es ist besser, dass eine von euch die Verantwortung trägt, um Streitereien zu vermeiden. Benötigt ihr Rat, so stehe ich immer zur Verfügung. Auch Sex möchte ich weiterhin mit euch haben. Es wird sich alles einrichten lassen. Aber bitte, nehmt auf mich alten Mann Rücksicht. Das wollte ich nur sagen."

Ich lehnte mich zurück und wartete auf Reaktionen.

„Du willst uns also im Stich lassen?", fragte Gloria erbost.

„Gloria. Bitte. So meinte ich es nicht. Die letzten Jahre vergingen wie ein Rausch. Rolf hier – Rolf da. Ich hetzte von Pontius zu Pilatus, bis ich fast verendete. Du weißt, wovon ich rede. Ich vertraue euch zutiefst. Gönnt mir mit Sandy hier in den Bergen etwas Ruhe."

„Mein Herr hat recht. Er gab seine Gesundheit für uns."

Ablah vergaß, dass sie mich in Zukunft „Rolf" nennen wollte.

„Wir werden es schaffen. Auch ohne ihn. Und er ist ja nicht aus der Welt.", meinte Susanne.

Ich sah einen Lichtstreif am Horizont. Bis plötzlich Ilona ihre Stimme erhob.

„Du möchtest also mit meiner Tochter eine ruhige Zeit hier in den Bergen verbringen? Daraus wird leider nichts."

„Und warum nicht?", fragte ich überrascht.

„Sag es ihm, Sandy!"

Meine Frau erschrak fürchterlich. Ich merkte, wie sie an meiner Seite zusammen fuhr.

„Was soll ich ihm denn sagen, Mutti?"

Ilona beugte sich zu ihr und ihr Gesicht zeigte eine Mischung aus Verachtung und Freude.

„Sag – es – ihm!"

Sandy wurde aschfahl und fing an zu zittern. Mir wurde angst um sie.

„Woher willst du das denn wissen; Mutti?", schrie sie, den Tränen nahe.

„Ich bin nicht dumm, meine Kleine. Die Zeichen sind eindeutig. Mich wundert nur, dass es noch niemand bemerkt hat."

„Sandy, meine liebe Frau! Was für ein Geheimnis trägst du in dir?", beschwor ich sie.

Sie ließ den Kopf sinken.

„Kein Geheimnis. Ich glaube – glaube, ich bin schwanger."

Diese Offenbarung traf mich wie ein Schlag mit dem Holzhammer! Tausend Gedanken schwirrten auf einmal durch meinen Kopf. Die Glückwünsche der Frauen nahm ich nur wie durch einen Nebel wahr.

Ich erhob mich und lief schweigend in die Bergwelt. Ich musste allein sein mit meinen Emotionen.

Sandy wünschte sich so sehr ein Kind. Und auch bei mir überwog die Freude. Die Worte von Nicole trafen bei mir auf fruchtbaren Boden: „Niemand stirbt heutzutage mehr bei einer Geburt!"

Dennoch verspürte ich die unterschwellige Angst, es könnte zu Komplikationen kommen und ich würde einen lebenswichtigen Teil von mir verlieren.

Ich beobachtete das Tal mit den zerbrechlich wirkenden Hütten. Es war dunkel, aber von unten erklang fremdartige Musik. Die Dorfbewohner feierten ein Fest. Über ein Feuer briet man sicher einen Hammel. Apathisch stierte ich nach unten.

Gloria hatte sich angeschlichen und setzte sich neben mich auf den Stein.

„Wo ist meine Frau, Gloria?", fragte ich ohne sie anzublicken.

„Sie ist glücklich, aber traut sich nicht dieses Glück mit dir zu teilen."

„Bin ich so ein Unmensch geworden? Sag es mir, Gloria."

„Ein Unmensch? Nein! Aber übersensibel. Wo ist dein Glauben geblieben?"

„Glauben? An Gott oder Allah? Welcher dieser beiden Götter prüft mich so stark?"

„Ich meine deinen Glauben an eine glückliche Wendung. Damals zog ein Mann ins Nachbarhaus, an dem mich sofort seine leichte Sicht der Dinge faszinierte. Der es nahm, wie es kam. Den gibt es nicht mehr. Zuviel geschah seither. Ich verstehe deine Ängste. Aber ich selbst glaube nicht an düstere Prophezeiungen. Rolf! Geh zu deiner Frau und freue dich mit ihr. Nimm sie in den Arm und zeig ihr deine Sorgen nicht. Gerade jetzt, wo sie schwanger ist, darfst du sie nicht psychisch noch mehr belasten!"

Längst hatte Gloria meinen Kopf auf ihre Brüste gelegt und streichelte mich wie ein kleines Kind.

„Versteh mich nicht falsch, Gloria. Ich freue mich auf ein Kind von Sandy. Aber ..."

„Pscht. Sag nichts mehr, alter Mann. Alles wird gut. Da bin ich mir sicher."

Noch lange lag ich niedergeschlagen an ihrer Brust. Ich schämte mich meiner Gefühle in ihrer Gegenwart nicht. Gloria wusste um meinen inneren Kampf.

„Rolf! Wenn ich es nicht besser wüsste, würde ich sagen, dass gerade eine Meerjungfrau den Bach herauf schwamm. Du bist ein Spezialist für solche Art Frauen. Willst du sie nicht ficken?"

Mit war nicht nach Scherzen zu mute. Aber ihre sanfte Art beruhigte mich.

Wir gingen zurück. Sandy scherzte mit den Mädchen. Nichts erinnerte daran, dass sie quasi vor kurzem ihr eigenes Todesurteil verkündet hatte, wenn man Mina glauben durfte.

Ich bat Sandy mit mir zu kommen und wir gingen in unser Zimmer. Nackt sprachen wir uns aus und ich versicherte meiner Kleinen meine Freude über das Kind. Ich bat sie, mir das „kleine Mädchen" zu machen. Wie am Anfang unserer Bekanntschaft, einfach nur „Liebe machen". Schnell vergaß ich meine Sorgen, als ich ihre herrlichen Brüste liebkosen durfte und den Saft aus ihrer kleinen und engen Spalte lecken. Als ich sanft in sie eindrang und genussvoll in sie stieß, trieb ich langsam und gemeinsam mit ihr in eine Welt, in welcher es keine Sorgen mehr gab. Die ganze Nacht verbrachten wir zusammen, als wenn es das letzte Mal wäre. Als irgendwo ein Hahn krähte und der Muezzin der kleinen Moschee die Gläubigen zum Gebet rief, sagte Sandy:

„Ich bin und bleibe dein kleines Mädchen", und schlief ein. Ich aber, blickte an die Decke dachte an die Jahre mit Sandy zurück. Bei mir wollte sich kein Schlaf einstellen.

Just in einem der seltenen Momente, allein das Frühstück zu mir zu nehmen, steuerte Ilona auf mich zu. Eigentlich war es fast Mittag, aber der Tisch stand noch voller Reste des Morgenmahls meiner Weiber.

Ohne einen Morgengruß setzte sich meine Schwiegermutter mir gegenüber, schob den Brotkorb zur Seite und sah mir streng in die Augen.

„Du wirst doch meiner Tochter keine Vorwürfe machen?!"

„Ich wünsche dir auch einen guten Morgen", antwortete ich und erstickte dabei fast an dem harten Fladenbrot. „Wir wohnen praktisch Tür an Tür und du hast bestimmte meine dauernden Vorhaltungen an deine Tochter heute Nacht gehört."

Ein Schluck lauwarmes Wasser löste die Krümel in meinem Hals langsam auf.

„Du weißt genau, was ich meine. Rolf, meine Tochter wünschte sich so sehr ein Kind. Freu dich mit ihr und scheiss auf die Prophezeiung einer alternden Frau!"

Ich spuckte wutentbrannt einen Dattelkern auf den Boden: „Verdammt nochmal! Was willst du eigentlich von mir, Ilona?", schrie ich sie an. Ich erschrak über mich selbst.

Alle Frauen unterbrachen ihre Tätigkeiten und horchten auf. Also winkte ich sie zu mir.

Sie nahmen um mich herum Platz. Mara, Nicole und Mina wussten nicht so recht, wie sie sich verhalten sollten. Auch sie forderte ich auf, sich zu setzen. Nur Sandy schlief noch den Schlaf der Gerechten nach den Strapazen der vergangenen Nacht.

„Um ein für alle Mal klarzustellen: Ich freue mich auf das Kind und werde Sandy nicht bedrängen, es abtreiben zu lassen! Und ich verspreche hiermit feierlich, meiner Frau meine Sorgen nicht anmerken zu lassen!"

„Wir sagten doch überhaupt nichts", beschwichtigte Susanne und holte eine Titte raus, um Mina zu stillen.

„Aber ihr denkt! Und ich möchte nicht, dass ihr denkt!", schrie ich wieder.

„Das ist doch Scheiße, Rolf. Du bist mit deinen Nerven am Ende und lässt es an uns aus. Da mache ich nicht mit. Wir alle machen da nicht mit."

Gloria sprach eine tiefe Wahrheit gelassen aus. Die Schwangerschaft von Sandy stellte eine große Belastung für mich dar.

„Wo ist überhaupt Jenny?", fragte ich. Langsam verlor ich tatsächlich den Überblick.

„Jenny tut das einzig Richtige. Sie kümmert sich auch mal um deine Frau. Was glaubst du, wie die sich fühlt? Du siehst dich immer als Mittelpunkt der Welt! Der arme Rolf hat ja solche Angst. Scheißkerl! Nimm dir ein Beispiel an deiner Kleinen."

Gloria ereiferte sich aus gutem Grund. Wenn auch ihre Art immer etwas gewöhnungsbedürftig war.

Jedenfalls reifte langsam ein Plan in mir. So richtig festhalten konnte ich ihn noch nicht, aber er nahm Formen an. Ich spielte noch etwas mit meiner Tochter und ihrer Mutter. Gerade sie vernachlässigte ich zunehmend. Susanne sog meine Zärtlichkeiten auf, wie ein Schwamm das Wasser. Ich bat sie zu einem Spaziergang.

„Du bist ruhig geworden, Susi. Was quält dich?", begann ich zu fragen und hatte doch Angst vor der Antwort.

Sie überlegte und sah mich von der Seite an. Susanne hatte nichts von ihrer Schönheit verloren. Und die kleine Mina wurde ihr immer ähnlicher.

„Du bist der Grund für meine Sorgen. Du hast dich geändert. Wo ist die alte Zeit geblieben? Ich würde mein Augenlicht wieder hergeben, wenn ich die Uhr zurückdrehen könnte. Es gefällt mir alles nicht mehr. Die vielen Frauen ständig um mich herum. Die einsame Gegend hier. Versteh mich bitte nicht falsch. Ich liebe sie alle. Aber manchmal wird es mir einfach zu viel. Mir geht es eigentlich gut. Ich habe eine Aufgabe. Ich liebe dich und unser gemeinsames Kind. Aber ich möchte zurück nach Dresden in ein geordnetes Leben. Mit dir in unser altes Café gehen und herumblödeln. Es gefällt mir nicht mehr hier in Marokko. Und

Ablah wird auch immer nervöser. Gloria wird immer aggressiver und gereizter. Jetzt haben wir noch diese Mara am Hals und, bitte entschuldige, deine Jenny. Schaff endlich klare Verhältnisse! Und versprich mir bitte eines. Ich flehe dich an. Sollte Sandy wirklich sterben, verlass uns nicht! Die Kinder brauchen einen Vater. Ich werde mich dann um das Kind von Sandy kümmern. Wie mein eigenes nehme ich es an. Ja, auch ich werde um meine Freundin Sandy trauern. Sie ist ein Teil von mir geworden. Wir möchten aber nicht auch noch dich verlieren. Ich habe Angst, Rolf. Das mein Kind ohne Vater aufwachsen muss. Angst habe ich um Sandy, welche mir eine Vertraute wurde. Angst, dass sich deine emotionale Belastung noch stärker auf unsere Familie auswirkt und sie auseinander bricht. Das ich Ilona als eine Mutter verliere. Denn sie ist nicht so stark, wie es den Anschein hat. Oft, wenn sie glaubt, keiner bemerkt es, weint sie still vor sich hin. Was soll werden, Rolf? Du weißt doch immer alles. Bitte beruhige mich!"
Längst saß ich auf einem Stein und stützte meinen Kopf auf meine Hände. Susanne wiegte Mina auf ihren Armen mit Tränen im Gesicht.
„Ist es wirklich so ernst, Susi?"
Ich erwartete keine Antwort und bekam keine. Ein Umdenken war dringend nötig. Meine Familie drohte den Bach hinunter zu gehen. Unruhe schwelte unter der Oberfläche. Eigentlich hätte ich die Spannungen selbst bemerken müssen. Und Auslöser war zweifelsohne der drohende Tod von Sandy. Alle liebten und respektierten sie. Das kleine Mädchen mit der großen emotionalen Stärke. Die Frau, die für jeden ein gutes Wort übrig hatte und den Überblick behielt. Diesem sanften Wesen drohte der Tod! Und es würde mich nicht wundern, wenn sie mir die Schuld geben würden. Es war meine verdammte Pflicht, für Ruhe zu sorgen! Und Jenny tauchte tatsächlich zu einem äußerst unglücklichen Zeitpunkt auf. Wenn sie wenigsten ihr altes Selbstverständnis noch hätte. Resolut, schlagfertig und optimistisch lernte ich sie kennen. Geblieben war nichts davon. Auch wenn ab und zu etwas durchsickerte. Auf wen konnte ich noch bauen? Nein, ein letztes

Mal würde ich das Zepter übernehmen! Sandy wird nicht sterben! Das schwor ich mir. Sie durfte nicht sterben! In diesem Augenblick realisierte ich, was mein kleines Mädchen für die Frauen bedeutete. Sie, und nicht ich, war die Seele der Familie. Eine Abtreibung des Kindes kam nicht in Betracht. Also würde ich eine andere Lösung finden, falls Komplikationen eintraten.

Mina fing an mit quengeln und riss mich aus meinen Gedanken. Ich nahm sie Susi ab und drückte sie an mich – meine Tochter!

„Sandy wird nicht sterben. Das verspreche ich. Ihr zwei werdet noch oft zusammen sitzen und auf meine Kosten Späße machen. Eure Kinder werden zusammen aufwachsen und miteinander spielen. Und wer weiß? Eines Tages werden die drei Kinder sich doch an den alten Mann erinnern der ihr Vater war und sich solche Sorgen machte. Susanne, ich möchte dich glücklich sehen. Wir erlebten so viele schöne Stunden. Ich liebte einst das arrogante, wunderschöne Mädchen. Nun bist du eine Frau. Und ich liebe dich wie damals. Wir alle änderten uns mit der Zeit …"

Ich redete wirres, dummes Zeug einfach so vor mich hin, während auch mir die Tränen in die Augen stiegen. Susi schmiegte sich an mich. Selbst Mina zupfte spielerisch an meinem Ohr. Vor uns lag das Tal mit dem eiskalten Gebirgsbach. Ein Raubvogel suchte nach Beute.

Nein, Marokko würde nie zu unserer Heimat werden. Ein Rückzugsort, vielleicht. Aber wir mussten zurück, solange noch Zeit war. Zeit, die Familie zu retten! Zurück nach Deutschland, nach Dresden.

Susanne weinte still vor sich hin. Ihre Nerven lagen blank. Warum nur, musste Mina mir von ihrer Vision erzählen? Weil ich es damals von ihr forderte! Andrerseits gab es mir die Möglichkeit, schon im Vorfeld alles zu tun, um Sandy zu retten.

„Sag mir, was ich tun muss, Susi."

„Frag doch lieber Sandy", antwortete sie mit tränenerstickter Stimme.

„Ich kann kein Mädchen fragen, dass emotional so stark belastet ist. Außerdem ist sie noch nicht so weit. Du bist die Intelligente in der Familie."

„Oh Rolf. Du unterschätzt deine Frau. Sie ist weiter als du denkst. Weißt du das nicht? Aber ich sage dir, was zu tun ist. Bring uns zurück nach Dresden in unser Heim. Dann sortiere die Frauen aus. Mara soll sich eine Wohnung suchen. Entlasse Nicole. Wir brauchen sie nicht. DU brauchst sie nicht mehr. Sie war doch sowieso nur ein Spleen von dir. Jenny sollte hierbleiben. Mina versprach ihr Hilfe und sie wird gern vorerst bleiben wollen. Ich schätze sie als vernünftige Frau ein. Sie weiß, dass sie im Moment ein störender Faktor ist.

Konzentrier dich nicht nur auf Sandy. Gib auch Ablah und Gloria das Gefühl, geliebt zu werden. Und wenn es soweit ist, kümmere dich um die beste medizinische Hilfe für Ablah und Sandy. Und wenn es unser gesamtes Vermögen kostet. Die beiden liegen mit ihren Geburtsterminen nicht weit auseinander. Vielleicht können wir drohendes Unheil abwenden und schlussendlich wieder glücklich zusammen leben. Ich freue mich so auf meine Villa."

„Gut. So, wie du es sagst, werden wir es machen. Aber was ist mit Susanne? Hat die keine Wünsche?"

Susi lächelte ihr schönstes Lächeln.

„Ehe wir spazieren gingen, hatte auch ich Wünsche. Doch meine Zweifel sind jetzt ausgeräumt. Rolf liebt und schätzt Susanne noch."

„Ja, Susi. Ich liebe dich und entschuldige mich, wenn ich dich vernachlässigt habe. Wir werden nach Dresden fliegen und alles wird gut. Komm, verkünden wir es den Frauen."

So kam es, dass wir Hand in Hand und lachend zurückkehrten. Sandy schenkte uns beiden einen Kuss. Es tat ihr gut, jemand lachen zu sehen. Ich bat alle an den Tisch und verkündete meinen Plan, welcher eigentlich von Susanne stammte. Gloria und Ablah atmeten erleichtert auf, Nicole zog einen Schmollmund und Jenny erklärte sich einverstanden, vorerst bei Mina zu bleiben.

Ich nahm mir Jenny zur Seite.

„Möchtest du nicht mit uns kommen. Wir besitzen ein großes Haus. Auch dein Gesicht könntest du in Ordnung bringen lassen."

„Nein, Rolf. Ich wäre nur eine zusätzliche Belastung für euch. Euer Verhältnis ist sowieso angespannt genug. Und Mina versprach mir Hilfe. Sie ist eine Quacksalberin, aber sie hat Ahnung, wie du selbst schon erfahren hast. Wenn die Sache mit Sandy durchgestanden ist, will ich natürlich dein Kind sehen. Sandy liegt mir immer noch am Herzen. Aber es ist im Moment für alle besser, wenn ich hierbleibe."

„Gut. Danke, das macht es mir einfacher. Der drohende Tod von Sandy stellt eine Bewährungsprobe dar. Ich muss erst Ordnung schaffen. Morgen werden wir abreisen. Dann gebe ich dir den Schlüssel für unsere Hütte. Ich liebe dich immer noch, Jenny. Das kann ich dir versichern. Obwohl du nicht mehr die Alte bist."

„Du hast dich auch geändert, Rolf. Ernst bist du geworden. Du fickst keine Meerjungfrauen mehr. Wäre ich doch nur in Dresden geblieben. Wir hätten so glücklich werden können. Rolf, du hast eine wundervolle Familie. Tu alles für ihr Glück und vergiss mich nicht. Ich bin dir so dankbar für alles."

Ich nahm sie in meine Arme und küsste sie.

„Du machtest aus deiner Sicht das Richtige und halfst vielen Menschen in Ägypten. Wir werden wieder glücklich sein, du wirst sehen. Rede nicht, als wenn wir uns für immer verabschieden. Du bist ein Teil dieser Familie. Ohne dich gäbe es sie gar nicht. Ich brauche dich und bitte darum, mir heute Nacht Gesellschaft zu leisten. Du strahlst noch immer eine starke Erotik auf mich aus."

Jenny lachte nur und verweigerte mir eine Antwort.

Am Abend zog ich Jenny in unser Gemach. Sandy erklärte sich einverstanden und verbrachte die Nacht zum Abschied mit Nicole. Jenny stand verschämt vor mir und wusste nicht so recht, was tun.

„So zieh dich bitte aus. Dein Gesicht ist verbrannt, nicht dein Körper. Und was ich sehe gefällt mir."

„Was sollte dir denn an mir noch gefallen?"

„Alles! Ich beweise es dir."

Schnell zog ich meine Hosen nach unten und mein halbsteifes Glied schnellte nach vorn. Diese harten Tatsachen überzeugten sie anscheinend. Denn sie ließ sich ohne weitere Gegenwehr von mir entblättern. Mein Schwanz stieß hart gegen ihren Bauch, als ich sie küsste. Ich drängte sie an die Wand, bückte mich etwas und drang in sie ein. Ihre sehr feuchte Grotte strafte sie Lügen. Auch Jenny benötigte den Sex! Ohne Bewegung genoss ich einfach ihr Innerstes. Ich griff an ihren Hintern und hob sie hoch. Sie schlang ihre Beine um mich und ich trug sie zum Bett. Dort zog ich mich aus ihr zurück und Jenny präsentierte sich breitbeinig auf der etwas harten Matratze. Ihre behaarte Spalte schimmerte silbrig und die Quelle tief in ihr sprudelte reichlich, als ich den Schlitz öffnete. Mit meinem Daumen reizte ich ihren Kitzler, bis er fast platzte und ich ließ es mir nicht nehmen, meinen Mittelfinger einzuführen, um ihre samtige Vagina zu erforschen. Jenny begann, sich zu winden und zu stöhnen. Zunächst eher verhalten, dann aber immer intensiver. Bis sie mich anflehte, endlich in sie zu kommen. Es kostete mich wenig Überwindung, ihrer Bitte nachzukommen. Mit meiner Eichel reizte ich ihren Eingang. Jenny hielt es nicht lange aus und zog mich an meinem Hintern bis zum Anschlag in sich. Was soll ich sagen? Die halbe Nacht liebten wir uns wie in alten Zeiten. Sie war nicht mehr die Jüngste und ich erst recht nicht. Und doch fanden wir in dieser Nacht unsere Jugend wieder. Ausgelaugt und übernächtigt traten wir schließlich am Morgen aus unserem Zimmer. Meine Mädchen wuselten schon vor der Hütte herum. Gloria schlich um die Hütte, prüfte hier einen Balken, dort eine Schraube.

„Darf ich fragen, was du da treibst?", fragte ich sie verwundert.

„Ich überprüfe nur das Haus, ob sich etwas gelockert hat. In dieser Nacht scheint es mehrere leichte Erdbeben gegeben zu haben. Ununterbrochen wackelte die Hütte."

Das Gelächter war groß und ein gutes Omen für die Zukunft, welche heute beginnen sollte.

Mehmet fuhr uns wie immer zum Flughafen. Ohne Murren oder auch nur einen Cent zu verlangen, kutschierte er uns auf Anruf durch die Gegend. Und das nun schon seit Jahren! Ich musste mich irgendwie abfinden. Aber wie? Mit Geld würde ich ihn beleidigen. Da brachte mich das Wetter auf eine Idee. Sein alter Ford litt unter dem Mangel einer leistungsfähigen Klimaanlage. Und ich wusste beim Flughafen eine Mercedes-Vertretung. Die Stunde würde ich mir noch Zeit nehmen. So schnell sah ich Marokko und Mehmet sicher nicht wieder. Vorbei am Menara - Garten erreichten wir endlich den gleichnamigen Flughafen. Durchgeschwitzt und stinkend verließen wir fluchtartig das beengende Gefährt. Eine Polizeistreife in weißen Uniformen überlegte wohl, ob unser Auftreten gesetzeskonform war. Denn sie gestikulierten in unsere Richtung und entschlossen sich dann doch, uns in Ruhe ziehen zu lassen. Carla winkte uns schon von weitem zu. Mina II schrie sich die Seele aus dem Leib und ging mir damit im Moment gehörig auf den Kranz. Flehend blickte ich Sandy an und die verstand. Sie bat die Damen umgehend in die Halle und forderte Susi auf, mit dem Säugling im Wickelraum zu verschwinden. Ich aber, krallte mir Mehmet und zog ihn Richtung Autohändler. Ohne ihn über meine Absicht aufzuklären, kaufte ich zunächst an einem Kiosk zwei überteuerte, aber gut gekühlte Wasser. Mehmet sah sich genötigt, das Gespräch zu eröffnen.

„Möchtest du mir noch etwas sagen, Rolf?"

Ich verneinte vehement.

„Dann sage ich noch etwas zum Schluss", fuhr er fort. „Ich gab dir mein Kind mit nach Deutschland, in der Hoffnung, dass das Schicksal oder Allah sie glücklich macht. Du brachtest mir sie als Frau zurück. Wie soll ich sagen? Ich bin so stolz auf sie!"

„Dann sag es ihr doch auch einmal!", fauchte ich ihn an. „Ablah hat immer das Gefühl, dass sie in deinen Augen nichts wert ist. Sie ist eine wunderbare Frau und verdient eine solche Behandlung nicht. Ablah ist keine devote Marokkanerin mehr, sondern meine Frau! Und als meine Frau möchte ich dich bitten, sie zu respektieren! Schon lange liegt es mir auf dem Herzen, dich auf die Tatsachen hinzuweisen. Du tratst sie mir ab und ich bin nun ihr „Herr". Sie ist einfach fantastisch und ich gebe sie nicht mehr her. Und Ablah würde sich über eine Anerkennung von dir sehr freuen."

Mehmet sagte nichts dazu. Schließlich betraten wir die Ausstellungshalle der Mercedes – Vertretung. Kurz angebunden und den penetrant aufdringlichen Verkäufer nicht beachtend, suchte ich den teuersten Wagen aus. Mehmet fragte nur, wozu ich einen Kleinbus bräuchte? Ich antwortete, dass er inzwischen die Kennzeichen seines alten Ford abschrauben könne. Irgendwann ging auch ihm ein Licht auf und er wehrte sich gegen ein neues Auto mit Händen und Füßen. Das käme nicht in Frage, dass er sich von mir auf diese Art bezahlen lassen würde. Mir waren seine Reaktionen wurscht und ich bezahlte den Wagen mit Kreditkarte. Der Verkäufer wolle sich um alle Formalitäten kümmern und Mehmet könne das Fahrzeug nach einer angemessenen Frist sofort mitnehmen. Dieser wiederum, gab schließlich klein bei und freute sich.

Auf dem Rückweg zur Flughafenhalle wirkte er nachdenklich.

„Rolf, ich möchte mit meiner Tochter reden. Hast du noch etwas Zeit?"

„Jede Zeit dieser Welt", antwortete ich.

Angekommen, sagte ich:

„Ablah. Dein Vater möchte mit dir allein reden. Geht doch einen Kaffee trinken."

„Nein, Rolf. Es geht auch dich an."

Am Tisch blies ich meinen Kaffee kalt. Ablah wirkte verunsichert und sah ihren Vater von unten herauf erwartungsvoll an. Endlich begann Mehmet mit seiner Abschiedsrede:

„Meine Tochter. Ich werde dich, wie ich mitbekommen habe, eine lange Zeit nicht sehen. Deshalb ein paar Worte von mir zum Abschied. Ich sprach mit deinem Mann vorhin. Es machte mir verschiedene Dinge begreiflich, die ich dir noch sagen wollte. Du kannst mir glauben, es fällt mir nicht leicht. Meinen Dickkopf kennst du ja. Wie beginne ich am besten?"

Mehmet schlürfte einen Schluck und sah mich ratlos an. Nie hätte ich vermutet, dass ein gestandener Mann wie er in solche Verlegenheit kommen könnte. Ich ahnte, was er sagen wollte und es war auch nichts Schlimmes. Doch sein Stolz und die angestammte Überlegenheit des Mannes über die Frau im Islam ließ ihn stocken. Eigentlich konnte ich mir ein Lächeln fast nicht verkneifen. Aber es wäre falsch gewesen. Ablah schwieg zum Glück, denn ein Wort von ihr hätte ihn einen Rückzieher machen lassen. Endlich überwand er sich.

„Ablah. Als ich dich damals mit Rolf weg schickte, wollte ich, dass du deinen Horizont in Europa erweiterst und dich entwickelst. Du solltest nur jemanden an deiner Seite haben, der sich für dich verantwortlich fühlte. Und zu gegebener Zeit wärst du zu uns zurückgekommen. Ich konnte nicht ahnen, dass du dich in diesen Mann verliebst, der dein Vater sein könnte und der diese Liebe erwidert, auch wenn er sich lange dagegen sträubte. Deine Entwicklung nahm einen rasanten Verlauf. Du bist nun eine erfahrene Frau und hast mehr erreicht, als ich je in Aussicht hatte. Deine Mutter und ich reden oft von dir und unser Herz ist leicht. Was ich damit sagen möchte, ist schnell gesagt. Meine Tochter! Ich bin so stolz auf dich! Geh deinen Weg und werdet zusammen weiterhin glücklich. Und ich hoffe, dass ich bald mein Enkelkind in den Arm nehmen darf. Sei deinem Mann eine gute Frau und höre auf ihn. Auch er wird bald deine Hilfe benötigen. Dann sei für ihn da. Und noch einmal versichere ich dir meine Hochachtung und die deiner Mutter."

Ablah traten die Tränen der Rührung in die Augen.

„Ich liebe dich, Vater. Was ich wurde, verdanke ich nur deiner Weitsichtigkeit und dem Vertrauen eines Mannes, welcher mir lieb wurde. Ich werde dir auch in Zukunft keine Schande bereiten, Vater. Das verspreche ich. Und ich werde meinem Mann eine gute Frau sein, mag kommen was will. Ich weiß deine Worte zu schätzen. Bitte richte auch Mutter meinen Dank für alles aus. Ihre Güte und Bescheidenheit prägte mich von Kindheit an."

Sie umschlangen sich noch einmal. Dann nahm Ablah meine Hand und drückte sie ganz fest, so als ob es ein Abschied von ihrem Vater für immer sein würde und sie Trost benötigte.

Ich selbst fand die Szenerie reichlich übertrieben. Ein kurzes, symbolisches Schulterklopfen hätte es auch getan. Erst später sollte ich erfahren, dass es tatsächlich ein Abschied für immer war.

Zwei Monate später erlag Mehmet einem Herzinfarkt! Der Notarzt kam Minuten zu spät. Haifa überlebte den Verlust ihres Mannes nur ein paar Tage. Ablah sagte, sie hätte gespürt, dass ihr Vater sterben würde und trauerte nur kurz. Ihre Eltern waren in Allahs Paradies und es wäre kein Grund zur Trauer. Ich bat Ablah, mir etwas über den Tod im Islam zu erzählen. Sie nickte und begann: „Bereits zum Zeitpunkt seines Todes - wenn der Engel des Todes am Kopf des Sterbenden steht und die Seele des Menschen mit der Erlaubnis Gottes vom Körper entnimmt - wird jeder Mensch wissen, wo sein zukünftiger Platz sein wird: im Paradies oder in der Hölle. Denjenigen, welche die Engel friedlich abberufen, sagen die Engel: "Friede sei mit euch, tretet ein ins Paradies für das, was ihr getan habt." und die Seele verlässt sanft den Körper.

Mein Vater war ein guter Mensch und ich bin sicher, dass er im Paradies sein wird!"

Testamentarisch vermachte er das Riad Ellen, falls Ablah das Erbe ausschlug. Und sie stand nach dem Tod ihrer Eltern fester zu mir, denn je. Sie wollte das Riad verständlicherweise nicht. Die letzte Brücke zu ihrer Heimat brach mit dem Tod ihrer Eltern. Ablah wagte einen Neuanfang in Deutschland und den gab sie nicht mehr auf.

Doch zurück zur Gegenwart. Wir bestiegen also unseren Jet und Ablah lehnte sich an mich. Es war alles andere als alltäglich in einer Gesellschaft wie der ihren, dass ein Vater seine Tochter lobte und Stolz erfüllte ihr Herz. In mir sah sie die Ursache, dass sich ihr Leben in eine positive Richtung entwickelt hatte. Ablah war immer noch nicht viel mehr als ein Mädchen. Aber hartnäckig und zielstrebig wie eine erfahrene Geschäftsfrau, verfolgte sie ihre Ziele und hatte Erfolg damit. Mein Part bei der Sache bestand nur darin, dass ich ihr den Erfolg ermöglichte. Zu gering, um ihren Dank anzunehmen. Alles was sie erreichte und noch erreichen würde, war ihr eigener Verdienst. Ich zweifelte keinen Augenblick, dass ihre geplante Zweigstelle ein voller Erfolg würde. In Mara hatte sie die geeignete Frau für das neue Projekt. Es blieb nur zu hoffen, dass sie Ablah auf Dauer als Chefin akzeptierte und loyal zu ihr stand.

Mein Blick ging zu Mara, welche schräg vor mir saß. Etwas verloren spielte sie mit ihren Fingernägeln, wie das alle Frauen, die sich langweilten zu tun pflegten. Ihre Schönheit nötigte mir Respekt ab. Gern hätte ich sie in meiner Nähe. Nicht um des Fickens willen. Nein. Ihr Anblick tröstete nur meine „alten" Augen. Sie war auch nicht mehr taufrisch, etwa 10 Jahre älter als Ablah, und doch entfachte sie ein Verlangen in mir. Wie gesagt, nicht nach Sex, sondern nach perfekten weiblichen Formen. Aber ich versprach, sie wegzuschicken, sobald wir in Dresden waren. Ebenso wie die freche Nicole, die neben Mara saß. Ich erblickte nur ihre dünnen, langen Beine.

Sie hatte die Abfuhr noch nicht verwunden und schmollte noch immer. Niki war dreist und direkt. Eine Göre nur. Aber ich hätte sie formen können wie ein Stück Lehm. In manchen Situationen tat sie mir gut und ehrlich gesagt, liebte ich auch ihre kleinen, handlichen Titten. Wie sagte Susi doch treffend: „Sie ist doch nur ein Spleen von dir."

In dieser Beziehung stimmte ich Susanne zu. Schon damals im Krankenhaus war mir ihr Körper näher als ihr Wissen. Mal abgesehen von ihrem vorlauten Mundwerk, welches mir viel Beherrschung abverlangte. Eine wirkliche Aufgabe hatte ich für Nicole in Dresden nicht. Die Sache mit Sandy erschien mit zu ernst und komplex, um sie einer kleinen Krankenschwester zu überlassen. Und meine erste Pflicht bestand darin, Ruhe in die Gemeinschaft zu bringen. Wenn meine Kinder auf der Welt waren, begann für uns eine neue Zeitrechnung. Alles hing davon ab, ob

Sandy bei der Geburt wirklich Probleme bekam. Bei einem guten
Ausgang würde ich alle, wirklich alle zu einem großen Fest laden.
Auch Danny mit ihrem krummschwänzigen Kevin, und ihre
Mutter Ellen, aber ohne ihrem „Gorilla". Und bei dieser
Gelegenheit konnte man verschiedene Entschlüsse neu
überdenken.

Ich zermarterte mir das Hirn und wusste doch, es würde wieder
einmal alles anders kommen. Wenigstens verging die Zeit. Alle
schwiegen aus unerfindlichen Gründen. Im Grunde mussten sie
doch froh sein, wieder gen Heimat zu fliegen. Wo war die Zeit
geblieben, als meine Mädchen und ich schwatzend und
schnatternd durch die Gegend flogen und die Stewardessen in den
Wahnsinn trieben?

Carla bat uns endlich, die Sicherheitsgurte anzulegen und uns für
die Landung vorzubereiten.

Die Monate bangen Wartens auf die Entbindungen meiner Mädchen vergingen. Es geschah nichts Aufregendes. Schnell lebten wir uns wieder in der Heimat ein.

Mara zog nicht in eine eigene Wohnung. Ablah wollte sie für die Zeit der Einarbeitung in ihrer Nähe wissen. Zusammen fanden sie ein geeignetes Objekt für ihre Zweigstelle. Es handelte sich dabei um ein heruntergekommenes Haus in der Nähe des Zwingers. Mara verfiel in einen Rausch, den ich in ihr nicht vermutet hätte. Mit Eifer ging sie die Sache an. Es wäre schließlich später ihr Lokal. Lächelnd wies ich sie auf Ablah hin, denn die Gaststätte würde ihr gehören. Mara winkte nur ab. Auch wenn Ablah ihre Chefin wäre, so würde sie die Aufgabe zu ihrer ureigensten Sache machen. Die Frage nach der Finanzierung des Objekts stellten beide nicht erst. „Ablah´s Tajine" aber, unser altes „Trödeleck" wurde von Vera und Lola perfekt geleitet, so dass sich Ablah selbst um andere Dinge und um ihre eigene Schwangerschaft kümmern konnte.

Oft saßen wir zusammen in unserer Traditionsecke und schwärmten von alten Zeiten. Die Situation in meiner Familie hatte sich entspannt, wie von Susanne voraus gesehen.

Der Tod von Mehmet traf Ablah unvorbereitet, obwohl sie es ahnte. Kurze Zeit später starb noch Haifa, wie es sich für ein altes Ehepaar scheinbar gehörte. Ablah verwand es schnell. Zur Bestattung in Marrakesch flogen nur wir zwei. Sandy sollte sich keiner Belastung mehr aussetzen, darauf bestand ich.

Ellen war natürlich auch unter den Leidtragenden. Unabhängig von unserem gespannten Verhältnis, blieb sie doch in engem Kontakt mit Mehmet. Er hatte sie schließlich protegiert.

Ich nutzte die Gelegenheit, um meinen Frieden mit Ellen zu schließen. Der Zwist ging ausnahmslos von meiner Seite aus und ich hatte ihr nichts vorzuwerfen. Nach der Bestattung nahm ich sie zur Seite.

„Ellen! Ich möchte mich bei dir für mein Verhalten entschuldigen. Bitte verzeih."

„Ist schon gut, Rolf. Bleiben wir Freunde. Ich liebe dich noch immer."

Sie gab mir einen flüchtigen Kuss. Ich zog sie an mich und unsere Zungen tanzten wie in alten Zeiten im Reigen. Früher hätte ich sie in ein abgeschiedenes Zimmer gezogen. Und ich glaube, sie hätte sich nicht geziert. Aber es war vorbei! Jeder lebte sein eigenes Leben.

Ablah bat Ellen und mich an einen Tisch.

„In meinen Händen halte ich das Testament meines Vaters. Darüber möchte ich mit euch reden. Er vermacht mir, neben einer überraschend hohen Barschaft, natürlich auch das Riad. So ich ablehnte, bestimmt er Ellen zur Erbin."

Ablah blickte sie scharf an und fuhr fort:

„Was soll ich tun, Rolf?"

„Was willst du tun? Was sagt dir dein Herz? Wäge ab. Hier ist deine Heimat und in diesem Riad bist du groß geworden. Jede Wand hier, erzählt auch von deiner Jugend und deinem Leben. Lehnst du das Riad ab, so lehnst du auch deine Vergangenheit ab. Andererseits bautest du dir in Dresden eine neue Existenz auf. Freundinnen warten auf dich und ein Mann, der dich liebt. Es ist allein deine Entscheidung, die du nicht auf mich abschieben kannst."

Ablah trank einen Schluck Wein. Eigentlich verbot ich ihr Alkohol während der Schwangerschaft. Aber sie wusste natürlich selbst um die Gefahren.

Sie erhob sich und lief überlegend im Zimmer umher.

„Du könntest das Riad behalten und einen Pächter einsetzen. Das wäre das Einfachste", versuchte ich sie zu beeinflussen.

„Nein!", sagte sie resolut. „Ich habe mich entschieden und ich mache einen Cut. Meine Zukunft liegt in Dresden bei dir und den Frauen. Ich investierte schon zu viel, als jetzt aufzugeben. Und das Riad läge mir auch wie ein Klotz am Bein. Ellen, finden wir einen Konsens. Das Geld benötige ich für meine Pläne in Dresden. Möchtest du das Riad haben?"

Ellen erklärte sich einverstanden und Ablah schloss endgültig mit ihre Vergangenheit ab.

Sie ging durch das Haus, befühlte hier eine Verzierung, nahm dort eine Vase hoch. Mal lächelte sie, mal überzog Trauer ihr Gesicht.

„Nimm mit, was du möchtest. Alles, was dir lieb war, Ablah", bat Ellen.

Nach einer Weile des Erinnerns ging sie zielstrebig auf einen Stuhl zu:

„Diesen Stuhl möchte ich als einzige Erinnerung haben."

Verwundert sahen wir uns an.

„Diesen alten Stuhl?" fragte ich nach.

„Ja, es ist der Stuhl, auf dem ich dich das erste Mal sitzen sah."

„Mein Gott, musst du verliebt sein!", rief Ellen spöttisch.

„Ich lasse nicht zu, dass du so von Dingen redest, die du nicht verstehst!", fauchte Ablah zurück.

„Ist ja schon gut. Ich selbst war auch einmal in diesen Mann verliebt. Ich liebe ihn immer noch – aber halt anders."

Nachdem die Frauen alle Formalitäten geklärt hatten, verabschiedeten wir uns in Richtung Berge. Jenny zu besuchen, war eine Selbstverständlichkeit. Ablah blickte noch einmal wehmütig zurück, ehe wir in das Taxi stiegen. Mehmet würde uns nie wieder fahren. Mein Schwiegervater in Spe verließ uns und hinterließ mir sein Vermächtnis. „Pass auf meine Tochter auf", so war sein Credo. Er vertraute mir Ablah an und wohlwollend beobachtete er unsere Liebe und die großartige Entwicklung seiner Tochter. Ich glaube, er starb in Frieden mit der Welt. Ebenso wie seine Frau Haifa, von welcher Ablah so viel erbte. Haifa war ruhig, fleißig, sanftmütig und voller Güte. Wie auch meine Frau vor Allah, Ablah.

Am Fuß „unseres" Berges entlohnte ich den Fahrer fürstlich und er drängte sich förmlich darum, uns wieder abholen zu dürfen. Tag und Nacht, wie er betonte.

Jenny begrüßte uns freudig erregt, nach dem etwas mühsamen Aufweg.

„Du siehst ja schon fast wieder gesellschaftsfähig aus", komplimentierte ich unbeholfen. Tatsächlich sah sie wirklich schon viel besser aus. Die Wülste der Narben gingen zurück und die transplantierte Haut verschmolz farblich mit der übrigen.

Jenny freute sich und zuckte nicht mehr zurück, als ich sie küsste. Sie erwiderte meine Zärtlichkeiten leidenschaftlich und begrüßte danach Ablah. Die zwei Frauen tauschten sogleich und ohne Übergang Neuigkeiten aus. Ich nutzte die Gelegenheit, um Mina zu begrüßen.

„Es ist so leer und einsam hier. Ich hatte mich so an das Gewusel und die kleinen Nicklichkeiten gewöhnt."

„Es musste sein, Mina. Verstehe uns doch."

„Ja, ihr wart ein einziges Nervenbündel. Aber keine traute sich etwas zu sagen."

„Eine traute sich dann doch. Was habe ich für kluge Mädchen an meiner Seite. Susanne riet mir, was zu tun sei. Sandy beschäftigen jetzt andere Probleme. Ich muss die Familie wieder führen, bis alles überstanden ist."

„Ich glaube mittlerweile auch, dass Sandy in Deutschland geholfen werden kann. Meine Vision erfüllt doch noch einen guten Zweck. Dadurch gab ich euch die Möglichkeit, zu handeln. Hier wäre sie mit Sicherheit gestorben."

„Lass uns nicht mehr davon reden, Mina. Wollen wir zur Höhle gehen?"

Sie überlegte:

„Nein Rolf. Kümmere dich um deine Jenny. Wir sprachen oft über dich. Das kannst du dir ja denken. Jenny wünscht sich nichts sehnlicher, als an deiner Seite zu sein."

Mina zwinkerte mir mit einem Auge zu:

„Jenny kennt die Höhle noch nicht. Ich verriet nichts von unserem Geheimnis. Wenn du also ihr …"

Ich nickte wissend, küsste sie und wandte mich zum Gehen. Mina rief hinterher:

„Nebenbei bemerkt, ist sie sehr flink mit ihrer Zunge, Wenn du weißt, was ich meine."

Ohne mich umzudrehen, lachte ich in mich hinein. Jenny schien auf dem rechten Weg.

Ich unterbrach das Gespräch der beiden Frauen und bat Jenny, mir zu folgen. Gemeinsam wanderten wir scheinbar ziellos durch die raue Bergwelt.

„Mina ist eine Koryphäe auf dem Gebiet der Alternativmedizin", begann Jenny die Konversation.

„Mina ist als Hexe verschrien", erwiderte ich. „Die einfachen Menschen verstehen sie nicht und haben sie geschnitten. Inzwischen wurde sie aber berühmt, schon durch die Tatsache, dass sie eine blinde Frau sehend machte. Als Mehmet mir von ihr erzählte, wollte ich nicht an ihre Fähigkeiten glauben. Aber sie blieb die einzige Alternative."

„Du liebst deine Susanne wohl sehr?"

„Nach deinem Weggang, nötigte mich Eva förmlich, mich um diese Kleine zu kümmern. Es hing viel Geld und Einfluss an diesem Auftrag. So recht wollte ich ja nicht, nur meine Ruhe. Dann besuchte ich sie doch!" Ich lachte bei dieser Erinnerung. „Du hättest sie sehen sollen, wie sie in ihrem Plattenbau saß. Arrogant, menschenscheu und doch tief in sich drin verzweifelt. Eine verwöhnte Göre, die das Schicksal gebeutelt hatte. Sie taute eigentlich erst durch Sandy richtig auf. Aber lassen wir das jetzt. Ja, ich liebe sie, wie ich alle meine Frauen liebe. Dich einbezogen. Und nun zeige ich dir etwas."

Inzwischen standen wir vor dem Gebüsch, welches die Höhle verbarg. Ich schob es zur Seite und der Eingang zeigte sich. Jenny kroch interessiert hinein. Innen weitete sie sich zu einem großen Saal. Von den Stalagtiten tropfte gleichmäßig das Wasser. Staunend blickte sich Jenny um. Ich umschloss von hinten ihre Brüste mit meinen Händen. Sie ließ es geschehen, als ich ihr in den Slip fuhr und ihre Spalte reizte.

„Ich gebe zu, dass dieser Ort etwas Erotisches an sich hat", meinte sie, während sie meine Berührungen genoss. Mein Finger fühlte die sämige Feuchte in ihrem Höschen und mein Penis reagierte entsprechend. Sanft führte ich sie zu jenem Stein, der schon viele Nummern sah. Im schummrigen Halbduster der Höhle glänzte er fast schon. Jenny wusste, was ich von ihr erwartete und schob ihre

Hosen in Erwartung meines Fleisches nach unten. Sie nahm umgehend auf dem Stein Platz und spreizte ihre Schenkel.

„Komm in mich Rolf. Ich möchte dich tief in mir spüren", hauchte sie.

Da war sie wieder, meine alte Jenny. Voller Begehren und Liebe nahm ich sie. Zögerlich und vorsichtig zuerst, dann wild und zügellos. Sie war die Frau, die meinen schon verloren geglaubten Trieb wieder neu entfachte. Ich genoss jeden Zentimeter von ihr, wieder und wieder. Mehrfach ergoss ich mich und Jenny trieb auf ihrer Wollust dahin. Zu lange hatte sie sich zurück gehalten, weil sie glaubte, nicht mehr begehrenswert zu sein. Es brach aus ihr heraus, dass die Stalagtiten wackelten.

Dann erreichten wir den Punkt, wo wir nicht mehr konnten. Schwer atmend rutschten wir zu Boden.

„Die Höhle verdient ins Weltkulturerbe aufgenommen zu werden", sagte sie.

„Glaubst du, dass es nur an der Höhle lag und nicht an unserer aufgestauten Lust?"

„Du Schuft wusstest genau, was mich hier erwartete. Sicher besuchst du oft diesen Ort. Du hast mich wissentlich verführt und wusstest, dass ich mich hier nicht wehren würde."

„Nun mal langsam, Jenny. Ja, ich kannte das Geheimnis dieser Höhle. Aber ich wollte dich! Deinen Körper und deine Liebe. Und ich bin sicher, du wolltest es auch."

Sie lehnte sich an mich.

„Es tat so gut, Rolf. Ich möchte mit dir wieder zusammen sein. Nimm mich mit nach Dresden. Mein Gesicht ist dank Mina fast wieder vorzeigbar."

„Ich werde dich holen, versprochen. Aber erst nach der Niederkunft meiner Frauen. Der Zeitpunkt ist noch zu ungünstig. Was aus meiner Familie wird, entscheidet sich danach. Sollte Sandy wirklich sterben, bin ich nicht mehr der Alte. Dann werden die Karten neu gemischt. Auch wenn sie, wie ich stark hoffe, überlebt. Dann sei mir willkommen."

Meine Sorgen wuchsen mit den Bäuchen von Sandy und Ablah. Die erste Geburt stand kurz bevor und aufgeregt kümmerte ich mich zunächst vornehmlich um meine schöne Orientalin. Im Vorfeld organisierte ich mit viel Überredungskunst und Geld die besten Ärzte und Hebammen im Klinikum. Sie würden auf Abruf bereitstehen.

In der Familie herrschte trotz der heimatlichen Gefühle noch immer ein angespanntes Klima. Immerhin fühlten sie sich zu Hause wohler, als in den unbekannten Weiten Marokkos. In Anbetracht der Situation begrüßte ich den Entschluss, zurück in die Heimat zu fliegen. Und ich begrüßte täglich meine alte Linde vor dem Fenster. Mara stürzte sich mit Eifer in die Aufgabe und unterstützte Ablah mehr als ihr anfangs lieb war. Dennoch war sie froh darüber.

Sex war momentan kein Thema mehr und wenn sich meine Natur doch meldete und die „Schmerzen in meinen Hoden", wie Sandy es ausdrückte, zu groß wurden, stellten sich Gloria oder Ilona zur Verfügung. Lust empfanden wir dabei alle nicht.

Um die Ausstattung in Glorias Haus würde uns jeder Kindergarten beneiden. Oft spielte ich mit meiner Tochter dort. Zusammen mit Susanne wurden wir wieder Kinder. Und auch Sandy und Ablah ließen sich oft dort blicken, schauten zu und streichelten dabei ihre Bäuche. Die Rahmenbedingungen stimmten also und die Kinder konnten kommen.

Ablah ging als erste in den Kreißsaal.

Ich machte mir, wie sicher alle werdenden Väter, um sie Sorgen. Ich sprang wie ein Derwisch um ihr Bett herum, während sie sich unter den ständigen Wehen quälte, bis Gloria mich hinauswarf. Erleichterung empfand ich erst beim Anblick des Krankenwagens. Natürlich fuhr ich mit, nach einem bissigen Wortwechsel mit den Sanitätern. Die nächste Hürde überwand ich vor dem Kreißsaal. „Sind sie der Vater des Mädchens? Dann müssen sie draußen warten." Mit diesen Worten stellte sich mir eine resolute Krankenschwester in den Weg. Erbost antwortete ich: „Sehe ich aus wie ihr Vater? Ich bin der Vater des Kindes!"

Ungläubig blickte sie mich an und sprach:
„Na gut. So etwas soll es geben. Kommen sie."
Um es vorweg zu nehmen: Ich blieb freiwillig vor der Tür, wollte
das Drama nicht sehen! Nicht schon vor Sandy!
Also suchte ich mir einen Platz nahe dem Kaffeeautomaten und
stierte mit glasigem Blick in meinen Plastikbecher. Und in einen
Zweiten … und in einen Dritten …
Um mich abzulenken, sinnierte ich über das alte Thema: Wie ficken
Meerjungfrauen? Vor kurzem sah ich den vierten Teil von „Pirates
oft he Caribbian". Dort hatten die Jungfrauen nicht einmal Titten!
Was mich zu der Frage brachte: Warum sind Männer so scharf auf
Brüste? Liegt die Ursache wirklich in der postantalen Phase? Dann
müssten Frauen ebenso drauf abfahren. Titten gibt es in
unendlicher Vielfalt: Groß, klein, spitz, rund, flach, hängend,
stehend und, und, und. Ich selbst hatte viele zur Auswahl und
favorisierte die Brüste von Sandy. Weich und doch straff, die
richtige Größe und von einer unglaublichen Zartheit. In letzter zeit
spannten sie regelrecht und ab und zu trat Milch aus ihren Drüsen.
Ich legte gern meinen Kopf auf die weichen Polster. Aber das galt
auch für meine anderen. Nur die von Ilona eigneten sich langsam
nicht mehr zum Kuscheln. Auch die Nippel …
„Mein Herr! Ich gratuliere, sie haben einen Sohn."
Eine freundliche Schwester unterbrach meine Grübeleien.
„Einen Sohn?" Ich war stolzer Vater eines Sohnes!
Die Gute führte mich zu Ablah, welche entkräftet und verschwitzt,
aber lächelnd im Bett lag. In ihren Armen ein Bündel Mensch.
„Herr, wie versprochen schenkte ich dir einen Sohn."
Die Anrede „Herr" war kontraproduktiv, denn die vorher
freundliche Schwester funkelte mich nun böse an.
„Du wolltest mich doch „Rolf" nennen, Ablah. Ich bin nicht mehr
dein „Herr"", flüsterte ich, aus Angst die besondere Situation
durch laute Worte zu zerstören.
„Bitte lass mich dich auch in Zukunft so nennen. Du warst und
bleibst mein „Herr". Ich wurde so glücklich durch dich. Die ganze
Welt könnte ich umarmen."

„Also gut. Nenne mich auch weiterhin so. Was könnte ich dir an einem solchen Tag schon abschlagen?"

„Übrigens kannst du deinen Sohn auch in den Arm nehmen", sagte sie als sie mein Zögern wahrnahm.

Ich nahm das Bündel also vorsichtig hoch und Stolz durchflutete mich. Fast schwarze Augen blickten mich an. Er war ganz Ablah.

Die Schwester forderte mich auf, der Mutter etwas Ruhe zu gönnen und bat mich nach draußen.

Vorher aber, fragte ich Ablah nach dem Namen. Ich wollte ihr die Namensgebung überlassen.

Ohne nachzudenken schlug sie „Mika – Rolf" vor, einen Doppelnamen. Mina und Mika! Warum nicht? Ich nickte und ging.

Natürlich wurde die Ankunft des neuen Erdenbürgers in unserer Kneipe gebührend gefeiert. Sandy, dessen Niederkunft in ca. drei Wochen erwartet wurde, konnte sich nicht so recht freuen. Die Schmerzen allein konnten nicht schuld sein. Aber ich verstand sie. Nachdem meine erste Euphorie über Mika verflogen war, kehrten auch bei mir die Sorgen zurück.

Eines Tages legte Ablah mir meinen Sohn in die Arme und Ilona setzte sich neben uns.

„Rolf! Merkst du nicht wie deine Frau leidet?", fragte Schwiegermutter. „Die Freude um deinen Sohn ist verständlich. Jetzt musst du dich aber um Sandy kümmern."

Ablah redete dazwischen:

„Herr! Ich werde mich mit Susanne ausschließlich ins Frauenhaus zurückziehen. Ich möchte, dass du nur noch für die Herrin da bist. Bleib bei ihr und muntere sie auf. Lass dich nicht gehen, bitte. Ich merke dir deine Angst an. Angst, mit Sandy allein zu sein und ihren Schmerz zu teilen. Ich fühle mit dir, verstehe deine Befürchtungen. Mit jedem Tag, den die Geburt näher rückt, wächst der Druck in dir. Aber Sandy braucht dich! Deine Stärke und Liebe. Gerade jetzt! Was glaubst du, wie die sich erst fühlt? Sie möchte sich an dich anlehnen, den geliebten Mann bei sich haben. Und außerdem geht es Sandy den Umständen entsprechend gut. Auch das CTG ergab nichts, was Sorgen bereiten könnte. Da ist eben nur der Druck, den ihr euch selbst macht. Es wird alles gut gehen, glaub mir."

„Ich stimme Ablah zu", meinte Ilona. „Es ist nicht mehr lange hin. Bis dahin kümmert ihr euch um euch selbst. Geht in den Garten, schreibt euch gegenseitig Liebesbriefe oder bastelt Papierlaternen. Beschäftigt euch. Aber hängt nicht jeder für sich in einer Ecke und überlegt, was passieren könnte. Hast du mich verstanden, Schwiegersohn?"

Ich nickte nur und schweigend suchte ich Sandy. Sie saß auf meinem Sessel und betrachtete die alte Linde. Meine Kleine erkannte mich an meinem Schritt und ohne mich anzusehen, sagte sie:

„Ich kann Jenny verstehen, warum sie stundenlang die Palmen beobachtete. Auch für sie schien das Leben zu ende. Auf diese Art kann man sich am besten an die alten Zeiten erinnern."

Sie sagte das so unendlich traurig, dass mir fast die Tränen kamen. Meine so mental starke Frau schloss mit ihrem Leben ab! Das konnte und durfte ich nicht zulassen! Aufgabe und Resignation waren die ersten Schritte in den Untergang. Nun musste ich für sie stark sein. Ich nahm ihren Kopf an meine Brust:

„Sandy, mein Mädchen. Sag doch nicht immer solche Sachen. Du wirst leben! Alles wolltest du für mich tun, aber ich forderte nie ein Opfer von dir. Jetzt aber fordere ich, dass du kämpfst. Für mich, für unser Kleines und für dich! Was soll aus mir werden, wenn du mich verlässt? Und es wird nicht passieren. Du wirst sehen. Zusammen werden wir alt. Ich lasse nicht zu das du dich aufgibst, nur weil eine Frau aus den fernen Bergen Marokkos schlecht träumte! Ich freue mich so auf unser gemeinsames Kind. Mach die Freude nicht kaputt – ich beschwöre dich! Ich weiß, es ist schwer für dich. Du bist selbst noch fast ein Kind."

Damit ließ ich es bewenden. Sandy sagte nichts, sondern lehnte sich nur an mich.

Ja, dann brach der Tag an, an dem sich unser Schicksal entscheiden sollte. Sandy´s Wehen nahmen kein Ende. Die Schmerzen brachten sie fast um den Verstand. Ich fühlte mich unendlich hilflos.

Zusammen fuhren wir in das Krankenhaus. Auf dem Weg zum Kreißsaal nahm sie meine Hand und flüsterte:

„Ich bin dein kleines Mädchen – für immer."

Es klang wie ein Abschied und versetzte mir einen Stich ins Herz. Und wie zur Bestätigung meiner schlimmsten Befürchtungen litt sie urplötzlich unter Atemnot. Sie bekam keine Luft mehr und rang verzweifelt nach etwas Sauerstoff. Ihr Gesicht nahm die Farbe des Todes an. Sofort wurde sie von Ärzten und Schwestern umringt, die mich unsanft beiseiteschoben. Ein Geschrei hub an. Von Intubation war die Rede. Von plötzlichem Blutdruckabfall und Herzstillstand. Ich stand wie paralysiert mitten im Saal und blickte auf die weiße Wolke. Von Sandy sah ich nichts. Ein Arzt drehte sich wutentbrannt zu mir um und befahl, mich endlich rauszuwerfen. Ich hätte hier nichts verloren. Eine Schwester zog mich am Arm nach draußen und beruhigte mich. Sie hätten alles im Griff. Nach einer Weile hörte ich ein Baby schreien. Und noch etwas vernahmen meine ungläubigen Ohren: Ein unregelmäßiges, immer langsamer werdendes Piepen. Nach langen Sekunden kündete ein durchgehender Pfeifton vom Ende eines irdischen und jungen Lebens. Ich drückte die Hände an meine Ohren, wollte es nicht hören. Verzweifelt und gequält schrie ich auf. Meine Sandy! Mein kleines Mädchen! Warum nur, warum?

Leere und tiefe Schwärze breitete sich in mir aus. Ein Arzt entschuldigte sich bei mir und faselte etwas von Fruchtwasserembolie. Er redete auf mich ein bis ich ihm wutentbrannt befahl, endlich seine unfähige Schnauze zu halten. Ein Tumult bahnte sich am anderen Ende des Ganges an. Eine Gestalt in schäbigen Klamotten bahnte sich ihren Weg durch den Widerstand der Schwestern. Im Gefolge hatte sie Ilona und Gloria. Mina! Wo kam die auf einmal her? Sie nickte mir nur kurz zu.

„Halte mir das Gezücht von Schwestern fern. Ich möchte Sandy helfen."

„Du kommst zu spät", meinte ich traurig.

„Vertrau mir und lass mich mit ihr allein."

Konnte sie denn Tote zum Leben erwecken? Hielt sie sich für Gott? Nein, sie ist Mina. Mina, die Anbetungswürdige. Hoffnung keimte in mir auf.

„Ich vertraue dir."

„Was sucht diese dreckige Person hier?" Ein Arzt versuchte sie aufzuhalten.

Ich stellte mich zwischen die beiden und packte den Mediziner am Kragen und zischte ihm drohend zu:

„Diese Frau wird jetzt in das Behandlungszimmer gehen. Und zwar allein! Du sorgst dafür, dass sie ungestört bleibt! Was könnte sie denn noch für einen Schaden anrichten? Sag mir lieber wie es meinem Kind geht."

Spöttisch lächelte mir der Typ ins Gesicht.

„Sie ist wohl eine Wunderheilerin? Eine Hexe?"

„Genau das ist sie! Eine Hexe, die Macht über Leben und Tod hat. Sie kann sogar Blinde wieder sehend machen, ob du es glaubst oder nicht."

Gloria mischte sich schließlich ein.

„Geben sie der Frau eine halbe Stunde. Sonst mache ich sie öffentlich fertig und das Krankenhaus gleich mit, Herr Doktor ..." Sie blickte auf das Namensschild. „... Heiner."

Der wiederum überlegte, womit man ihm drohen konnte. Plötzlich hellte sich sein Gesicht auf.

„Sind sie nicht die große Gloria?"

„Die bin ich und glauben sie mir, ich kann ihnen großen Ärger machen mit meinen Beziehungen."

Schnell sprach sich die Anwesenheit des großen Stars herum und alle möglichen Personen umlagerten sie mit Autogrammwünschen. Mina und Sandy waren vergessen. Nebenan lag eine tote junge Frau, die ihr Leben noch vor sich hatte und das Personal verlangte nach Autogrammen einer abgehalfterten Schlagerqueen. Mein

Kopf war leer, ich dachte an nichts. Ilona saß weinend neben mir. Wie prophezeit, hatte meine Sandy mich verlassen. Alle Heilkünste versagten. Warum gerade sie? Ein blühendes Leben, ausgelöscht in einem Atemzug! Konnte Gott nicht mich zu sich holen? Ich blieb mit meinem Schmerz allein. Nicht einmal mein Kind wollte ich jetzt sehen. Ich kauerte mich wie ein Häufchen Unglück auf die Bank und nahm nichts mehr um mich herum wahr. Nein, Tränen kamen mir nicht, dafür war später noch Zeit. Aber was zum Teufel, machte Mina so lange in dem Zimmer? Was auch immer sie trieb, sie sollte ihre Zeit bekommen. Ich klammerte mich nur zu gern an diesen Strohhalm.

Verlegen und zögernd trat eine Schwester mit tränenfeuchten Augen an mich heran. Sie schien die Einzige, der dieser Tod nahe ging. Sicher war sie neu in dem Beruf. Auf ihrem Arm trug sie ein Stoffbündel.

„Es tut mir so leid um ihre junge Frau", schluchzte sie. „Aber vielleicht ist das hier ein kleiner Trost für sie."

Damit reichte sie mir das Bündel. Ich blickte in ein verschrumpeltes Gesicht.

„Es ist ihre Tochter. Die Kleine ist gesund und wohlauf."

Zärtlich stupste ich auf das Näschen. Leben für Leben. Ich seufzte auf und eine Träne stahl sich aus meinen Augen. Verwässert sah ich die Tür zum Behandlungszimmer sich öffnen. Ich erschrak. Mina lehnte am Rahmen, verschwitzt und um Jahre gealtert. Sie konnte sich kaum auf den Beinen halten. Eine Schwester bot ihre Hilfe an. Mina stieß sie brüsk zur Seite und kam zu mir.

„Sandy möchte dich sprechen."

Abrupt stand ich auf.

„Du hast ...", dann versagte mir die Stimme. Ich legte meine Tochter in Ilonas Arme. Ungläubig lief ich zur Tür. Dr. Heiner merkte etwas und wollte hinter mir her ins Zimmer. Gloria stellte sich ihm in den Weg.

„Bitte, Herr Doktor. Zerstören sie nicht diesen Moment."

Er schüttelte mit dem Kopf.

„Das ist doch alles nicht wahr. Die Frau lügt! Das Mädchen kann nicht wieder leben!"

Ich schlich auf leisen Sohlen an ihr Bett und erkannte sie fast nicht wieder. Blass, mit eingefallenem Gesicht. Ihre geschlossenen Augen schwarz umrandet und vom ehemals so vollen Mund blieb ein schmaler Schlitz. Sie rührte sich nicht. Aber ihr Brustkorb hob und senkte sich. Von Gefühlen überwältigt, flüsterte ich: „Sandy?"

Mit flatternden Lidern öffnete sie ihre Augen.

„Ich sah ein Licht. So warm und voller Glückseligkeit. Es war so schön und ich fühlte mich geborgen und zu Hause."

Nun liefen mir die Tränen. Hemmungslos weinte ich drauflos. Ich wollte sie umarmen und liebkosen, meine kleine Frau, aber traute mich nicht.

„Nicht weinen, alter Mann. Ich bin doch bei dir. Ich bin doch dein kleines Mädchen."

Kraftlos strich sie mir über mein Haar. Dann schlief sie wieder ein. Gloria konnte die Ärzteschaft nicht länger zurückhalten. Sie strömten kopfschüttelnd ins Zimmer. Nach dem ersten Schock über die Wiedererweckung verlangte es sie, Mina zu sehen. Doch die war verschwunden.

„Kommen sie. Wir müssen ihre Frau noch untersuchen und ein paar Tage hierbehalten. Ich bringe sie nach draußen."

Es handelte sich um eine ältere, erfahrene Schwester, die sicher das Wechselbad meiner Gefühle ahnte.

„Benötigen sie einen Psychologen?", fragte sie.

„Nein danke, Schwester. Ich habe alles, was ich brauche. Dessen können sie gewiss sein."

loria fuhr uns nach Hause. Susanne und Ablah nahmen mich in Empfang. Ich zitterte vor psychischer Erschöpfung. Aber auch die Mädchen trugen verheulte Augen zur Schau. Gloria hatte sie über Handy auf dem Laufenden gehalten.

„Leg dich erst einmal hin", meinte Ablah. „Ruh dich aus. Mina schläft auch schon eine Weile."

Willenlos ließ ich mich von den Mädchen entkleiden. Sie gaben mir noch einen Kuss und schlossen sacht die Tür hinter sich.

Was war das für ein Tag. Ich würde ihn zum Feiertag für die Familie deklarieren und Mina ein Denkmal setzen. Wir hatten die Frau brüskiert und sie nicht in unserer Gemeinschaft haben wollen. Nun standen wir alle vollends in ihrer Schuld, besonders ich.

Etwa 12 Stunden währte mein Schlaf. Dann betrat ich unseren Salon. Alle saßen sie da und scherzten. Mina in der Mitte auf der Couch. Sie sahen mich lächelnd an.

„Deiner Frau geht es den Umständen entsprechend gut, Rolf", informierte mich sofort Gloria. „Sie kann bald wieder nach Hause."

Schweigend ging ich zu Mina, kniete mich vor sie hin und legte meinen Kopf auf ihre Beine.

„Ich bin dir zu großem Dank verpflichtet. Verlange was du willst. Es sei dir gewährt."

„So steh doch auf. Du machst dich ja lächerlich."

Mina zog mich hoch.

„Wir alle haben Mina zu danken", sagte Susanne.

„Mina, wo kamst du so plötzlich her? Erzähle!"

Ablah hüstelte verlegen:

„Ich habe sie holen lassen. Mich beschlich so ein eigenartiges Gefühl. Obwohl bei Sandy nichts auf Komplikationen hinwies, wollte ich auf Nummer sicher gehen. Ohne euer Wissen fuhr ich zum Flughafen, drückte deinem Flugpersonal eine Menge Geld in die Hand und beschwor sie, unverzüglich Mina einzufliegen. Koste es, was es wolle. Ich erklärte ihnen nur kurz, um was es ging. Nebenbei bemerkt: Du kannst dich voll auf sie verlassen. Sie

gingen durchs Feuer für dich. Ja, und sie brachten Mina rechtzeitig
her."

„Dann stehe ich auch in deiner Schuld, Ablah."

„Du stehst in niemandes Schuld, Rolf. Ich tat es für Sandy, und
natürlich für dich."

„Danke! Und nun bist du an der Reihe."

Ich hielt Mina im Arm. Sie trug Wäsche von Gloria. Eng anliegend
und Figur betonend. Erfreut bemerkte ich eine aufsteigende Lust.
Ehe sie ihre Story zum Besten geben konnte, küsste ich sie
ausgiebig, nicht ohne auch mal ihre Brüste zu kneten. Keine der
anderen Damen erhob dagegen Einwände.

Als Mina zu Atem kam, warnte sie mich:

„Du solltest mit deinen Gunstbeweisen sparsamer umgehen. Sonst
fordere ich doch noch etwas von dir."

„Es sei dir im Voraus gewährt. Aber erst erzählst du!"

Mina trank einen Schluck Saft und richtete ungeniert ihre
verrutschten Brüste.

„Ich befand mich gerade auf dem Dach meines Hauses um
Schäden auszubessern. Lach nicht. Ich mache mit Jenny alles allein.
Da sah ich ein Mädchen unseren Berg herauf rennen. Ich dachte
noch, die ist verrückt, bei dieser Hitze so zu rennen. Carla, so ihr
Name, bat mich, sofort mit nach Dresden zu fliegen. Du und Sandy
würden mich brauchen. Mir kam mein Traum in den Sinn und
schmutzig wie ich war, stieg ich mit ihr ins Taxi. Jenny wollte
verständlicherweise nicht mit. Ihre Zeit wäre noch nicht
gekommen. Hier erwartete mich Ablah und Susanne mit
verheulten Augen. Ich wäre zu spät gekommen. Zwar wäre es
nicht weit bis zum Krankenhaus, aber Sandy schon tot. Es ging um
Sekunden. Ein paar Minuten später, und ich hätte sie nicht retten
können. Sandy war noch nicht hirntot. Ich spürte es, als ich meine
Hand auflegte. Über den Rest hülle ich mich in Schweigen und
bitte euch, das zu respektieren."

Mein lieber Rolf. Über der ganzen Aufregung haben wir deine
Tochter vergessen. Wie soll sie denn nun eigentlich heißen?"

Ich dachte nach. Mein drittes Kind verlangte nach einem Namen.

„Ich hätte sie ja „Mina" genannt. Aber der ist ja schon vergeben.
Soll Sandy sich einen ausdenken."
„Da bist du ja wieder fein raus, was?"
Gloria lachte.
„Und weil dem so ist, fahre ich jetzt ins Krankenhaus. Wer fährt
mit?"
Natürlich verlangte es alle danach, Sandy zu besuchen. Und so
kam es, dass ein Haufen Weiber um das Bett meiner Kleinen
herumstanden. Erfreut registrierte ich, dass sie schon viel besser
aussah. Nach einer angemessenen Begrüßung, nahm ich meine
Tochter auf die Arme. Sie strahlte mich an, sie war mein
Sonnenschein. Solana sollte sie deshalb heißen. Sofort verkündete
ich diesen Namen. Umso erstaunter war ich, als keine der Frauen
sonderlich auf meinen geistigen „Erguss" reagierte. Nur Sandy
lachte plötzlich glockenhell auf. Noch nie in meinem Leben
vernahm ich ein schöneres Lachen!
Sandy meinte, genau diesen Namen habe sie schon eintragen
lassen.

Was soll ich noch berichten? Vierzehn Tage später richtete ich das
angekündigte große Fest aus. Und alle kamen. Ellen ließ ich aus
Marrakesch einfliegen, zusammen mit Jenny. Mina hatte auch bei
ihr Wunder vollbracht. Außer ein paar Narben blieb nichts von
ihren schweren Verbrennungen zurück. Sie fand Aufnahme in
unser Haus.
Natürlich beglückwünschten uns auch Danny und Nicole.
Es wurde ein rauschendes Fest, dass am nächsten Tag seine
Fortsetzung fand.
Alles richtete sich plötzlich wie von allein. Vorbei die Zeit der
Umbrüche und Abenteuer. Ich fand meine Ruhe, die ich mir immer
gewünscht hatte. Ich fickte hinfort keine Meerjungfrauen mehr. Oft
saß ich am Fenster, beobachtete die alte Linde und dachte an die
alten Zeiten. Wie alles mit Jenny begann …

MIX

Papier | Fördert
gute Waldnutzung

FSC® C083411

Zeitfracht Medien GmbH
Ferdinand-Jühlke-Straße 7
99095 Erfurt, Deutschland
produktsicherheit@kolibri360.de